恭仁京と万葉歌

村田右富実

関西大学出版部

【本書は関西大学研究成果出版補助金規程による刊行】

目次

第二章　恭仁京讃歌

凡例

○『万葉集』の歌番号は、松下大三郎氏・渡辺文雄氏『国歌大観　五句索引』（大日本図書一九〇三年）の歌番号（いわゆる旧国歌大観番号）によった。ただし、6・一〇二〇〜一〇二一は、6・一〇二〇とした。

○『万葉集』の諸本の名称、略号は、紀州本（神田本）を「紀」とする以外は、すべて『校本万葉集』によった。また、紀州本は暫定的に文永三年本に分類した。

○『万葉集』の注釈書などの略称と底本は以下の通りであるが、複数編者がある場合の編者名や刊行年などは省略している。また、『新岩波文庫』については、原則として『新大系』と違う見解がある場合に記した。なお、『総釈』、『全注』の執筆者は必要に応じて記した。

▽『仙覚抄』　仙覚『万葉集註釈』（古今書院『万葉集叢書』）

▽『万葉抄』　宗祇（古今書院『万葉集叢書』）

▽『拾穂抄』　北村季吟『万葉拾穂抄』（塙書房『万葉拾穂抄　影印・翻刻』）

▽『代匠記（初）』　契沖『万葉代匠記　初稿本』（岩波書店『契沖全集』）

▽『代匠記（精）』　契沖『万葉代匠記　精撰本』（岩波書店『契沖全集』）

▽『童蒙抄』　荷田春満『万葉童蒙抄』（吉川弘文館『荷田全集』）

▽『剳記』　荷田春満『万葉集剳記』（吉川弘文館『荷田全集』）

▽『考』　賀茂真淵『万葉考』（続群書類従完成会『賀

茂真淵全集』）
▽『略解』　橘千蔭『万葉集略解』（国民文庫刊行会）
▽『攷證』　岸本由豆流『萬葉集攷證』（古今書院『万葉集叢書』）
▽『野雁新考』　安藤野雁『万葉集新考』（日本図書センター『日本文学古注釈大成』）
▽『註疏』　近藤芳樹『万葉集註疏』（歌書刊行会）
▽『古義』　鹿持雅澄『万葉集古義』（国書刊行会）
▽『井上新考』　井上通泰氏『万葉集新考』（国民図書）
▽『折口口訳』　折口信夫氏『口訳万葉集』（中央公論社『折口信夫全集』全三十七巻）
▽『講義』　山田孝雄氏『万葉集講義』（宝文館出版）
▽『全釈』　鴻巣盛広氏『万葉集全釈』（広文堂）
▽『総釈』　『万葉集総釈』（楽浪書院）
▽『金子評釈』　金子元臣氏『万葉集評釈』（明治書院）
▽『窪田評釈』　窪田空穂氏『万葉集評釈』（東京堂出版）
▽『全書』　『日本古典全書』（朝日新聞社）
▽『増訂全註釈』　武田祐吉氏『増訂万葉集全註釈』（角川書店）
▽『佐佐木評釈』　佐佐木信綱氏『評釈万葉集』（六興出版部『佐佐木信綱全集』）
▽『私注』　土屋文明氏『万葉集私注』（筑摩書房）
▽『旧大系』　『日本古典文学大系　万葉集』（岩波書店）
▽『澤瀉注釈』　澤瀉久孝氏『万葉集注釈』（中央公論社）
▽『旧全集』　『日本古典文学全集　万葉集』（小学館）
▽『古典集成』　『日本古典集成　万葉集』（新潮社）
▽『全訳注』　中西進氏『全訳注原文付　万葉集』（講談社文庫）
▽『全注』　『万葉集全注』（有斐閣）
▽『新編全集』　『新編日本古典文学全集　万葉集』（小学館）
▽『釈注』　伊藤博氏『万葉集釈注』（集英社）
▽『和歌大系』　稲岡耕二氏『和歌文学大系　万葉集』（明治書院）
▽『新大系』　『新日本古典文学大系　万葉集』（岩波書店）
▽『全歌講義』　阿蘇瑞枝氏『万葉集全歌講義』（笠間書院）

▽『全解』多田一臣氏『万葉集全解』（筑摩書房）
▽『新岩波文庫』『万葉集（一）～（五）』（岩波文庫）
▽『おうふう』『万葉集』（おうふう）

▽『塙CD』『万葉集　CD－ROM版』（塙書房）
▽『新校注』『新校注　万葉集』（和泉書院）
▽『時代別』『時代別国語大辞典　上代編』（三省堂）

○主な上代文献と古字書の依拠テキストは次の通り。ただし、私に改めた箇所がある。また、便宜的に訓読文を引用したが、その訓読は、いずれについても全面的に適切だと考えているわけではない。また、基本的に歴史的仮名遣いとした。

『万葉集』木下正俊氏『万葉集　CD－ROM版』（塙書房二〇〇一年）
『古事記』神野志隆光氏・山口佳紀氏校注『新編日本古典文学全集　古事記』（小学館一九九七年）。歌番号も同書によった。
『日本書紀』小島憲之氏・直木孝次郎氏・西宮一民氏・蔵中進氏・毛利正守氏校注『新編日本古典文学全集　日本書紀一～三』（小学館一九九四年～一九九八年）。歌番号も同書によった。
『続日本紀』青木和夫氏・稲岡耕二氏・笹山晴生氏・白藤禮幸氏校注『新日本古典文学大系　続日本紀一～五』（岩波書店一九八九年～一九九八年）。本文中では『新大系　続日本紀』と記した。
『風土記』植垣節也氏校注『新編日本古典文学全集　風土記』（小学館一九九七年）
『律令』井上光貞氏・関晃氏・土田直鎮氏・青木和夫氏『日本思想大系　律令』（岩波書店一九七六年）。条文番号も同書によった。
『歌経標式』沖森卓也氏・佐藤信氏・平沢竜介氏・矢嶋泉氏『歌経標式　注釈と研究』（桜楓社一九九三年）
『延喜式』虎尾俊哉氏編『訳注日本史料　延喜式　上・中・下』（集英社二〇〇〇年～二〇一七年）。条文番号も同書によった。

『藤氏家伝』　沖森卓也氏・佐藤信氏・矢嶋泉氏『藤氏家伝　鎌足・貞慧・武智麻呂伝　注釈と研究』（吉川弘文館一九九九年）

『新撰字鏡（天治本）』　京都大学文学部国語学国文研究室編『天治本　新撰字鏡　増訂版』（臨川書店一九六七年）

『篆隷万象名義』　弘法大師空海全集編輯委員会編『弘法大師空海全集　第七巻』（筑摩書房一九八四年）

『本草和名（西尾市岩瀬文庫所蔵本）』　丸山祐美子氏・武倩氏『本草和名—影印・翻刻と研究』（汲古書院二〇二一年）

『和名類聚抄（十巻本　箋注和名類聚抄）』　京都大学文学部国語学国文研究室編『諸本集成　和名類聚抄』（臨川書店一九六八年所収）

『和名類聚抄（二十巻本　元和古活字那波道圓本）』　京都大学文学部国語学国文研究室編『諸本集成　和名類聚抄』（臨川書店一九六八年所収）

『類聚名義抄（図書寮本）』『図書寮本類聚名義抄　本文影印解説索引』（勉誠出版二〇〇五年）

『類聚名義抄（観智院本）』　天理大学附属天理図書館編（『天理善本叢書』八木書店一九七六年）

○『日本書紀』、『続日本紀』の引用については、書名を省略し、「天武紀元年〈六七二〉六月二十四日条」、「天平十五年〈七四三〉五月五日条」などと記した。

○先行研究については、原則として初出を掲出している。また、後に単行書に収められる際に大幅に書き換えられているものもあるが、可能な限り、該当論文が収められている単行書名を記した。なお、副題を省略したものもある。

○引用中のルビ等は原則として省略した。また、引用中の傍点、傍線は特に記さない限り引用者の付したものである。
○漢字は、原則として新字体を用いたが、「余、餘」、「与、與」、「芸、藝」など使い分けがはっきりしないものなどもあり、全体として統一しているわけではない。
○恭仁京関係の地名については、「恭仁」、「布当」、「甕原」、「鹿背」、「狛」を用いたが、必要に応じて原文を記した場合もある。
○正倉院文書の用例は、東京大学史料編纂所の「奈良時代古文書フルテキストデータベース」を利用した。データには『大日本古文書』の巻と頁数を示し、適宜、宮内庁正倉院宝物検索によってその箇所を記した。
○木簡の用例は、奈良文化財研究所の「木簡庫」を利用した。
○本書及びカバーに用いた「萬葉集」（廣瀬本萬葉集）の画像は全て「関西大学デジタルアーカイブ」（https://www.iiif.ku-orcas.kansai-u.ac.jp/）より転載したものである。記して謝意を表する。また、全ての画像にトリミングなどの処理を施している。

はじめに

はじめに

上代の韻文史記述を構想する場合、その素材は『万葉集』に著しく偏り、「万葉歌史」をもって韻文史とせざるをえない。試みに『万葉集』、『古事記』、『日本書紀』、『風土記』、『続日本紀』、『歌経標式』に残る歌を歌番号[1]から単純に計算すると、その合計は四八一四首、うち『万葉集』が九三・八パーセントを占める。今後、この点が是正される可能性は極めて低い。そして、仮に「万葉歌史」をもって韻文史とするにしても、前期万葉と後期万葉との歌数差の問題、歌の帰属先（作者など）の問題（前期は皇族や王族が多く、後期は官人層が多い）は乗り越えられない。さらに、末四巻についていえば、「万葉歌史」よりもさらに狭い「家持周辺歌史」といわざるをえない。こうした状況の中で、「家持周辺歌史」という個人的な歴史に落とし込まずに立論できるのは、天平十三年（七四一）[2]～十七年（七四五）の恭仁京時代が最後のまとまった時期ということになろう（それでも家持関係歌はほぼ半数を占める）。平城還都後は、天平十八年（七四六）に家持の越中赴任があり、ここから先は家持の個人史が中心となる。そのためか、家持のおかれた政治状況などから歌の成立を論じる傾向も見られるが、それは研究者それぞれが描いた家持史の投影でしかあるまい。稿者自身、家持の個人史に対してどのように向きあえばよいか、その方法論的解を持たないが、その前段階として恭仁京時代の歌々を取りあげたい。

この期間に成立したことが確実な歌は九十一首（制作年記載歌三十八首、制作年不記載歌五十三首）ある。以下の通り。

成立年記載歌

天平十三年（七四一）

二月某日　境部老麻呂の恭仁京讃歌（17・三九〇七〜三九〇八）→二首
四月二日　書持から家持への贈歌（17・三九〇九〜三九一〇）→二首
四月三日　家持から書持への報贈歌（17・三九一一〜三九一三）→三首
天平十四年（七四二）
正月十六日　踏歌の宴の歌（続日本紀一）→一首
天平十五年（七四三）
五月五日　端午節会の時の歌（続日本紀二〜四）→三首
八月十五日　家持の鹿鳴の歌（8・一六〇二〜一六〇三）(3)→二首
八月十六日　家持の恭仁京讃歌（6・一〇三七）→一首
八月某日　家持の秋の歌（8・一五九七〜一五九九）→三首
某月某日　高丘河内歌（6・一〇三八〜一〇三九）→二首
某月某日　藤原八束宅での家持の宴席歌（6・一〇四〇）→一首
天平十六年（七四四）
正月五日　安倍虫麻呂宅の宴席歌（6・一〇四一）→一首
正月十一日　活道の岡での宴席歌（6・一〇四二〜一〇四三）→二首
二月三日　安積皇子挽歌Ａ群（3・四七五〜四七七）→三首
三月二十四日　安積皇子挽歌Ｂ群（3・四七八〜四八〇）→三首
四月五日　家持の奈良の故宅作歌（17・三九一六〜三九二一）→六首
七月二十日　高橋朝臣亡妻挽歌（3・四八一〜四八三）→三首

成立年不記載歌（巻順）

石川広成の相聞歌（4・六九六）→一首(4)

家持の坂上大嬢を思う歌と藤原郎女の和歌（4・七六五〜七六六）→二首

家持の坂上大嬢への贈歌（4・七六七〜七六八）→二首

家持の紀女郎への報贈歌（4・七六九）→一首

家持の坂上大嬢への贈歌（4・七七〇〜七七四）→五首

家持と紀女郎の贈報歌（4・七七五〜七八一）→七首

作者不審の平城荒都歌（6・一〇四四〜一〇四六）→三首

福麻呂歌集所出の平城荒都歌（6・一〇四七〜一〇四九）→三首

福麻呂歌集所出の恭仁京讃歌A群（6・一〇五〇〜一〇五二）→三首

福麻呂歌集所出の恭仁京讃歌B群（6・一〇五三〜一〇五八）→六首

福麻呂歌集所出の甕原荒墟歌（6・一〇五九〜一〇六一）→三首★

福麻呂歌集所出の難波宮行幸歌（6・一〇六二〜一〇六四）→三首★

家持の坂上大嬢に贈る歌（8・一四六四）→一首

石川広成の歌（8・一六〇〇〜一六〇一）→二首

大原今城の平城荒都歌（8・一六〇四）→一首

家持の安倍女郎に贈る歌（8・一六三一）→一首

家持の坂上大嬢に贈る歌（8・一六三二）→一首

田辺福麻呂の伝誦歌（18・四〇五六〜四〇六二）→七首（天平十六年〈七四四〉の可能性大）

船王の伝誦歌（19・四二五七）→一首

この他に、配列や歌表現から恭仁京時代の歌と推定されるものに、

大伴宿祢家持が歌一首

高円の　野辺の秋萩　このころの　暁露に　咲きにけむかも（8・一六〇五）

があるが、なお明瞭ではないため、ここには加えていない。また、★を付した福麻呂歌集歌の成立を恭仁京時代に含めてよいかも問題であるが、前者は恭仁京を歌っているため、後者は恭仁京時代の難波行幸歌である蓋然性が高いため、ここに含めた。

そして、この九十一首中四十一首が家持の歌である（約四割五分）。家持に依存する部分はやはり多いけれども、たとえば末四巻の越中赴任以降の歌は全五九〇首。うち家持歌が三一五首と過半数を占める（約五割三分）。また、それらとの大きな違いは、福麻呂歌集所出歌や境部老麻呂作歌など、最終的には家持の手元に存在した可能性は高いものの、一次的には家持とは無関係な歌々が存在する点にある。

また、巻十六以前は天平十六年（七四四）までの歌から成るという伊藤博氏「十六巻本万葉集」（『澤瀉博士喜寿記念　万葉学論叢』一九六六年七月／「十五巻本万葉集の意味するもの」の題にて『万葉集の構造と成立　下』塙書房一九七四年所収）の説がある。稿者はこの説に同じるものではないけれども、(5)越中下向が家持個人史の画期となることに異論はない。この点からも「万葉歌史」を構成できる最後が恭仁京時代ということになる。『万葉集』には紫香楽宮関係の歌が一首もなく、(6)偏向した歌の残存形態であることは否めないけれども、恭仁京時代は家持の個人史に吸収されない韻文史を描ける最後の期間だと考える。

以上のような問題意識に基づいて恭仁京時代の歌について論じて行く。なお、各章で論じる対象としている歌々には、異伝が存在している場合がある。(7)柿本人麻呂作歌の異伝について多くの研究が積み重ねられながら、個別論

的にしか解決を見ていない研究状況に照らしても、また、それぞれの異伝の文字数が少ないことからも、本書では、一貫してそれぞれの本文について述べることを基本におくこととした。

以下、本書の構成について述べておく。

「第一章　基礎的考察」は、各論の前提を構築する論から成る。第一節では恭仁京時代の家持についての基本的な方法論的把握と恭仁京についての歴史学からの把握を述べた。第二〜三節では、「第三章第二節　書持との贈答」を述べる上で必要な本文改訂と改訓を取り扱った。第四節は、「第三章第三節　紀女郎との贈答」にて扱う4・七七九番歌にあらわれる「屋根」の意味について述べた。そして、第五節は8・一六〇三番歌の左注の日付についての論であるが、『万葉集』全体に関わる可能性が高いと考えている。

なお、第一章の内容には第二章以降の各論と重複する点がある。基本的に各節をそれぞれ一本の論文として読めるように企図したことと、本書全体の論の前提を記すべきと考えた結果である。第一章の各節において、第二章以下と重複している点は、可能な限り参照すべき章と節を記した。

「第二章　恭仁京讃歌」は、集中に三組残る恭仁京讃歌についての作品論である。新京に対してこれほど多くの讃歌が残っている例は他になく、恭仁京時代の雑歌を代表する歌として、その表現上の特徴を考えた。

「第三章　相聞往来」は、第一節において、家持をめぐる相聞歌の表現から大嬢に贈る歌と他の女性に贈る歌とは表現上に大きな違いがあることを論じた。第二〜三節は、恭仁京と平城京との間で交わされた歌を取り扱った。恭仁京時代の相聞歌論である。

「第四章　廃都へ」では、恭仁京造営中止後の歌から三作品を取りあげた。第一節の「安積皇子挽歌」は恭仁京時代の家持を考えるに際して不可欠の作品である。第二節は、結果的にではあるけれども、『万葉集』に残る恭仁京時代最後の家持歌となる六首について述べた。そして、第三節では、平城還都後の恭仁京を詠んだ歌として「甕原荒墟歌」を取りあげた。ここに恭仁京時代は幕を閉じるとともに、『万葉集』は実質的に家持の私家集となって行く。

本書の構成は以上の通りである。しかし、恭仁京時代のすべての歌について論じられたわけではない。この点、稿者の力不足に起因する。特に、福麻呂歌集所出の「平城荒都歌」（6・一〇四七～一〇四九）と高橋朝臣の亡妻挽歌（3・四八一～四八三）については、今後の課題としたい。

注

（1）『風土記』、『続日本紀』、『歌経標式』については、底本とした書籍に歌番号が記されていないため、私に数えた。

（2）天平十二年（七四〇）十二月十五日条に聖武の恭仁宮入りが記される。これ以降、天平十二年内の歌は『万葉集』に残っていない。

（3）この日付については、第一章第五節参照。

（4）この歌は、

家人に　恋過ぎめやも　かはづ鳴く　泉の里に　年の経ぬれば（4・六九六）

だが、『新編全集』は、

この巻の久邇京遷都後の作と見るべき歌は巻末に近い七六五以下に現れる。作者はあるいは元明天皇の代からあった三香原離宮（注略）などに公務を帯びて滞在していたものか。（『新編全集』）

とする。しかし、結句「年の経ぬれば」に見られるような越年は、『続日本紀』、『万葉集』に残る甕原行幸の記事に見えない。また、巻四の配列は必ずしも年代順とはいえず、『代匠記（初）』が指摘するように恭仁京時代の歌と認めるべきである。

（5）その一端は第四章第二節に述べた。また、作者不記載歌や東歌がこの範囲に収まるとは思えない。さらに、天平十年（七三八）十月十七日詠の奈良麻呂歌には、「橘朝臣奈良麻呂、集宴を結ぶ歌十一首」（8・一五八一題詞）、「右の二首、橘朝臣奈良麻呂」（8・一五八二左注）とあるが、橘氏が朝臣を賜るのは天平勝宝二年（七五〇）正月十六日条に記される。この点について、たとえば『釈注』は、「巻八編纂後の改変であるらしい」とするが、これでは、同歌群中の「右の一首、内舎人大伴宿祢家持」（8・一五九一）を解決できない。

（6）二〇〇八年に確認された歌木簡によって皆無ではなくなったが、これは紫香楽宮時代に作られた歌ではないだろう。

（7）4・七八〇番歌第三句、6・一〇五一番歌第四句、6・一〇五八番歌第四句。

第一章　基礎的考察

第一節　恭仁京と『万葉集』

一　恭仁京遷都まで

藤原四子の相次ぐ死去は、当時の政権に大きな痛手を与えた。それは政権崩壊に等しいものだったろう。そして、疫病の生き残りともいえる人々によって立ち上げられたのが橘諸兄政権であること、その軋みが広嗣の乱につながったとする理解も問題あるまい。

天平十年（七三八）十二月四日条には、広嗣の大宰少弐任命記事が載る。これが広嗣の乱の遠因となる。そして、天平十二年（七四〇）五月十日条には、

天皇、右大臣の相楽の別業に幸したまふ。宴飲酣暢なるときに、大臣の男无位奈良麻呂に従五位下を授く。

（天平十二年〈七四〇〉五月十日条）

と、異例ともいえる奈良麻呂の叙位が記され、諸兄の権力の象徴とされる。近年この「相楽の別業」について、井手寺跡（綴喜郡井手町井手）付近ではなく、二〇〇九年に発見された馬場南遺跡（木津川市木津糠田）と見る説が増えて来た。[1] たしかに「相楽」をあえて綴喜郡に求めるよりも、相楽郡と考える方が可能性として高いだろう。そして、いくつかある恭仁京復元案のどれをとっても、馬場南遺跡はおよそ右京の南京極付近にあたり、[2] 仮に京域外であったとしても、この行幸が来たるべき恭仁京遷都と無関係とは思えない。

その後、広嗣の乱の最中に聖武天皇は東国行幸を敢行し、都を平城京から恭仁京へと遷す。恭仁京遷都は天平十

二年（七四〇）十二月十五日条に記される。以後、天平十七年（七四五）五月十一日条に記される平城還都までの約五年間、都は恭仁京～紫香楽宮～難波宮を転々とする。たとえば北山茂夫氏『万葉の時代』（岩波書店一九五四年）には「彷徨五年」の章があるように、この五年間は「聖武の彷徨」などと呼ばれていたが、二〇〇二年、膳所城下町遺跡から、東国行幸の最終盤に立ち寄った「禾津頓宮」と思しい遺構が発掘され(3)、聖武の東国行幸は少なくとも広嗣の乱以前から計画されたものだとする説が主流となった(4)。それでもなお「彷徨」という名称は残っているものの(5)、『万葉集』巻六に残る、

> 十二年庚辰の冬十月、大宰少弐藤原朝臣広嗣が謀反けむとして発軍するに依りて伊勢国に幸す時に、河口の行宮にして内舎人大伴宿祢家持が作る歌一首（6・一〇二九題詞）

という記述を、聖武の意図や諸兄政権の政策の直接的な反映と見ることはできまい。この題詞の筆者が大伴家持である可能性は高いと思われるが、そうであるとすれば、家持の個人的な見解と理解されるべきである(6)。

また、恭仁京遷都については、「内裏東地区」の工事が広嗣の乱以前に始まっていたとして、その遷都計画を広嗣の乱以前からあったとする説もあり(7)、天平十一年（七三九）には工事が始まっていたと具体的に述べる論もある(8)。紫香楽宮や難波宮をも巻き込む五年間についての歴史学的評価は今後も続くだろうが、東国行幸～恭仁京遷都は諸兄政権にとって既定路線だった可能性が高い。

ただし、これも有名な詔勅であるが、

> 朕意ふ所有るに縁りて、今月の末暫く関東に往かむ。その時に非ずといへども、事已むこと能はず。将軍これを知るとも驚き怪しむべからず。（天平十二年〈七四〇〉十月二十六日条）

に見えるのは、広嗣討伐の大将軍である大野東人にでさえ、この時期に東国行幸や恭仁京遷都が敢行されると知らされていなかったことであり、そうした既定路線がいつ実行に移されるかについて、宮廷全体の共通認識があった

とは到底思えない。

勿論、「禾津頓宮」や「内裏東地区」などの工事が始まっていることはある程度知られていたであろうが、いつどのような形で、行幸や遷都が具体化されるかは、一般の官人たちにとっては、基本的に不分明だっただろう。そして、本書でもっとも多くの歌を扱うことになる家持もそのひとりであった。

二　恭仁京と家持

大宝元年（七〇一）六月一日条に次の記事を見る。

　始めて内舎人九十人を補して、太政官に於て列見す。（大宝元年〈七〇一〉六月一日条）

内舎人の初出である。その職掌は、「職員令」中務省の条に、

　内舎人九十人。掌らむこと、刀帯きて宿衛せむこと、雑使に供奉せむこと。若し駕行には前後に分衛す。（「職員令」三）

とある。恭仁京時代、家持が内舎人だったことはよく知られている。それは父・旅人の蔭位である。『万葉集』では、次の例が内舎人・家持のもっとも古い例となる。

　橘朝臣奈良麻呂、集宴を結ぶ歌十一首（抄）

　もみち葉の　過ぎまく惜しみ　思ふどち　遊ぶ今夜は　明けずもあらぬか（8・一五九一）

　　右の一首、内舎人大伴宿祢家持

　以前は、（天平十年—引用者注）冬十月十七日に、右大臣橘卿の旧宅に集ひて宴飲せるなり。

以後、時代順に、

①十二年庚辰の冬十月、大宰少弐藤原朝臣広嗣が謀反けむとして発軍するに依りて伊勢国に幸す時に、河口の行宮にして内舎人大伴宿祢家持が作る歌一首（6・一〇二九題詞）―天平十二年（七四〇）

②右、四月三日に内舎人大伴宿祢家持、恭仁の京より弟書持に報へ送る。（17・三九一三左注）―天平十三年（七四一）

③十五年癸未の秋八月十六日に、内舎人大伴宿祢家持、恭仁の京を讃めて作る歌一首（6・一〇三七題詞）―天平十五年（七四三）

④安積親王の、左少弁藤原八束朝臣の家に宴する日に、内舎人大伴宿祢家持が作る歌一首（6・一〇四〇題詞）―天平十五年（七四三）

⑤十六年甲申春二月、安積皇子の薨ずる時に、内舎人大伴宿祢家持が作る歌六首（3・四七五題詞）―天平十六年（七四四）

の計六例が残る。そして、天平十七年（七四五）正月七日条に家持が従五位下となった記事があるため、恭仁京時代のほぼすべてを通じて、家持が内舎人であったことはまちがいない。なお、家持を安積親王付の内舎人とする説もあるが、[9] 林田正男氏「大伴家持管見―内舎人任官をめぐって―」（『国文学　解釈と教材の研究』第十五巻三号・一九七〇年二月）が批判するように、前掲「職員令」に照らしても、親王付の内舎人は概念矛盾だろう。

家持の生年についていえば、『公卿補任』では家持が参議になった時の年齢を六十四歳としており、これによれば、養老二年（七一八）となる。[10] そして、十七歳で出仕可能である「自進出身」、「自進仕人」などと呼ばれる制度を[11]考慮すると、天平六年（七三四）頃に内舎人になっていた可能性がある。[12] ただし、正確なところはわからない。今、仮に通説に従って養老二年（七一八）生まれとすれば、聖武天皇の即位が神亀元年（七二四）なので、天平六年（七三四）の内舎人は、即位後約十一年後の任官ということになる。内舎人の定員九十人が埋まっていたかどうかも不明だが、広嗣の乱が勃発した時、家持は内舎人任官後六年程度経過していた可能性がある。ただし、これはあくまでも「自進出身」を考えた場合であり、二十一歳での舎人任官とすれば、内舎人任官後二年程度で広嗣の乱に至ったことになる。

いずれにしても、家持はあくまでも内舎人九十人のうちのひとりであり、かつ、二十二歳程度という年齢を考えても、内舎人の中の中心的な存在とは考えられない。下級官人として聖武に仕えていたと考えるべきである。家持は、若い部類の大宮人だったといってよい。必然的に、恭仁京時代の家持歌を当時の政治的な状況から読もうとすることには無理が伴う。

本書にあっては、可能な限り家持という歴史上の個性の側からの立論を避け、歌の読みを家持の人生に落とし込むことも避け、歌表現を丹念に読み進める。結局、歌表現から観察者が導き出した家持の感情を前提に歌に対峙することは、循環論理でしかないためである。しかし、一人称文学の典型といってよい万葉歌から作者のすべてを消し去ることはできまい。たとえば、恭仁京時代の家持歌には大きな特徴がある。

①～久邇の都は　うちなびく　春さりぬれば　山辺には　花咲きををり　川瀬には　鮎子さ走り～（3・四七五）
②ひさかたの　雨の降る日を　ただひとり　山辺に居れば　いぶせかりけり（4・七六九）
③山彦の　相とよむまで　つま恋に　鹿鳴く山辺に　ひとりのみして（8・一六〇二）
④あしひきの　山辺に居りて　秋風の　日に異に吹けば　妹をしそ思ふ（8・一六三二）
⑤あしひきの　山辺に居れば　ほととぎす　木の間立ち潜き　鳴かぬ日はなし（17・三九一一）

これらの歌々は家持が恭仁京を「山辺」と表現している例である。①こそ山と川との対比による讃美表現だが、他の四例は恭仁京についての実感とさえ読めてしまう。広々とした平城京と山に囲まれた恭仁京とを比べる時、「山辺」には家持の恭仁京観があらわれていると見てよいだろう。[13] 結局、論者の匙加減でしかないが、本書では可能な限りそうした弊から逃れるべく論を進める。

では、家持が内舎人として過ごし、「山辺」と表現した恭仁京についてはどのように把握すればよいのであろうか。

三　恭仁京

恭仁京の復原については、足利健亮氏『日本古代地理研究』（大明堂一九八五年）が基本となる。その後、いくつもの復元案が出ているけれども、[14] 恭仁宮そのものは、現在の比定地（木津川市加茂瓶原。木津川右岸に存在する恭仁京の左京の北端）で確定している。

一方、旧来の説と大きく変わったと考えられるのは、甕原の位置である。第二章第二節でも触れることになるが、古くは、甕原と恭仁京とを同地と捉える傾向にあった。それは、一九五一年四月一日に加茂町に編入された相楽郡瓶原村（恭仁宮の所在地）が木津川右岸に位置していたためであろう。

この甕原離宮を積極的に木津川左岸に定位しようとしたのは中谷雅治氏「甕原離宮の位置について」（『京都府埋蔵文化財論集』第一集・一九八七年一月）である。同論は、天平十四年（七四二）八月十三日条の、

宮城より南の大路の西の頭と、甕原宮より東との間に大橋を造らしむ。（天平十四年〈七四二〉八月十三日条）

を引きつつ、

甕原離宮と国分尼寺とは、場所的に完全に一致すると考える方が妥当であろう。勿論のことながら、法花寺野小字西ノ平（木津川左岸の地—引用者注）の遺構については、甕原離宮或いは国分尼寺に創建時、又は修理時の際に使用された「瓦窯」と考えるべきである。（中谷論文）

と結論づけた。この甕原木津川左岸説は、その後『新大系　続日本紀』にも引き継がれ、複数ある恭仁京復元案においても、この点は一致している。(15) 先の『続日本紀』の記事は、甕原が木津川左岸にあったことを示している。

恭仁京全体として見ると、恭仁宮が左京の北端に構えられ、木津川を挟んで鹿背山の北に旧甕原離宮、鹿背山の東には京域が広がっていたと考えてよいだろう。右京の様子は一部条里を見出す説もあるが、(16) なお全容は不明である。高麗寺が恭仁京に先立つこと、泉橋の存在、そして右京の京極かどうかははっきりしないけれども、右京の南には馬場南遺跡が存在したことをおさえておきたい。

四　平城還都と恭仁廃都

聖武天皇が、初めて恭仁宮を離れる記事は、天平十三年（七四一）五月六日条の、
天皇、河の南に幸したまひて校獦を観す。（天平十三年〈七四一〉五月六日条）
である。河の南は遷都以前の甕原離宮と思われ、恭仁京遷都以前の甕原離宮への行幸は三月と五月に集中し上巳節、端午節と関係が深いとされる。(17) 当該記事も端午節と関係するのだろう。
そして、聖武の初めての紫香楽宮行幸記事は天平十四年（七四二）八月二十七日条に見える。これを皮切りに、徐々に紫香楽宮への行幸が増えて行く。こうしたたび重なる紫香楽宮への行幸が計画的か否かは、なお結論が出ていないが、現象だけを見ると、やはり国費の浪費である。
そして、天平十五年（七四三）十二月二十六日条には、
初めて平城の大極殿并せて歩廊を壊ちて恭仁宮に遷し造ること四年にして、茲にその功纔かに畢りぬ。用度の費さるること勝げて計ふべからず。是に至りてさらに紫香楽宮を造る。仍て恭仁宮の造作を停む。（天平十五

年〈七四三〉十二月二十六日条）

とあり、恭仁京造営が停止される。しかし、その翌々月には、世論調査にも似た投票（天平十六年〈七四四〉閏一月一日条、同月四日条）が行われ、しかも、その結果は尊重されない。こうした点は計画性の欠如を感じさせる。

その後も、難波宮遷都の宣言があるにはあるが、天平十六年（七四四）二月二十四日に紫香楽宮に入ってから、ほぼ一年二ヶ月間紫香楽宮に留まる。天平十七年（七四五）五月六日、恭仁京に戻ると、

時に百姓、遥に車駕を望みて、道の左に拝謁み、共に万歳を称ふ。是の日、恭仁宮に到りたまふ。（天平十七年〈七四五〉五月六日条）

と、大勢の住民が出迎える。この記事は難波宮遷都宣言後も、大勢の人々が恭仁京にいたことを証するとともに、難波宮遷都の内実を疑わしめる。結果的に、聖武の平城還都は、よくいわれるように、天平十七年（七四五）五月十一日条の、

是の日、平城へ行幸したまひ、中宮院を御在所とす。旧の皇后の宮を宮寺とす。諸司の百官、各、本曹へ帰る。（天平十七年〈七四五〉五月十一日条）

に示されていると見るべきである。そして、翌月六月十四日条には、

是の日、宮門に大楯を樹つ。（天平十七年〈七四五〉六月十四日条）

と記される。これは『新大系　続日本紀』が「正式に平城還都を意思表示したもの」（第三巻十三頁）とするように、還都の下知と理解できる。結果的にこの後、長岡京遷都まで平城京が存続するけれども、当時の人々はそれを知らない。現にこの年の一月一日には紫香楽宮に楯と槍を樹てた記事が『続日本紀』に載っている。人心の安定にはほど遠い状況であったはずである。

平城還都後の恭仁京の様子はわからないけれども、大宮人たちが平城京に帰って行くとともに廃都になったのだ

ろう。

五　むすびにかえて

以上、本書における家持と恭仁京時代の基本的な把握を述べて来た。中でも重要な点は以下の通り。以降、この四点に基づいて論を進める。

①家持は九十人で構成される内舎人のひとりであり、聖武天皇に従っているものの、政治的な状況を勘案するような立場にはなかった。
②恭仁宮は木津川右岸、左京の北辺に存在していた。
③甕原は木津川左岸、恭仁宮から見て川向こうに存在しており、恭仁京遷都以前からたび重なる行幸があり、上巳節や端午節が行われることが多かった。
④平城還都は天平十七年（七四五）五月十一日である。

注

（1）渡辺晃宏氏「馬場南遺跡と橘諸兄の相楽別業」（『天平びとの華と祈り—謎の神雄寺—』柳原出版二〇一〇年）、同氏『平城京一三〇〇年「全検証」—奈良の都を木簡からよみ解く』（柏書房二〇一〇年）、小笠原好彦氏『聖武天皇が造った都—難波宮・恭仁宮・紫香楽宮—』（吉川弘文館二〇一二年）
（2）岩井照芳氏「恭仁京の復元—泉津の下津路を起点とした都市計画—」（『古代文化』第六十四巻一号・二〇一二年六月）の案では京域外になる。
（3）膳所城下町遺跡を禾津頓宮とする論に、田中勝弘氏「聖武天皇の東国行幸と壬申の乱—大津膳所城下町遺跡の大型掘立柱建物を「禾津の頓宮」とする考え方を参考に―」(『滋賀県立大学人間文化』第十三号・二〇〇三年三月)、滋賀県教育委員会・財団法人滋賀県文化財保護協会『膳所城下町遺跡　大津市膳所二丁目』(二〇〇五年三月)、栄原永遠男氏『聖武天皇と紫香楽宮』(敬文舎二〇一四年)、寺崎保広氏『日本史リブレット007　聖武天皇』(山川出版社二〇二〇年)がある。なお、仁藤敦史氏「古代の行幸と離宮」(『条里制・古代都市研究』第十九号・二〇〇三年十二月)は『続日本紀』の本文のありようから疑義を呈している。

(4) 森本公誠氏『聖武天皇』(講談社二〇一〇年)、注(1)の小笠原論、注(3)の栄原論、寺崎論、舘野和己氏「聖武天皇の恭仁遷都」(『日本古代のみやこを探る』勉誠出版二〇一五年)、東野治之氏「聖武天皇の伊勢国行幸―遷都と大仏造立への一階梯―」(『難波宮と古代都城』同成社二〇二〇年)など。また、文学研究の側からの発言として影山尚之氏「戦争は知らない―内舎人家持の心の痼り―」(『万葉』第二三五号・二〇二三年三月)がある。

(5) 東国行幸を急の出発とするものに、中村順昭氏『橘諸兄』(吉川弘文館二〇一九年)、仁藤敦史氏『藤原仲麻呂』(中公新書二〇二一年)、北啓太氏『藤原広嗣』(吉川弘文館二〇二三年)がある。

(6) 廣岡義隆氏「行幸宴歌の世界―天平十二年聖武行幸時の四泥能埼での歌から―」(『三重大学日本語学文学』二十号・二〇〇九年六月／『行幸宴歌論』和泉書院二〇一〇年に「題詞・左注の論」の一部として所収)、及び廣岡義隆氏、榎村寛之氏、山中章氏「三重の万葉と歴史　天平十二年の聖武行幸」(三重大学『TRIO』十一号・二〇一〇年三月／『行幸宴歌論』和泉書院二〇一〇年所収)も同様の見解を述べ、注(4)の影山論にも貴重な指摘がある。

(7) 注(3)の栄原論。

(8) 注(5)の中村論。

(9) 『増訂全註釈』、尾山篤二郎氏『大伴家持の研究』(平凡社一九五六年)、伊藤博氏「万葉の歌物語」(『言語と文芸』第六十号・一九六八年九月／『万葉集の構造と成立　下』塙書房一九七四年所収)など。

(10) 『公卿補任』には、家持の生年を「天平元年己巳」とする記事もあるが、『万葉集』には天平五年(七三三)の家持作歌(4・六四四)があり、うちあわない。

(11) 野村忠夫氏『律令官人の研究　増訂版』(吉川弘文館一九六七年)には、いわゆる慶雲三年格制による選限の改訂によって、十七歳以上二十歳未満の者が「自進出身」して舎人(内舎人を含む)になる場合のあることが記される。

なお、「自進出身」については、西本昌弘氏より様々に御教示を賜った。記して感謝の意を表する。

（12）佐藤美知子氏「万葉集中の国守たち―家持の内舎人から越中守時代について―」（『万葉』第一一二号・一九八三年一月）が論じ、その後多くの研究が賛同しているが、制度と個人との間の懸隔を考慮し、判断は保留する。

（13）鈴木武晴氏「家持と書持の贈報」（『山梨英和短期大学紀要』第二十一号・一九八八年一月）にも同趣旨の論がある。

（14）山田邦和氏「恭仁京復元への試案」（『京都を学ぶ【南山城編】』ナカニシヤ出版二〇一九年）にわかりやすくまとめられている。また、有名な足利健亮氏の復元案は足利氏自身が改定しているにも関わらず近年の論でも旧説を引いている場合がある。修正案は『NHK人間大学　景観から歴史を読む』（日本放送協会一九九七年）が最初だが、この足利著はその後『景観から歴史を読む』（日本放送出版協会一九九八年）として単行本になり、さらに『地図から読む歴史』（講談社学術文庫二〇一二年）として文庫化された。なお、山田論はこの点も含めて記されている。

（15）甕原を木津川左岸とする説は、他に増渕徹氏「恭仁京」（『古代史講義【宮都編】』ちくま新書二〇二〇年）などがある。また、中谷論以降、木津川右岸を甕原とする説は、調査の限りではあるが、見出せなかった。なお、鎌田元一氏「山城国分寺跡・恭仁京跡の研究」（加茂町教育委員会『史跡山城国分寺跡保存管理計画策定報告書』一九八八年）は甕原を元正上皇の宮とする。

（16）高橋美久二氏「相楽郡条里と泉津」（『京都府埋蔵文化財論集』第三集・一九九六年三月）

（17）注（3）の仁藤論文。

第二節　家持と書持の贈答歌――本文校訂――

一　はじめに

『万葉集』巻十七には、平城京にいる大伴書持から恭仁宮の大伴家持に贈られた二首（17・三九〇九～三九一〇、以下書持贈歌と記す）と、それに対する報送歌三首（17・三九一一～三九一三、以下家持返歌と記す）が載せられている。本節では、この贈答の本文校訂について論じる。

二　先行研究

巻十七は、非仙覚本に恵まれない。元暦校本があるものの、一部欠けており、類聚古集、古葉略類聚抄、検天治本が見える程度である。廣瀬本が発見されるまで、場合によっては非仙覚本が一本もない箇所もあった。本論において主に扱う当該贈答の題詞左注も、現在、廣瀬本が事実上唯一の非仙覚本である。『校本万葉集』によって確認できる、当該贈答部の諸本は以下の通り。

非仙覚本―廣・類（歌、及び題詞や左注の一部）・元（家持返歌第三首の訓以降）

仙覚寛元本系―宮・細

仙覚文永三年本系―西・紀

仙覚文永十年本系―温｜・陽｜・矢｜・近｜・京｜
版本―無｜・附｜・寛｜

三　西本願寺本と廣瀬本

まず、仙覚本系を代表する西本願寺本と、廣瀬本とを比較することから始める（次頁の表参照）。両本とも参考までに直前の17・三九〇八番歌の左注から、17・三九一四番歌の左注の一行目までを記している。訓や返り点は除き、漢字の字体にはそれほど注意を払っていないが、題詞左注の高さ、文字配りは可能な限り忠実に記した。また、途中の縦線は丁替えを示す。

上段には西本願寺本の状況を記した。西本願寺本における一行あたりの歌の文字数は二十字。「橙橘初咲」から始まる返歌の序文は題詞よりも高く書かれている一方、左注の一行あたりの文字数は歌に比べると安定しない。

下段には廣瀬本の状況を記した。こちらは歌一行あたりの文字数は多少行によって違うものの、やはりおよそ二十字。題詞が歌よりも低いのは廣瀬本の特徴である。「橙橘初咲」から始まる行は、題詞とほぼ同じ高さになっている。

二本間の校異は軽微なものもあるが、大きな校異は、甲~丙の部分である（以下、軽微な校異と判断したものには傍点を、問題となる校異には傍線を付した）。なお、この二本では一致していても、他の写本との関係で問題となる箇所もある。以下、これら甲~丙について個別に述べて行く。

西本願寺本

右天平十三年二月右馬寮頭境部宿祢老麿作也
詠霍公鳥歌二首
多知婆奈波常花尓毛歟保登等藝須周無等来鳴
者伎可奴日奈家牟
珠尓奴久安布知乎宅尓宇恵多良婆夜麻霍公鳥
↑甲

可礼受許武可聞
右四月二日大伴宿祢書持従奈良宅贈兄家持　↑乙
橙橘初咲霍鳥飜嚶対此時候詎不暢志因作三首短　↑丙
謌以散欝結之緒耳
安之比奇能山辺尓乎礼婆保登等藝須木際多知
久吉奈可奴日波奈之
保登等藝須奈尓乃情曽多知花乃多麻奴久月之
来鳴登餘牟流

保登等藝須安不知能枝尓由吉底居者花波知良
牟奈珠登見流麻泥
右四月三日内舎人大伴宿祢家持従久迩京報
送弟書持
思霍公鳥歌一首　田口朝臣馬長作
保登等藝須今之来鳴者餘呂豆代尓可多理都具
倍久所念可母
右伝云一時交遊集宴此日此処霍公鳥不喧仍作

廣瀬本

右天平十三年二月右馬頭境部宿祢老麿作也
詠霍公鳥歌二首　大伴宿祢書持
多知婆奈波常花尓毛杦保登等藝須周无等来鳴
者伎可奴日奈家牟
珠尓奴久安布知乎宅尓宇恵多良婆夜麻霍公鳥
↑甲

可礼受許武可聞
右四月二日大伴宿祢書持従奈良宅贈兄家持　↑乙
和歌四首
橙橘初咲霍鳥飜嚶対此時候詎不暢志自作　↑丙
三首短歌以散欝結之緒耳
安之比奇能山辺尓乎礼婆保登等藝須木際多知
久吉奈可奴日波奈之

保登等藝須奈尓乃情曽多知花乃多麻奴久月之
来鳴登餘牟流
保登等藝須安知能枝尓由吉底居者花波知良牟
奈殊登見流麻泥

右四月三日内舎人大伴宿祢家持従久迩京
報送弟書持
思霍公鳥歌一首　田口朝臣馬長作
保登等藝須今之来鳴者餘呂豆代尓可多理者
具倍久所念可母
右伝云一時交遊集宴此日此処霍鳥不喧仍

四　（甲）17・三九〇九番歌題詞下の「大伴宿祢書持」

この題詞下の作者名表記の部分についての諸本状況は以下の通り。

元／宮・細／西・紀／温・陽・矢・近・京／無・附・寛、ナシ。

廣、「大伴宿祢書持」。

この作者名表記は廣瀬本以外には存在しない。元暦校本については、吉井巌氏「元暦校本万葉集巻十七の一性質」（『万葉』第十号・一九五四年一月）が元号の有無について、

　天平の文字は巻頭の作のみに附されてゐるのであるが、これは要するに、以後の作は同元号の時の作故、附するに及ばぬと言ふきはめて合理的な立場に立つて居るのであらう。（吉井論文）

と指摘するのと同じように、題詞と左注との重複を避けるための削除とも見られるが、他の諸本に存在しない点を考慮すれば、当初からなかった可能性も十分に考えられる。この作者名表記が存在しているとすれば、題詞と左注の両方に作者名表記が存在することになる。そこで、巻十七中に見える題詞下の作者名表記の類例を見てみたい。

類例は二例。まず、A17・三九一四番歌題詞下の作者名。廣瀬本の本文と諸本の状況は以下の通り[1]。

A　思霍公鳥歌一首　田口朝臣馬長作

保登等藝須今之来鳴者餘呂豆代尓可多理者・

具倍久所念可母

　右伝云一時交遊集宴此日此処霍鳥不喧仍

　作件歌以陳思慕之意但其宴所并

年月未得詳審也

元、「田口朝臣長馬」（小字、長ト馬トヲ入レ換エルベキヲ示ス）。

廣／宮・細／西・紀／温・陽・矢・近・京／無・附・寛、「田口朝臣馬長作」（但シ、紀ハ小字）。

文字の大小や転倒もあり、元暦校本に「作」がないのも気になるけれども、すべての写本に作者名表記が存在しており、当該「大伴宿祢書持」の存在を否定するような例とはなりえない。巻十七における題詞下の作者名表記の確例である。ただし、この例は左注に作者名表記はなく、作者名が重複しているわけではない。

次に、B17・三九六〇番歌題詞下の「越中守大伴宿祢家持作」という作者名。Aと同様、廣瀬本の本文と諸本状況を記す。

B　相歓歌二首　越中守大伴宿祢家持作

庭尓敷流雪波知敝之久思加乃米尓於母比氏伎美乎
安我麻多奈久尓

白浪乃余須流伊蘇未乎榜船乃可治登流間奈久
於母(保)要之伎美

右以天平十八年八月掾大伴宿祢池主
附大帳使赴向京師而同年十一月還到本任
仍設詩酒之宴弾絲飲楽是日也白雪忽
降積地尺餘此時也復漢夫之船入海浮瀾
受守大伴宿祢家持寄情二眺聊裁所心

元、ナシ。

廣・類・古／宮・細／西・紀／温・陽・矢・近・京／無・附・寛、「越中守大伴宿祢家持作」。

この作者名表記は元暦校本に存在しないが、ここも左注との重複を嫌ってのものと理解することは可能である。しかし、廣瀬本だけなく、類聚古集、古葉略類聚抄、仙覚本系の写本に揃って作者名表記が存在しており、ここは題詞下の作者名表記を認めてよいだろう。この例は、巻十七にあって、題詞と左注とに作者名表記が重出する例となるのだが、左注の「大伴宿祢家持」は文中に紛れやすい形なので、なお留保が必要である。

このように見て来ると、「甲」部の判断は、廣瀬本の独自異文の評価にかかっているといってよいだろう。

巻十七の題詞左注で廣瀬本の独自異文とそれに準じる例を拾ってみると、C～Fの四例をあげることができる。(2)

まず、C17・三九五八番歌題詞（「哀傷長逝之弟歌」の反歌）に想定可能な「反歌」の文字。諸本の状況は次の通り。

（反歌）。元・類／宮・細／西・紀／温・陽・矢・近・京／無・附・寛、ナシ。古、ナシ。但シ、前行ニ「哀傷長逝之弟哥一首略之并短哥二首」アリ。

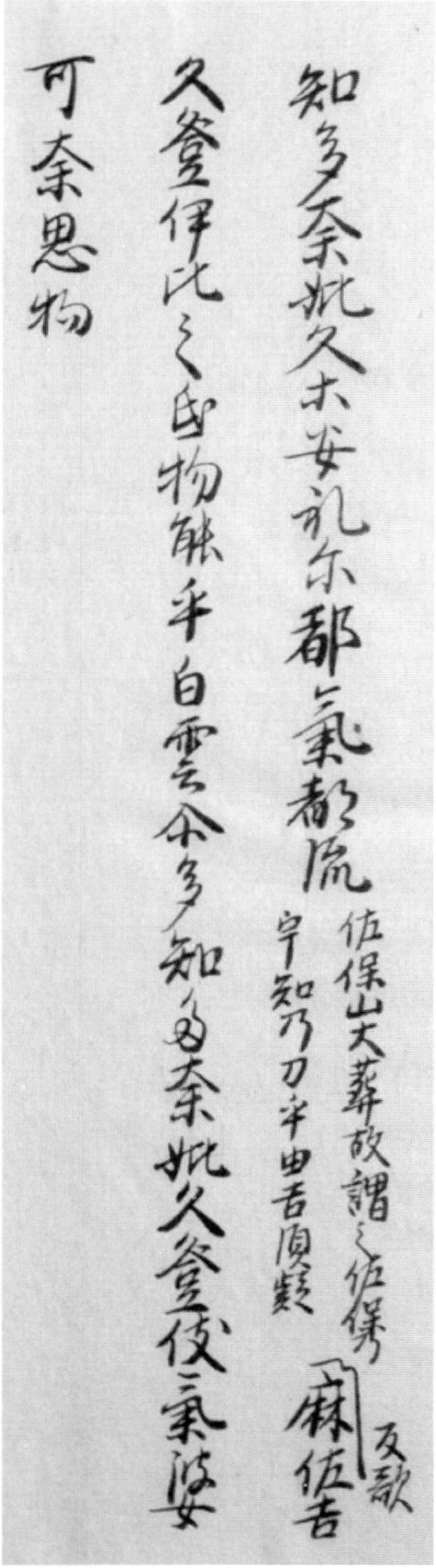

　廣、前頁の写真参照。

巻十七では、「反歌」の頭書のない方が普通だが、廣瀬本は反歌の歌本文を書いてから、「反歌」の二文字を補っている。この点、書写者（廣瀬本の書写者、あるいは廣瀬本に至るまでのいずれかの書写者）が個人的に反歌の位置にある短歌であることを指示したものなのか、原本に存在していたものの単なる書き落としによる補入なのかを知るすべはない。(3)

次は、D17・三九六四番歌左注の「守大伴宿祢家持」である。諸本の状況は次の通り。

　細・宮／西・紀／温・陽・矢・近・京／無・附・寛、次ノ歌ノ題詞トスル。

　元、ナシ。題詞ノ前行ノ右ノ行間ニ補ニテ書ケリ。

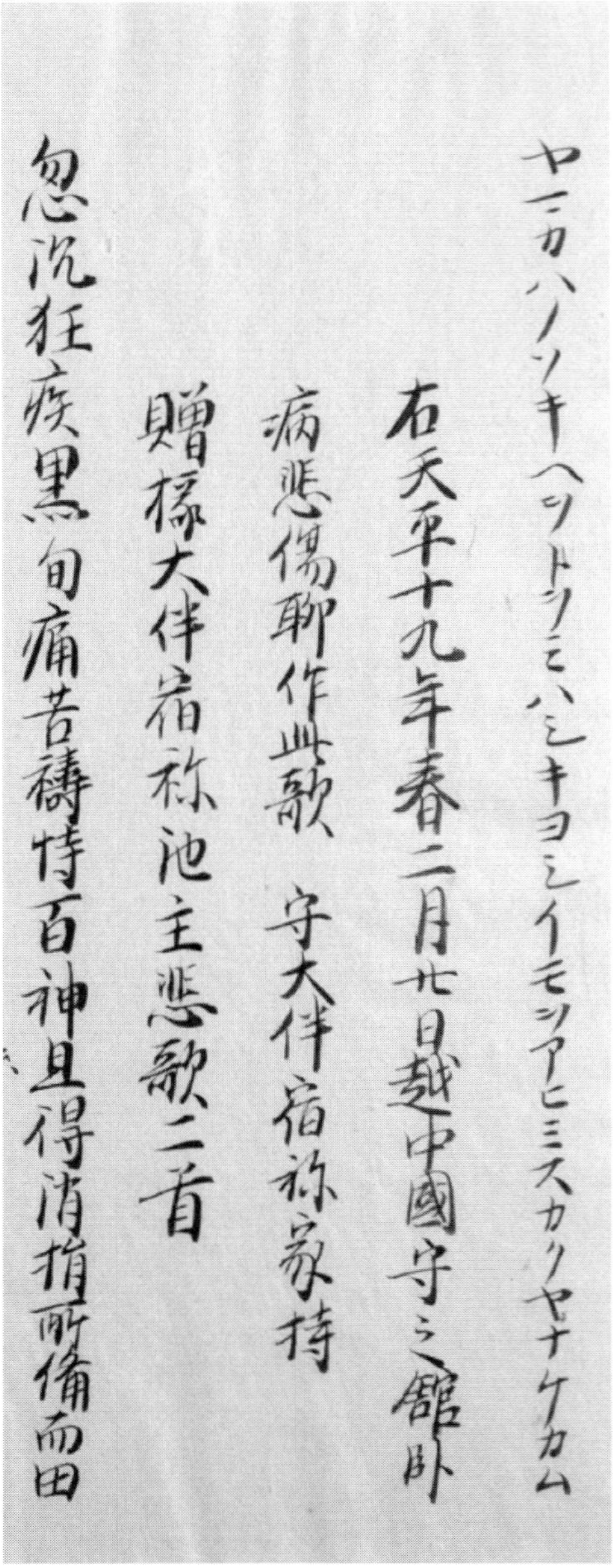

ヤマカハノソキヘヲトヲミハシキヨシイモヲアヒミスカクヤナケカム
右天平十九年春二月廿日越中國守之舘臥
病悲傷聊作此歌　守大伴宿祢家持
贈掾大伴宿祢池主悲歌二首
忽沈狂疾累旬痛苦禱恃百神且得消損而由

廣、空白ヲ空ケテ左注ノ続キトシテ記ス（前頁写真参照）。

廣瀬本の左注の最後に位置している「守大伴宿祢家持」は、元暦校本、廣瀬本以外では次の「贈掾大伴宿祢池主悲歌二首」の題詞の冒頭に記されている。元暦校本では左注にも題詞にも存在せず、題詞の前行の右の行間に緒にて書かれている。この点について、注釈書類は、

題詞の冒頭と判断するもの―『代匠記（初）』、『代匠記（精）』、『劄記』、『万葉考』、『略解』、『折口口訳』、『井上新考』、『全釈』、『総釈』（佐佐木信綱氏）、『全書』、『佐佐木評釈』、『旧全集』、『新編全集』、『釈注』、『和歌大系』、『新大系』、『全歌講義』、『全解』／『おうふう』、『塙ＣＤ』

削除するもの―『窪田評釈』、『私注』、『増訂全註釈』、『旧大系』、『澤瀉注釈』、『全訳注』、『全注』（橋本達雄氏）

左注の作者名表記とするもの―『集成』／『新校注』／松田論文Ａ[4]

と割れる。この点、巻十七において、題詞に家持作であることを記す例はなく、いわば無標に家持作であることを主張しており、ここも左注の作者名表記と認めるべきだろう。元来左注に存在していた作者名表記の「守大伴宿祢家持」は、無標で家持作歌を示していた次歌題詞に有標的に組み込まれたと理解すべきである。ここは廣瀬本の独自異文が本文校訂に有益だった例といってよい。ただし、これによって、題詞と左注の両方に作者名表記を持つ例は一例減ってしまうことにもなる。

続いてＥ17・三九六九番歌序文であるが、これは、そもそも独自異文か否か判断が分かれる。次に廣瀬本の該当部を掲げる。

含弘之徳、垂思蓬体。不貲之思、報慰陋心。戴荷来眷、无堪所喩也。但以稚時不渉遊藝之庭、横翰之藻、自乏乎彫蟲焉。幼年未逕山柿之門。裁歌之趣、詞文追慙庸浅之作。然惟古人无言不酬。今者之意、孰能非報乎哉。因以述懐賦題、熕重敬和。其歌曰

失乎聚林矣。忽見以藤続錦之言、更題将石間瓊之詠。同是俗愚懐癖、不能黙已。仍捧數行、式酬嗤咲。其詞曰

このうち、傍線部の三十八字が通行本には存在しないが、検天治本は文字レベルの校異が少しあるものの、ほぼ同じ三十八字が、最後の行の「以藤続錦之言」の「之」の次に存在し、「言」の文字はない。また、京大本の頭注には、やはりほぼ同じ三十八字が存在し、こちらは「裁歌之趣、詞」の下に存在していたことを示している。

廣瀬本によれば、序文は二段落からなり、それぞれの段落の末尾に「其歌曰」と「其詞曰」を持つかなり不思議な文章となる。また、第二段落の冒頭は意味が通らない。武田祐吉氏「『元暦校本万葉集』巻第十七の一考察」(『日本文学論纂』明治書院一九三二年／『武田祐吉著作集　第五巻　万葉集篇Ⅰ』角川書店一九七三年所収)、木下正俊氏「巻十七の対立異文の持つ意味」(『万葉』第四十六号・一九六三年一月／『万葉集論考』臨川書店二〇〇〇年所収)は、これを家持の草稿の反映とした。その判断について可否を下す知見は持ちあわせていないが、廣瀬本の本文の優越性を示す例となる可能性を持つ(5)。

最後はF17・三九七三番歌の前に位置する漢詩の序文であるが、これは「日所恨徳星已少歟若不扣寂含章何以攄」の十七字の脱落であり、目移りによるものと思しい。書写者の過誤か、それ以前から存在していた瑕疵なのかは不明だが、廣瀬本の独自異文の価値判断という観点からいえば、大きくマイナスに働く例である。

以上、巻十七における廣瀬本の独自異文とそれに準じるものを見て来た。たしかに、廣瀬本を重要視すべき箇所も存在したが、単なる脱落の部分もあり、結局、個別論として考えるよりない。翻って当該部分を見る時、最初に記したように、元暦校本に「大伴宿祢書持」が存在しない点は題詞と左注の重複回避にも求められるが、他の諸本に存在しない点は無視できない。当該部については、廣瀬本の独自異文を積極的に採用するに足る理由は見出せず、「大伴宿祢書持」の六文字を本文とすることはできまい。

五　(丙)17・三九一一番歌序文

次に、順序は逆になるが、先に(丙)17・三九一一番歌序文について述べる。「橙橘初咲霍鳥翻嚶」の部分の「霍鳥」が「霍公鳥」か「霍鳥」という校異である。諸本の状況は以下の通り。

廣/西・紀/矢・近、「霍鳥」。

宮・細/温・陽/無・附・寛、「霍公鳥」。

京、「霍鳥」(タダシ、「公」ヲ右ニ書ケリ。本文中「霍鳥」ノ間ニ○符アリ)。

廣瀬本をはじめ五本が「霍鳥」となっている。また、『拾穂抄』以降の主な注釈書などの状況は以下の通り。

霍公鳥―『拾穂抄』、『代匠記(初)』、『代匠記(精)』、『考』、『略解』、『古義』、『折口口訳』、『井上新考』、『全釈』、『旧大系(訳文)』、『澤瀉注釈』、『旧全集』、『集成』、『全訳注』、『新編全集』、『全歌講義』/『おうふう』、『塙CD』/鈴木論文A[6]、鉄野論文[7]

霍鳥―『総釈』、『窪田評釈』、『全書』、『佐佐木評釈』、『私注』、『増訂全註釈』、『旧大系(本文)』、『全注』、『釈注』、『和歌大系』、『新大系』、『全解』/『新校注』/松田論文B[8]、花井論文[9]、鈴木論文B[10]

最初に「霍鳥」を採用したのは『総釈』だが、これに関係する記述はない。『窪田評釈』も「『霍鳥』は、ほととぎす。」と記すのみである。また、最初に「霍鳥」について触れたのは『全書』で、「霍鳥は、霍公鳥の略。上の橙橘初咲の対句として四字にした。」と述べた。極めて適切な注であり、以下、「霍鳥」を採用する諸注が『全書』に触れないのは不思議である。

類例は、17・三九一四番歌左注(二十六頁の対照表参照)に見える。状況は次の通り。

元・廣・類、「霍鳥」。

宮・細／西・紀／温・陽・矢・近・京／無・附・寛、「霍公鳥」。

ここも「～交遊集宴　此日此處　霍鳥不喧　仍作件歌」と四字句に揃えている箇所であり、『新大系』や『新校注』が「霍鳥」としたのに従うべきである。

当該序文は四字句を基調とした作品として存在している。廣瀬本の登場によって本文が確定した例といってよいだろう。

六　(乙) 17・三九一〇番歌左注

最後に、乙17・三九一〇番歌の左注について論を進める。通行本文は「右四月二日大伴宿祢書持従奈良宅贈兄家持」であるが、この文字列に続いて「和歌X首」（Xは「二」か「四」。また、「歌」か「謌」かは問わない）を持つ本が存在する。なお、類聚古集は題詞と左注とが入り混じった形になっている。状況は以下の通り。

西・紀／温・陽・矢・近・京、ナシ。京、緒小字ニテ「和歌二首」ト書ケリ。

廣、「和歌四首」。

宮、細、「和謌二首」。

無、附、寛、「和歌二首」。

類、三九一〇番歌本文ノ下ニ小字「大伴書持詠霍公鳥従奈良宅贈見家持哥二首之中」アリ。

非仙覚本である廣瀬本には「和歌四首」、寛元本系とその流れを汲む版本には「和歌二首」、そして、寛元本系といわれる京大本の緒に「和歌二首」とある。

この点について、最初に触れたのは『代匠記（初）』である。同書は「三誤作レ二」としか述べないが、「三」は家持による返歌の歌数なので、この「三首」を家持歌の題詞として捉えていることがわかる。ただし、「家持和歌三首」なのか「和歌三首」なのかといった細かなところは不明である。この『代匠記（初）』説を受けた『井上新考』は、

和歌二首は和歌三首の誤にて次の歌の標題なるがまぎれて前の歌の左註につらなれるなり。（17・三九一〇番歌左注の注）

前の歌の左註の末なる和歌二首を引離ちその二を三に改めて新たに此歌どもの標題としたるなり。（17・三九一一番歌題詞の注）

と、この点を明確に記した。この『代匠記（初）』・『井上新考』説に対し、『劄記』は、「和歌二首、此四字不審。疑ふらくは衍文歟。」と衍字であると指摘し、『全釈』がこれに従い、

和歌二首とあるのは、疑はしい。和歌は和へ歌であるから、ここに適応しない。西本願寺本・神田本などに、この四字が無いのが原形であらう。（『全釈』）

と、「和歌」が「やまとうた」ではなく「和する歌」であることを根拠に衍字説を補強し、通説化した。たしかに最初に家持に贈られた書持歌が「和歌」であることはありえないが、それは「和歌」の文字列が左注の一部であるという前提に立ってのものでしかない。

こうした研究状況を受け、この点についてもっとも詳細に述べた論が前掲鈴木論文Aの注である。この注の中から、要となりそうな部分を引用する。

イ書持歌の左注が一行書きで、しかも家持歌の題詞がその左にはぼ同じ高さで記されていたならば、後の書写筆者が～中略～誤って「和歌三首」を書持歌の左注に連ねることも、また「和歌三首」を「和歌二首」の誤りと

考えることもありうる。

ロ「和歌二首」を衍文とする通説に従えば、家持歌に題詞はないという不審を招く。17三八九〇～三九二一は後の追補と思われ（『代匠記』惣釈）、題詞、左注が歌の創作時期よりもずっと後に、大伴家持によって整え記されたことは、まず疑を容れない。この一群の中で題詞のないのは当面の家持歌だけなのである。

ハ家持は後の序文を伴う歌（17三九六五～三九六六、三九六九～三九七二、18四一〇六～四一〇九、19四二四八～四二四九）には必ず題詞を付していることも、右の不審をいっそう強めるばかりである（注略）。この問題も、原本に家持歌の題詞として、歌序の前に「和歌三首」とあったと考えることで解決をみるのではないか。

このように、同論は「和歌三首」が家持返歌の題詞であった可能性を追究するのだが、論文本文中に「和歌三首」の記述はなく、前掲鈴木論文Bにおいても「和歌三首」は採られない。また、注釈書や論文で、この「和歌三首」を家持返歌の題詞としているものも見られなかった。

結論を先取りすれば、「和歌三首」を積極的に家持返歌の題詞に位置づけるべきである。以下、鈴木論文に導かれながら論を進める。

七　17・三九一一番歌の題詞（一）――鈴木論文Aを基に――

まず、前掲鈴木論文Aが示す、「イ」の左注と題詞とが連続する場合の文字の高さについていえば、写本の書写態度によって大きく変わるであろうことは容易に想像できる。そこで、巻十七の廣瀬本と元暦校本とを比較してみる。ただし、廣瀬本の17・四〇〇三番歌以降は巻十の後半部に記されており、筆も違うため比較対象とはしなかった。引用はどちらも天の位置に歌や序文を取り、題詞や左注がそこから何文字下がっているかを明瞭にするため、文字数分の□を記した。文字数については微妙な場合もあるが、行論に支障はない。また、改行位置についてもそのままにした。

G17・三八九九左注～

元｜□□□□□右九首作者不審姓名
□□十年七月七日之夜独仰天漢聊
□□述懐一首

廣｜□□□右九首作者不審姓名
□□十年七月七日之夜独仰天漢聊述懐一首

H17・三九〇〇左注～

元｜□□□□□右一首大伴宿祢家持作
□□□□□□追和大宰之時梅花新歌六首

廣｜□□□右一首大伴宿祢家持作
□□追和大宰之時梅花新歌六首

I17・三九〇六左注～

元｜□□□右十二年十二月九日大伴宿祢書持作
□□讃三香原新都歌一首并短歌

廣｜□□□右天平十二年十二月九日大伴宿祢家持作
□□讃三香原新都歌一首并短歌

J17・三九七二左注～

元｜□□□三月三日大伴宿祢家持
　□□七言晩春遊覧一首并序

廣｜□□□三月三日大伴宿祢家持
　□□□七言晩春三日遊覧一首并序

G、Iは、元暦校本、廣瀬本ともに、左注の方が次の題詞よりも低く書かれている例。もっとも一般的な書式といってよいだろう。Hは元暦校本では左注と題詞とが同じ高さになっているのに対し、廣瀬本では一般的な書式のもの。Jは、Hとは逆に廣瀬本では左注と題詞とが同じ高さになっているものである。なお、元暦校本、廣瀬本ともに左注と題詞とが同じ高さの例はなかった。

このようにさまざまな結果になるのは、特に元暦校本と廣瀬本との比較に限ったことではあるまい。たとえば、廣瀬本の巻十七でも巻十に継がれている後半部分では、左注と次の題詞はすべて同じ高さで記されている（六例）。左注と次の歌の題詞が連続してしまうのは不思議なことではない。そして、意味理解を伴う書写が行われると、左注と次歌題詞との切り方に誤解が生じる場合が発生する。先に触れたD17・三九六四番歌左注はその典型である。さらに、二十六頁の廣瀬本に示したように、当該部分は一行あたりの文字数を考えると、「兄家持」付近が改行位置にあたるため、「和歌」を「やまとうた」と理解してしまえば、書持贈歌の左注に見える「右四月二日大伴宿祢書持従㆓奈良宅㆒贈㆓兄家持㆒和歌二首」の文字列（便宜上、返り点を付した）は、

右、四月二日、大伴宿祢書持、奈良の宅より兄家持に贈る和歌二首

と読めてしまう。当該箇所の左注と次歌題詞とが一連の左注と理解された可能性は十分に考えられよう。

次に「ロ・ハ」はともに家持の返歌に題詞のない点を取りあげる。前掲鈴木論文Aはそれを生身の大伴家持の問

題として取りあげているが、そうではなく、静態としての巻十七の問題として捉え直したい。

巻十七を俯瞰した時に気づかされることのひとつに、前掲鈴木論文Aも述べる題詞の存在がある。巻十七には数え方にもよるが、四十三の作品が並んでいる。この中で、題詞を持たない作品は当該家持の返歌を除くと、

①池主から家持に贈られた17・三九六七～三九六八番歌

②池主から家持に贈られた17・三九七三～三九七五番歌

③天平二十年の「あゆの風」（17・四〇一七）以下の四首

の三例のみである。そして、①、②は池主作歌であり、よくいわれるように、書簡の切り継ぎである可能性が高い。③に題詞が存在しない理由は不明だが、この四首よりも後の天平二十年の作には題詞はあるものの、作歌の日付が記されず、天平十九年までの歌々が、日付がわからない場合は「其宴所并年月未得詳審也」（17・三九一四左注）や「年月不審」（17・四〇一六題詞下小字注）のように、その年月に興味を示しつつも不明と記す中にあって例外となる。巻十七中、天平二十年は別の扱いを受けているようである。

さらに、巻十七の題詞は基本的に「～歌（賦）～首」の形式を取る。この例外となるのは、複数作者をかかえる、

八月七日夜集于守大伴宿祢家持舘宴歌（17・三九四三）

であるが、この歌群は左注には逐一「右～首～作」と記される。すなわち、巻十七全体から帰納した場合、当該家持返歌の題詞には、

A左注に作者名表記があるため、作者名は記されない

B「～歌～首」の形式

という二点を満たした文字列が期待され、「和歌三首」はこれらの条件を満たす。

以上、前掲鈴木論文Aに導かれながら「和歌三首」という題詞が存在した高い蓋然性を述べて来た。次はもう少

し別の観点から「和歌三首」について述べる。

八　17・三九一一番歌の題詞（二）——類聚古集から——

たしかに、当該部分は元暦校本が欠けており（返歌第三首の訓の部分以降は存在する）、題詞左注部分のすべてを持っている非仙覚本は廣瀬本しかない。しかし、類聚古集にはこの贈答が記されており、そこには題詞左注の文字列を推定させる情報が含まれている。書持贈歌から見てみよう。贈歌第一首（17・三九〇九）は、類聚古集の第二巻四十丁ウにあり、10・一九六二番歌に続く形で記されている。次の通り。

十本人霍公鳥乎八希将見今哉汝来恋
乍居者《哥》大伴宿祢盡持詠霍公鳥従奈良宅贈大家持
十七多知波奈波常花○《尓》毛歟保登等藝須固《周》无
等来鳴者伎可奴日奈家牟

贈歌第一首の題詞が直前の歌に割注の形で入ってしまっており、その割注には「大伴宿祢盡持詠霍公鳥従奈良宅贈大家持哥」とある。途中「盡」は「書」、「大」は「兄」の誤写であり、「従」はよくわからない文字で記されているが、文脈から考えて暫定的に「従」としておく。先にも触れた（後にも触れる）贈歌第二首（17・三九一〇）の割注同様、題詞と左注とが入り混じった形になっている。依拠した部分を記せば次のようになる（明らかな誤字は訂正した。また「左」は左注、「題」は題詞、「?」は依拠不明を示す）。

大《左》伴《左》宿《左》祢《左》書《左》持《左》詠《題》霍《題》公《題》鳥《題》従《左》奈《左》良《左》宅《左》贈《左》兄《左》家《左》持《左》哥《?》

「哥」については、『万葉集』を解体し類題集を作り上げた時に付されたものなのか、題詞から取ったのか、それとも、左注に「和歌二首」などとあり、そこから取ったものなのか、判然としない。しかし、「詠霍公鳥」と「従奈良宅贈兄家持」から、書持贈歌に現行本に近い題詞左注が付されていたことはまちがいない。

この点は、贈歌第二首（17・三九一〇）からも推定可能である。贈歌第二首は、類聚古集の第二巻七丁オに見える。以下の通り。

　十七珠尓奴久安布知乎宅尓宇恵多良婆夜麻霍
　公鳥可礼受許武可聞大伴書持詠霍公鳥従奈良宅贈見家持哥二首之中

歌本文は現行本文と一致し、割注部分には「大伴書持詠霍公鳥従奈良宅贈見家持哥二首之中」とある。途中「見」は「兄」の誤写であろうから、この割注も、贈歌第一首と全く同じタイプである。

　大伴書持詠霍公鳥従奈良宅贈兄家持哥二首之中

最後の「二首」は、題詞から取った「二首」なのか、左注に「和歌二首」とあり、そこから取った「二首」なのか、やはり判然としない。

続いて、類聚古集の家持返歌を見てみよう。返歌第一首（17・三九一一）は第二巻四十一丁オに記される。こちらは題詞が付されている。

　　　内舎人家持従久迩京報弟書持哥
　十七安之比奇能山辺尓乎礼婆保登等藝須木際
　多知久吉奈可奴日波奈之

この題詞は次に示すように左注から作られたものである。

　内舎人家持従久迩京報弟書持哥

返歌第二首（17・三九一二）は、返歌第一首に続いて掲載されており、題詞左注に関する記述はない。

そして、返歌第三首（17・三九一三）は、第二巻七丁ウにあり、以下の通り。

十七保登等藝須安不知能枝尓由吉底居者花波
知良牟奈珠登見流麻泥内舎人家持和久迩京報弟子持哥三首之中

こちらも本文に誤りはなく、割注部分は「内舎人家持和久迩京報弟子持哥三首之中」となっている。「子」は「書」の誤字だろう。その依拠した部分は以下の通り。

内《左》舎《左》人《左》家《左》持《左》和《○》久《左》迩《左》京《左》報《左》弟《左》書《左》持《左》哥《○》三《○》首《○》之中

○を付した「和」、「哥三首」は、これまで推定して来た「和歌三首」の題詞から取られたものとしか考えられまい。類聚古集に残された題詞・左注から考えるに、家持の返歌には「和歌三首」の題詞が付されていたといってよいだろう。

九　17・三九一一番歌の題詞（三）——廣瀬本から——

ここまで、家持返歌に「和歌三首」の題詞が存在していたことを述べて来た。それは、廣瀬本からもうかがえる。次に廣瀬本の当該部を掲げる（次頁写真参照）。

「和歌四首」の高さは「右四月二日」よりやや低い。そして、直前行の最下部に位置する「兄家持」は明らかに字が小さくなり、無理に一行に収めようとしていることがわかる。これは、廣瀬本の書写者にとって「和歌四首」を独立した一行にする必要があったことを示す。少なくとも廣瀬本は「和歌四首」を家持返歌の題詞として扱っている。なお、「和歌二首」を持つ、宮、無、附、寛の写真を見たが、行頭が「兄家持和謌二首」（宮）、「家持和歌二首」（無、附、寛）となっており、少なくとも「和歌二首」という題詞とは考えられなかった。[11]

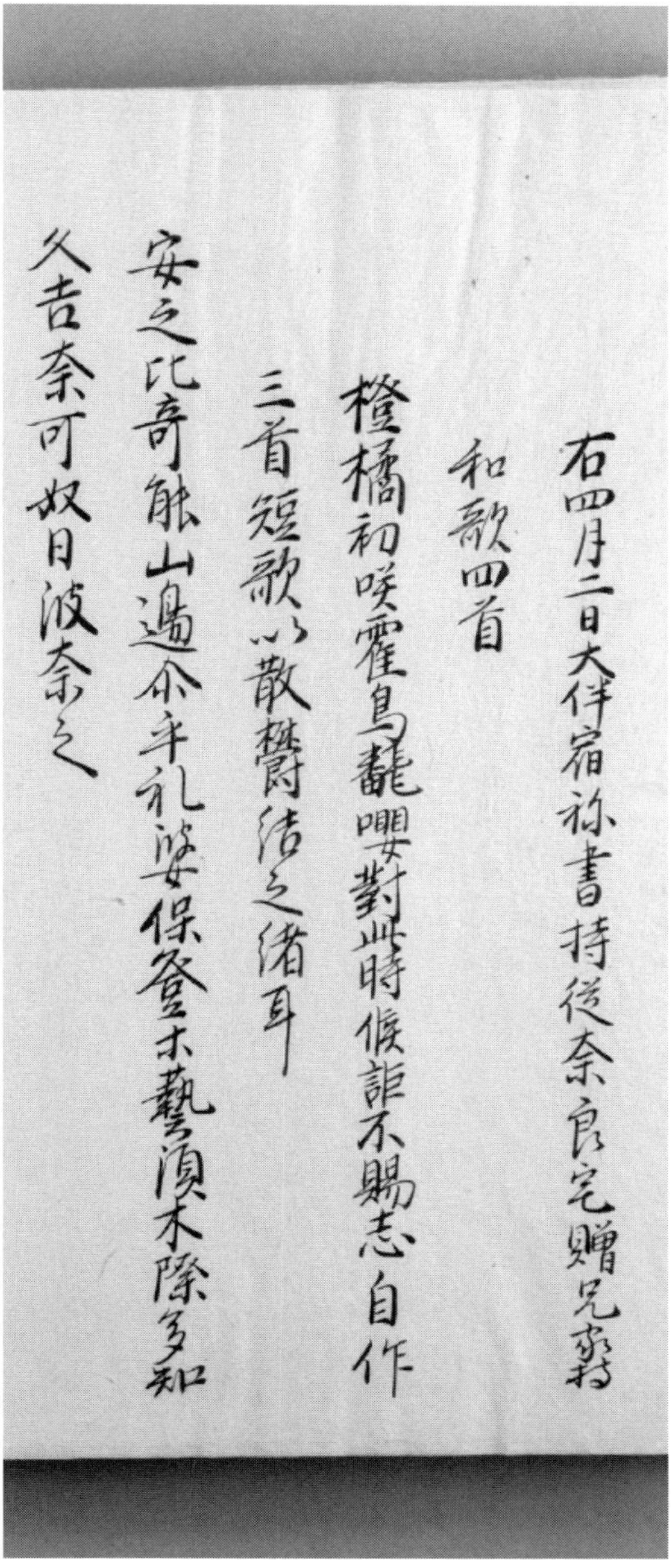
右四月二日大伴宿祢書持従奈良宅贈兄家持
和歌四首
橙橘初咲霍鳥飜嚶對此時候詎不賜志自作
三首短歌以散欝結之緒耳
安之比奇能山邊尓乎礼婆保登等藝須木際多知
久吉奈可奴日波奈之

廣瀬本では「和歌四首」という題詞が付されていた。「三首」ではなく、「四首」である点に疑問が残るが、これはいかんともしがたい。「橙橘初咲～」の序文を歌と理解したという可能性はあると思うが、想像の域を出るものではない。実際には三首しかなく、類聚古集を見あわせた時、家持返歌の題詞は「和歌三首」とすべきであろう。また、寛元本系と版本に見える「和歌二首」は左注に取り込まれた結果なのだろう。しかし、これも「四首」同様、想像の域を出ない。

なお、寛元本では「和歌二首」とあったものが、文永本において削除された理由は、左注に取り込まれた「和歌二首」の「和歌」を「やまとうた」と認定したところにあるのではないか。というのも、文永六年（一二六九）に記された『仙覚抄』の「万葉集ノ題号」の条には、『万葉集』であって『万葉和歌集』ではない理由を述べるくだりがあり、そこでは、

有テ二他人一、詠二同題ヲ一云二和哥ト一。不レ然只某甲カ作哥ナトカケル也

と、「和歌」は「和する歌」であり、「やまとうた」ではないと述べているからである。寛元本成立から文永三年本成立までの間に、仙覚がこのことに気づいたとすれば、より積極的に「和歌二首」を衍字だと断定する要因になるだろう。ただし、これも推測に過ぎない。

最後に、あらためて「和歌三首」が脱落する要因と、「和歌三首」が付加される要因とを比較してみたい。「和歌三首」の脱落については、「和歌」を「やまとうた」と解釈した結果、後の衍入が疑われた可能性や、

右四月二日□□□大伴宿祢書持従奈良宅　贈　兄家持
右四月三日内舎人大伴宿祢家持従久邇京報送弟書持

というように、対照を成すふたつの左注を重要視した可能性、さらに、題詞に「詠霍公鳥歌二首」とあるため、その「二首」との重複忌避などが考えられよう。一方、「和歌三首」（二首あるいは四首）の衍入については、その原因を推測することは困難である。

十　むすびにかえて

以上、述べて来た書持贈歌の左注から家持返歌の序文までの校訂本文を前後の歌とともにあげる。ただし、題詞、序文、左注の高さは暫定的なものである。

玉に貫く　楝を家に　植ゑたらば　山ほととぎす　離れず来むかも（17・三九一〇）

右四月二日大伴宿祢書持従奈良宅贈兄家持

和歌三首

橙橘初咲　霍鳥飜嚶　対此時候　詎不暢志　因作三首短歌以散欝結之緒耳

あしひきの　山辺に居れば　ほととぎす　木の間立ち潜き　鳴かぬ日はなし（17・三九一一）

家持返歌に「和歌三首」という題詞が存在したことは、家持返歌には「和歌」として理解を要求する。なお、歌群全体の理解については、第三章第二節に詳述する。

注

（1）以下の翻刻も二十六頁同様、改行位置や段下げをできるだけ正確に再現する形で記している。
（2）一字単位のものや微細なものは省いている。
（3）17・三九五七番歌は、割注による自注が存在するため、写本によって改行位置が異なる。このことが影響している可能性が高い。
（4）松田聡氏「万葉集末四巻における作者無記の歌―歌日記の編纂と家持―」（『早稲田大学国文学研究』第一五六号・二〇〇八年十月／『家持歌日記の研究』塙書房二〇一七年所収）
（5）この点、木下正俊氏「廣瀬本萬葉集解説」（『校本万葉集　第十八巻』岩波書店一九九四年）にも詳しい。また、同論は同氏『萬葉集論考』（臨川書店二〇〇〇年）所収の際にかなり改稿されている。
（6）鈴木武晴氏「家持と書持の贈報」（『山梨英和短期大学紀要』二十一号・一九八八年一月）
（7）鉄野昌弘氏「詠物歌の方法―家持と書持―」（『万葉』第一六三号・一九九七年九月／『大伴家持「歌日誌」論考』塙書房二〇〇七年所収）
（8）松田聡氏「家持と書持の贈答―「橘の玉貫く月」をめぐって―」（『万葉』第二二三号・二〇一六年五月／『家持歌

日記の研究』塙書房二〇一七年所収）

（9）花井しおり氏「「橘」と「あふち」―家持と書持「ほととぎす」をめぐる贈答―」（『奈良女子大学文学部研究年報』第四十七号・二〇〇三年十二月）

（10）鈴木武晴氏「家持と書持の贈報再論―異論を超えて真実へ―」（『都留文科大学研究紀要』第八十五号・二〇一七年三月）

（11）細井本は未見。

第三節　家持と書持の贈答歌――17・三九一一番歌の改訓――

一　はじめに

前節では、天平十三年（七四一）四月に書持と家持との間で交わされた贈答における、家持返歌に「和歌三首」という題詞が存在していたことを述べた。家持返歌は書持贈歌に対する和歌として理解されるべきである。本節は、傍線を付した家持和歌第二首（17・三九一二―次頁）の訓について論じるものである。まず、「和歌三首」を加えた上で当該歌群を通説にのっとり掲げる。

　霍公鳥を詠む歌二首

橘は　常花にもが　ほととぎす　住むと来鳴かば　聞かぬ日なけむ（17・三九〇九）

玉に貫く　楝を家に　植ゑたらば　山ほととぎす　離れず来むかも（17・三九一〇）

　右、四月二日に大伴宿祢書持、奈良の宅より兄家持に贈る。

　和歌三首

橙橘初めて咲き、霍鳥飜り嚶く。

この時候に対ひ、詎志を暢べざらめや。

因りて三首の短歌を作り、以て欝結の緒を散らさまくのみ。

あしひきの　山辺に居れば　ほととぎす　木の間立ち潜き　鳴かぬ日はなし（17・三九一一）

ほととぎす　何の心そ　橘の　玉貫く月し　来鳴きとよむる（17・三九一二）

ほととぎす　楝の枝に　行きて居ば　花は散らむな　玉と見るまで（17・三九一三）

右、四月三日に内舎人大伴宿祢家持、恭仁の京より弟書持に報へ送る。

二　何の心そ

本論の中心となる家持和歌第二首の解釈は不安定である。たとえば、『佐佐木評釈』は、

ほととぎすはどんな心持なのか。橘の実を薬玉に貫きとほす、この趣深い五月に来て、声を響かせて鳴くのは。（『佐佐木評釈』）

と、「玉貫く月」を積極的に「五月」と訳出する。一方、『旧大系』、『新編全集』は、

ホトトギスよ、どういうつもりなのだ。橘の花を珠として緒に貫く四月に来て鳴き立てるとは。（『旧大系』）

ほととぎすよ　どんなつもりで　橘を　玉に通す四月だけ　来て鳴きとよもすのか。（『新編全集』）

と、「四月」とする。当該歌理解の不安定さを象徴するものである。しかし、この対立は、当該歌における解釈上の問題点の一部でしかなく、全体的に解釈が安定していない。この点については、鈴木武晴氏「家持と書持の贈報」（『山梨英和短期大学紀要』第二十一号・一九八八年一月―以下、鈴木論文A）が明確にまとめている。今、その後の研究動向も含めて、私にまとめ直すと次のようになる。

①ほととぎすが己が声を玉に貫き交えよと鳴くのだろうか。（『代匠記（初）』、『古義』）

②橘とほととぎすを愛する余り。（『万葉考』）

③故郷が恋しく思われる頃にも関わらず、ほととぎすは思いやりもなく来て鳴くものだ。（『井上新考』）

④ほととぎすの声が橘を散らしてしまうことへの不審。（『折口口訳』、『全訳注』、『新大系』、『全解』）
⑤橘とほととぎすのふたつの景物に対する讃美。（『全釈』、『総釈』（佐佐木信綱氏）、『窪田評釈』、『全書』、『増訂全註釈』、『佐佐木評釈』、『澤瀉注釈』／花井論文[1]）
⑥ほととぎすに対して、常に鳴いてくれることを願う。（『旧全集』、『全注』（橋本達雄氏）、『新編全集』、『釈注』／
　前掲鈴木論文A、鉄野論文[2]、松田論文[3]）
⑦記述無し。（『私注』、『旧大系』、『集成』、『和歌大系』、『全歌講義』）

大枠で捉えるならば、橘やほととぎすへの愛情を基盤としながらも、それをどのように把握するかという点において見解が対立している。ただ、全体としてはほととぎすが常に鳴いて欲しいという⑥の説に収斂しつつあるといってよいだろう。これは、当該歌が書持の第一首の「住むと来鳴かば　聞かぬ日なけむ」というほととぎす常住への願いに対する和歌であることを考慮に入れてのことと思われる。

しかし、常に鳴き声を響かせることへの願いと理解するには、第二句「何の心そ」に、違和感がある。「何の心そ」の類例は、次の通り。

①剣大刀　身に取り副ふと　夢に見つ　何の兆そも（何如之恠曽毛）　君に逢はむため（4・六〇四）
②沫雪か　はだれに降ると　見るまでに　流らへ散るは　何の花そも（何物之花其毛）（8・一四二〇）
③あづきなく　何の狂言（何狂言）　今更に　童言する　老人にして（11・二五八二）
④解き衣の　思ひ乱れて　恋ふれども　何の故そと（何之故其跡）　問ふ人もなし（12・二九六九）
⑤赤駒の　い行きはばかる　ま葛原　何の伝言（何伝言）　直にし良けむ（12・三〇六九）
⑥我がやどの　葛葉日に異に　色付きぬ　来まさぬ君は　何心そも（何情曽毛）（10・二二九五）

②こそ単なる疑問と解することも可能だが、他は、いずれも強い疑問や疑念、あるいは不審の表明である。『新

大系』が、

三九〇九に応えた歌。「何の＋名詞（＋そ）」には、非難など強い感情の発露が読み取れる。（『新大系』）

と述べるように、当該歌はほととぎすを愛しつつも、そのほととぎすに対する非難の歌として読まねばなるまい。あらためて、「ほととぎすは何を思って鳴いているのか」という難詰が一首の基盤であることを確認しておく。

三　玉貫く月

先にも触れたように、当該歌の「玉貫く月」についても見解が割れている。『代匠記（精）』が、「玉ヌク月ハ五月ナリ」と端的に指摘して以来、特段異論はなかったが、当該贈答が四月のものであることからだろう、『私注』が、

此の年の四月三日は陽暦の五月廿五日である。タマヌクツキは薬玉を作る月で五月であるが、四月にも薬狩をすることが、巻十六にも見えたから、薬玉も四月に作られたのであらう。（『私注』）

と、四月説を打ち出した（「巻十六」は、16・三八八五番歌を指す）。以来、次に示すように、さまざまな説を見るに至った。

四月―『旧全集』、『全注』（この年は閏三月があったので例年の五月の陽気とあまり異ならないとする）、『新編全集』

四～五月―『集成』、『釈注』

五月―『澤瀉注釈』、『全歌講義』

本来は五月だが四月―『全解』（閏三月があつたので、四月でも例年の五月と変わらぬ気候だった）

この点について、決定的な論を立てたのが前掲松田論文である。同論は、集中の用例を丹念に調査した上で、

集中の「玉（に）貫く」は、いずれも五月に関わる表現と見るべきであろう。少なくともこの表現が「四月」の指標として用いられているような例は確認できない。やはり家持第二首（三九一二）における「橘の玉貫く月」も五月と解すべきではなかろうか。これを四月と取る近年の理解は、この歌が四月の歌であること（左注）に加え、題詞の「橙橘初めて咲き、霍鳥飜り嚶く」という作歌時の状況をこの歌に結び付けたことから導かれたものと思われる。（松田論文）

と述べる。従ってよい見解であろう。そもそも、「玉貫く月」が特定の「月」を志向しているのは当然であり、それが四月だったり五月だったり、あるいは季節的には五月に近いといったような議論は歌の本質理解から外れているのではないだろうか。上巳は三月の上巳でしかなく、端午は五月の端午でなければなるまい。当該歌の「玉貫く月」が五月であることは動かない。

しかし、それでも当該歌の解釈はなお安定しない。これまで述べて来た点を活かしつつ通訓に従って現代語訳すると、「ほととぎすは何を考えているのか。橘の玉貫く月（五月）にやって来て鳴き立てている。」となる。四月詠と理解しても、五月に鳴くことを歌っているとしてもつじつまが合わない。この点を打破しようとした『集成』は、

時鳥よ、お前はどういうつもりなのだ。橘を薬玉に通す月ごろばかりやって来て、声を響かせて鳴きわたるとは。（『集成』）

と、「ばかり」の限定を加えることによって、他の月にも鳴いて欲しいと解釈した。この理解は、その後、

ほととぎすよ、どういう気持からなのか、橘の花を玉として貫く月にだけ来て鳴き、声を響かせるとは。（『全注』）

ほととぎすよ　どんなつもりで　橘を　玉に通す四月だけ　来て鳴きとよもすのか（『新編全集』）

そうはいっても、この時鳥はいったいどういうつもりなのか。橘の花を薬玉に通す月頃にばかりやって来て、

声響かせて鳴きわたるとは。(『釈注』)

ホトトギスよ。何を思ってのことなのか。橘の玉を貫く月にだけ来て、鳴き声を響かせるとは。(『新大系』)

ほととぎすよ。お前はどういうつもりなのだ。橘の花を玉として糸に通す月にのみ、殊更にやって来て鳴き立てるとは。(『全歌講義』)

と、多くの賛同を得ることになる。しかし、「ばかり」、「だけ」、「のみ」に相当する表現は当該歌に存在しない。あらためて当該歌について考えてみたい。

四　異訓の可能性——助詞「シ」の用法を中心に——

当該歌は、「情」、「花」、「月」、「来鳴」が訓字であるが、それら以外は音仮名が用いられ、異訓が成立する可能性は低い。それでも、『旧大系』は、第四句を「多麻奴久月尓」と意改し、「玉貫く月に」と付訓する。これに対して『澤瀉注釈』は、

「之」の字、類に「等」とあり、訓タマヌクトキトとあり、下の「と」の右に朱「ニ」とある。西、紀その他「之」とあり、訓ツキシとあり、西、矢、京シ青とし、陽シの字無く、細トキノとある。もと「等」「之」とあるによりトキトとかトキノとか訓まれてゐたのを「之」の文字によりトキシと改めたものと思はれる。古典大系本には「尓」に改めてツキニと訓み改めた。類に「等」とあるのは「尓」の誤としてツキニと訓めば、よくわかるが、「月之《ツキシ》」とあるにより、強意の助詞「し」を加へたと見る事が出来るからしひて誤字説をとるに及ばないであらう。(『澤瀉注釈』)

と、『旧大系』の意改を排する。『旧大系』が「尓」を採用した理由は、当該歌の注には記されていないため、わか

りにくいのだが、20・四四八三番歌の補注「助詞のシについて」に参照すべき記述が存在する。かなり長い補注なので、以下、概略を記す。

①助詞のシにはおよそ四つの使い方がある。

(ア)バという条件を示す助詞を含む↓約五割

(イ)その下の文節が、ム・ラム・ラシ・マシ・ケム・ケラシ・ベシ・ナなど、推量・勧誘・希望などを表わす助動詞・助詞によって結ばれる↓約二割五分

(ウ)シの下の文節が、ユという自然可能、自発の助動詞で終わるもの↓二割弱

(エ)心情を表現する形容詞で終わるもの↓用例数についての記述無し

②前項(①)の例外になる三例、及び、それぞれについての見解の引用。

(ア)ほととぎす　何の心そ　橘の　玉貫く月し　来鳴きとよむる(17・三九一二)

○この場合は、結びの文節が「とよむる」となっていてシの一般の例に合わない。思うに、これは、助詞シを書いた之という本文に誤があるようで、類聚古集には之の字がない。仙覚本の系統の本文でも、傍訓のシを欠くものもある。これは、之が尒またはヤの誤であろうと思う。欠字となっていた本文の系統で、誰かが之を補ったのかもしれない。

(イ)〜ぬばたまの　夜昼といはず　思ふにし　わが身は痩せぬ　嘆くにし　袖さへ濡れぬ〜(4・七二三)

○この坂上郎女の歌のシの用法は一般とは多少異なっている。こういう例は他にほとんどない。

(ウ)〜艫に舳に　ま櫂しじ貫き　い漕ぎつつ　い漕ぎつつ　国見しせして〜(19・四二五四)

○(この—引用者注)シの用法も例外的なものである。これには何か理由があろうかと思うが、明らかでない。

『旧大系』は、当該歌(ア)については誤写、(イ)と(ウ)については例外として処理している。

この『旧大系』の助詞のシについての論は、後に大野晋氏『係り結びの研究』（岩波書店一九九三年）に再論される。そこでは、あらためて「シ」を次の五つに分類している。

A仮定・既定を問わず順接条件を導く。

Bユを含む—自然的成立を表わす—動詞を導く。

C心情を表わす形容詞を導く。

D推量や願望の助動詞を導く。

E形容詞以外で心情を表わす述語を導く。

同書には、『旧大系』に指摘されていた当該歌を含めた例外については触れられていないが、あらためて、この五分類にどの程度万葉歌と記紀の〈ウタ〉との「シ」が該当するかを下表にまとめた。[4] また、『旧大系』では、「ニシ」も対象としていると思われるのでこれも加えた。[5] 結果は、下の通り。[6]

この表からも明らかなように、「シ」の用法は極めて限られており、前掲大野論文の説は有効といってよい。また、例外となる十一例（十首）は以下の通り。

①ほととぎす　何の心そ　橘の　玉貫く月し（多麻

分類	シ（万葉）	ニシ（万葉）	シ（記）	シ（紀）	合計（%）
A仮定・既定を問わず順接条件を導く	159	28	6	2	195（46.8%）
Bユを含む—自然的成立を表わす—動詞を導く	40	13	0	0	53（12.7%）
C心情を表わす形容詞を導く	42	0	2	1	45（10.8%）
D推量や願望の助動詞を導く	56	6	9	11	82（19.7%）
E形容詞以外で心情を表わす述語を導く	24	0	3	4	31（ 7.4%）
F右の五分類に当てはまらない例	2	7	1	1	11（ 2.6%）
合計	323	54	21	19	417

奴久月之）　来鳴きとよむる（17・三九一二）

②～い漕ぎつつ　国見しせして（国看之勢志氏）　天降りまし　払ひ平げ～（19・四二五四）

③～ぬばたまの　夜昼といはず　思ふにし（念二思）　我が身は痩せぬ　嘆くにし（嘆丹師）　袖さへ濡れぬ～（4・七二三）

④あらたまの　月立つまでに　来まさねば　夢にし見つつ（夢西見乍）　思ひそ我がせし（8・一六二〇）

⑤ぬばたまの　その夢にしも（彼夢）　見継げりや　袖乾る日なく　我が恋ふらくを（12・二八四九）

⑥松の花　花数にしも（花可受尓之毛）　我が背子が　思へらなくに　もとな咲きつつ（17・三九四二）

⑦～思ほしき　言伝て遣らず　恋ふるにし（孤布流尓思）　心は燃えぬ～（17・三九六二）

⑧青柳の　ほつ枝攀ぢ取り　かづらくは　君がやどにし（君之屋戸尓之）　千歳寿くとそ（19・四二八九）

⑨水たまる　依羅の池の　堰杙打ちが　刺しける知らに　蓴繰り　延へけく知らに　我が心しぞ（和賀許許呂志叙）　いや愚にして　今ぞ悔しき（記四四）

⑩水たまる　依羅の池に　蓴繰り　延へけく知らに　堰杙築く　川俣江の　菱茎に　刺しけく知らに　我が心し（阿餓許居呂辞）　いや愚にして（紀三六）

この十首のうち、③～⑧の六首七例は「ニシ（モ）」の用例であり、「シ」と同じように扱ってよいかどうかが問題となる。それでも、③、⑦は「E　形容詞以外で心情を表わす述語を導く」に含まれるといってもよいだろうし、④、⑥は「思ふ」で受けており完全な例外とはいえまい。また、⑤は難訓で知られ、「そのいめにだに」（『旧大系』、『澤瀉注釈』、『旧全集』、『全訳注』、『全注』（小野寛氏）、『新大系』、『全解』／『おうふう』・『新校注』など）と「シ」を伴わない訓も提示されている。[7]残る⑧も、「寿く」は「心情を表現する述語」といえそうである。

一方、⑨、⑩は「シ（ゾ）」の用例だが、⑨は、結果的に「今ぞ悔しき」と呼応しているといってよく、⑩はその「今ぞ悔しき」が省略されたものである。結果、いかんともしがたい用例は、①、②のみとなる。当該歌（①）が、「シ」の用法に照らして極めて不自然であることは明白である。

当該歌について、②（19・四二五四）同様、処理不能の例外とすることも一応は可能だが、そうしたところで、歌の理解に際して「のみ」などの限定の意を補ってよいわけではなく、歌全体の意味が不明になってしまうことは避けられない。今一度、写本状況から考えるべきだろう。

五　写本の状況

先に引用したように、『澤瀉注釈』は、類聚古集の「多麻奴久月等、」の本文を考慮して、「（仙覚は―引用者注）もと「等」「之」とあるによりトキトとかトキノとか訓まれてゐたのを「之」の文字によりトキシと改めたものと思はれる」とした。この理解こそあらためて顧みられるべきではないか。『澤瀉注釈』は、この後『旧大系』の「尓」への意改を批判する方向へ進むが、助詞「シ」についての記述は見られない。「シ」の用法が極めて狭い範囲に限られる以上、本文の問題として考えねばなるまい。

諸本の状況は以下の通り（傍線は引用者）。

○非仙覚本

類―多麻奴久月等―たまぬくときと《ニ》（ニの書き入れは朱）[8]

○仙覚寛元本系

廣―多麻奴久月之―タマヌクツキニ

宮―多麻奴久月之―タマヌクツキノ

細―多麻奴久月之―タマヌクトキノ

○仙覚文永三年本系

西―多麻奴久月之―タマヌクツキシ（シ、元青カ）

○仙覚文永十年本系

紀―多麻奴久月之―タマヌクツキシ
陽―多麻奴久月之―タマヌクツキ□
温―多麻奴久月之―タマヌクツキ□
矢―多麻奴久月之―タマヌクツキシ（シ、青）
京―多麻奴久月之―タマヌクツキシ（シ、青）
近―多麻奴久月之―タマヌクツキシ（シ、青）
無―多麻奴久月之

○版本

附―多麻奴久月之―タマヌクツキシ
寛―多麻奴久月之―タマヌクツキシ

非仙覚本である類聚古集と廣瀬本において、本文、訓ともに割れ、仙覚本系の諸本では「之」で安定しているが、寛元本系の神宮文庫本、細井本が「ノ」と訓んでおり、西本願寺本の「元青カ」、大矢本、京大本、近衛本の「青」を参看すれば仙覚が「ノ」を「シ」に改訓したことはまちがいない。しかし、陽明本、温古堂本に訓がないように、仙覚の「し」の訓については揺れを見せているといってよい。仙覚が「之」について「の」を「し」と改訓したのは文字からすれば当然であるが、裏返せば、それ以前は本文に関わらず「し」と訓まれていなかったことを証する。そして、助詞「シ」の状況から見て、少なくとも仙覚改訓になる「し」を許容することはできまい。本文不明のまま「玉貫く月に」とすることも考えられるが、「ほととぎすは何を思っているのか。橘の玉貫く月にやって来て鳴き立てている」は、やはり解釈不能である。誤字を立てずに当該歌を訓むとすれば類聚古集の本文に従うことになる。類聚古集の「多麻奴久月等」の本文によって当該歌を記すと以下の通り。

ほととぎす　何の心そ　橘の　玉貫く月と　来鳴きとよむる

現代語訳すれば、「ほととぎすは何を思っているのか。橘の玉貫く月だとやって来て鳴き立てている」となる。家持和歌の漢文序＋歌＋左注を総合すれば、四月三日、既に「橙橘」は咲いており、ほととぎすも盛んに鳴いている。当該歌は、その鳴き立てるほととぎすに対して、その声を喜びながらも、橘を玉貫く五月だと思って鳴いていることに対しての詰問と理解すべきだろう。

なお、ほととぎすの心を引用の形式を取って歌うものには、

木の暗の　夕闇なるに（注略）　ほととぎす　いづくを家と　鳴き渡るらむ（10・一九四八）

がある。そして、何よりも、当該歌が直接和している書持の贈歌第一首は、

橘は　常花にもが　ほととぎす　住むと来鳴かば　聞かぬ日なけむ（17・三九〇九）

と、「住むのだといって鳴いたなら聞かない日はないだろう」というものである。この贈歌に対して、「玉貫く月なのだといって来鳴いている」と受けたのが当該歌だったのだろう。

六　むすびにかえて――巻十七と類聚古集――

当該歌の第四句は、類聚古集の本文「等」を取り、「玉貫く月と」と訓むべきである。以上が本論の結論であるが、それでもなお、類聚古集の本文を採用する点において疑問が残るかもしれない。以下、巻十七と類聚古集との関係について補記しておく。

類聚古集は、たしかに『万葉集』そのものの写本ではないため、軽んじられる傾向にある。『校本万葉集』においてもその取り扱いに苦慮しているようで、明らかな題詞や左注以外は上欄に記されている場合が多い。しかし、この歌群についていえば、前節に詳述したように正しい題詞や左注を持った本文を参照していることが明らかであ

る。そこで、類聚古集の祖本が参照した『万葉集』巻十七の題詞や左注の様相について、前節に記した以外に四点、記しておく。なお「類X―X」は類聚古集の巻と丁数を示している。

①「追和大宰之時梅花新歌」（三九〇一～三九〇六）の作者について（類1―29）

廣も含めて、三九〇六番歌の左注に「大伴宿祢家持作」とあるが、元のみ「書持」とあり、諸注多くこれに従う。

↓類では、この歌群の第一首（三九〇一）の題詞にあたる記述の下に「家持」とあり、六首を家持作とする。六首が家持作である可能性を示唆する。

②「讃三香原新都歌」（三九〇七～八）作者について（類17―37）

仙覚本系の写本には「右馬寮頭」と記すものがあるが、元、廣、古などに「右馬頭」とある。

↓類では、長歌の作者表記に「右馬頭」、反歌のそれに「左馬頭」とある。反歌の「左」は誤写であろうが、「寮」のない非仙覚本の正しさを証する。

③田口馬長の「思霍公鳥歌」（三九一四）の左注「霍（公）鳥」について（類2―41）

仙覚本系の写本には「霍公鳥」とあるが、元、廣には「霍鳥」とある。

↓類では、題詞にあたる記述に小字注で左注が記され「霍鳥」とある。非仙覚本の正しさを証する。

④「大目秦忌寸八千嶋之舘宴歌」（三九五六）の左注について（類8―77）

仙覚本系と廣には「右舘之客屋居望蒼海　仍主人八千嶋作此歌也」とあるが、元、古には、「八千嶋」がない。

↓類では、題詞にあたる記述が左注と混合され、「大目秦忌寸八千嶋宴　客屋居望蒼海作之」とある。元、古と同じ左注を持っていた可能性を示唆する。

今、四例を掲げたが、うち三例が当該歌群付近の例である。その原因は不明であるが、少なくともこの付近の類聚古集の記述は参看するに足る価値を持つことはまちがいない。前節にも記したが、類聚古集は題詞と左注とを混合して記す場合があり、注意深く腑分けをすれば、他にも校訂に有用な本文を見出せるかもしれない。『万葉集』巻十七には元号をめぐって元暦校本に大きな校異があり、また、17・三九六九番歌の序文にも四十字近い異同が存在する。こうしたことから巻十七には複数原本の可能性さえ指摘されている[9]。類聚古集のありようはあるいはそうした問題に切り込む契機をもはらむが、類聚古集の持つ巻毎の書写姿勢の違いも絡むため、一筋縄ではいかない。今はこの四点の指摘に留めておく。

なお、歌群全体の理解については、第三章第二節に詳述する。

注

（1）花井しおり氏「「橘」と「あふち」―家持と書持「ほととぎす」をめぐる贈答―」（『奈良女子大学文学部研究年報』第四十七号・二〇〇三年十二月）

（2）鉄野昌弘氏「詠物歌の方法―家持と書持―」（『万葉』第一六三号・一九九七年九月／『大伴家持「歌日誌」論考』塙書房二〇〇七年所収）

（3）松田聡氏「家持と書持の贈答―「橘の玉貫く月」をめぐって―」（『万葉』第二二二号・二〇一六年五月／『家持歌日記の研究』塙書房二〇一七年所収）

（4）用例検索は、古典索引刊行会『万葉集電子総索引　CD-ROM版』（塙書房二〇〇九年）を利用した。

（5）「にし」以外にも、「てし」、「をし」など「し」を含んで複数の助詞が複合した例もあるが、前掲『万葉集電子総索引　CD-ROM版』が「し」と認定したものに限定した。

（6）こうした分類にはどうしても主観が竄入するが、それでも今回の結果は極めてわかりやすく、多少の用例の上下は行論に支障をきたさない。

（7）私には「その夢のみに」と付訓すべきであると考えているが、別稿に期す。

（8）前掲『旧大系』補注に「類聚古集には之の字がない。」とあるのは誤解を招く表現である。

（9）武田祐吉氏「『元暦校本万葉集』巻第十七の一考察」（『日本文学論纂』明治書院一九三二年／『武田祐吉著作集第五巻　万葉集篇Ⅰ』角川書店一九七三年所収）、木下正俊氏「巻十七の対立異文の持つ意味」（『万葉』第三十八号・一九六一年一月／『万葉集論考』臨川書店二〇〇〇年所収）

第四節　黒木の屋根

一　はじめに

次に掲げる七首は、恭仁京にいる家持と平城京にいる紀女郎との贈答である（本節の中心となる歌は原文も記している）。

大伴宿祢家持、紀女郎に贈る歌一首

鶉鳴く　古りにし里ゆ　思へども　なにそも妹に　逢ふよしもなき（4・七七五）

紀女郎、家持に報へ贈る歌一首

言出しは　誰が言なるか　小山田の　苗代水の　中淀にして（4・七七六）

大伴宿祢家持、更に紀女郎に贈る歌五首

我妹子が　やどのまがきを　見に行かば　けだし門より　帰してむかも（4・七七七）

うつたへに　まがきの姿　見まく欲り　行かむと言へや　君を見にこそ（4・七七八）

板葺の　黒木の屋根は　山近し　明日の日取りて　持ちて参ゐ来む（4・七七九）

板盖之　黒木乃屋根者　山近之　明日取而　持将二参来一

黒木取り　草《かや》も刈りつつ　仕へめど　いそしきわけと　褒めむともあらず一に云ふ「仕ふとも」（4・七八〇）

黒樹取　草毛苅乍　仕目利　勤和気登　将レ誉十方不レ有一云「仕登毛」

ぬばたまの　昨夜は帰しつ　今夜さへ　我を帰すな　道の長手を（4・七八一）

家持と紀女郎とのやりとりは諧謔性の高いものが多いが、ここに記した「大伴宿祢家持、更に紀女郎に贈る歌五首」（4・七七七〜七八一）も家持から紀女郎を「君」と呼ぶ点、家持の自称に「わけ」が用いられている点などから戯れの歌と見て誤らない。また、この五首には「まがき」、「門」、「板葺」、「黒木」、「屋根」、「草《かや》」といった建築物に関わる単語が目立つ。恭仁京に紀女郎の邸宅が建築中であったためなどともいわれる（『古義』など）。本節の中心である4・七七九番歌は、第三句「山近し」が挿入句になっているためもあって、逐語訳しにくいが、「私のいる場所は山に近いので、明日にでも『板葺の黒木の屋根』（の材料）を取りに行って、持って参りましょう」と理解して問題あるまい。続く4・七八〇番歌は、さらに「黒木を取って、草《かや》も刈ってお仕えしましょうが、勤勉な私だとお褒めになることもない」と畳みかける。家持が実際に建築材を取りに行くことはありえず、戯れの二首であることは動かない。本節では、その「板葺の黒木の屋根」の具体について論じる。

二　4・七七九番歌の訓

当該歌は写本間に大きな異同もなく、第三句までの訓は「板葺の　黒木の屋根は　山近し」で安定している。第四句「明日取而」は、「あすもとりては」（旧訓）、「あしたもとりて」（『童蒙抄』）、「あすしもとりて」（『万葉考』）など不安定な状態だったものを、『古義』が「あすのひとりて」と改訓して以来通訓化した。本論も『古義』の訓に従うものである。

また、結句「持将参来」については、次に示したように現在でも訓が割れている。

持ちて参ゐ来む―『旧全集』、『集成』、『全注』（木下正俊氏）、『新編全集』、『新大系』、『釈注』、『全歌講義』、

『全解』／『おうふう』、『塙ＣＤ』、『新校注』

持ち参ゐり来む―『古義』、『井上新考』、『全釈』、『総釈』（石井庄司氏）、『金子評釈』、『窪田評釈』、『全書』、『増訂全註釈』、『佐佐木評釈』、『私注』、『旧大系』、『澤瀉注釈』、『全訳注』、『和歌大系』

「持ち参ゐり来む」は「て」の訓み添えを嫌い、「持ちて参ゐ来む」は「将」字の位置に対する違和感の結果だろう。ただし、歌意として大きな違いはなく、今は暫定的に「持ちて参ゐ来む」に拠っておく。

三　板葺

初句「板葺の」の解釈は安定している。多くの注釈書が、

そき板持ち（十寸板持）　葺ける板目の（盖流板目乃）　あはざらば　いかにせむとか　我が寝そめけむ（11・二六五〇）

を引用し、「そき板」を正倉院文書に見える「蘇岐板」と同一視した上で、板葺のルーフ（以下、現代語の屋根をルーフと記す）と理解する。『日本書紀』には、「板蓋宮」（皇極四年正月条の旧本、斉明元年正月三日条、斉明元年是冬条）の例もあり、板で葺かれたルーフである点、まちがいない。

関根真隆氏『正倉院文書事項索引』（吉川弘文館二〇〇一年）には、ルーフを葺く材として「板」の他にも「檜皮・瓦・かや」が見える。また、これもよく引用される記事だが、神亀元年（七二四）十一月十一日条には、

その板屋草舎は、中古の遺制にして、営み難く破れ易くして、空しく民の財を殫す。請はくは、有司に仰せて五位已上と庶人の営に堪ふる者とをして、瓦舎を構へ立て、塗りて赤白と為さしめむことを。（神亀元年〈七二四〉十一月十一日条）

という太政官奏がある。諸注釈がこの記事を引用して述べるように、「中古」（大和朝廷時代）の名残りではあっても、当時のルーフは板葺・かや葺が一般的だったといってよいだろう。しかし、「板葺の黒木」となると用例はほとんどなくなってしまう。この点は後に触れるとして、その前に「黒木」について見て行く。

四　黒木

『管見』は、「黒木」について、

家を作るに、皮の付たる木を其ま丶用るを黒木といひ、削りたるを白木とは云也。（『管見』）

と述べる。以来、「黒木」の意味理解は安定している。有名な、

太上天皇の御製歌一首

はだすすき　尾花逆葺き　黒木もち（黒木用）　造れる室は　万代までに（8・一六三七）

天皇の御製歌一首

あをによし　奈良の山なる　黒木もち（黒木用）　造れる室は　座せど飽かぬかも（8・一六三八）

右、聞くならく、左大臣長屋王の佐保の宅にいまして肆宴したまふときの御製なりと。

を見ても、『管見』の説は十分首肯できる。ただし、太上天皇御製の「尾花逆葺き　黒木もち　造れる室」において、ルーフを葺く材と「黒木」とを区別している点は重要である。このことについて『古義』が最初に引用した次の記事は注目に値する。

神坐殿は、黒木を以ちて構へ、萱を用ちて倒に葺け。（『貞観儀式』）

『貞観儀式』には、この他に、「八神殿《やはしらのかみのとの》」、「高萱御《たかかやのみ》倉《くら》」、「稲実殿《いなのみのとの》」、「使《つかひ》の宿屋《とのゐのや》」、「使《つかひ》の政所屋《まつりごとどころのや》」、「造酒《さか》

童女《つこ》の宿屋《とのゐのや》」「稲実公《いなのみのきみ》・物部 男《もののべのをとこ》の宿屋《とのゐのや》」、「物部 女《もののべのをみな》の宿屋《とのゐのや》」を一括して「黒木を以ちて構へ作り、倒に葺け」と指定する（「青かや」葺）。たしかに「黒木」造りの「逆葺き」の建築物は特殊なものといってよいだろう。佐保楼の室寿きともいわれる（『新編全集』など）8・一六三七番歌の「尾花逆葺き」は、こうした儀礼的な建築物を背景とした表現といってよかろう。

このこともあってか、当該4・七七九番歌についても、

忌隠りのための仮の庵を作るというのなら手伝いましょう、とからかった歌。（『集成』）

神に仕えるために籠る廬をお造りになるというのなら、よろこんで奉仕しましょうとからかった歌。（『釈注』）

という理解が示される。もっとも『貞観儀式』には「黒木」の建築物であっても「倒に葺け」と記されない「御《み》贄殿《にへのとの》」、「黒酒殿《くろきのとの》」、「神服 殿《かみはとりのとの》」、「南の垣の下《しも》に、横に五間の屋」、「北の門の西の掖に、縦に五間の屋」、「南の垣の下に、横に五間の屋」（以上六宇は「かや」葺）、「（大嘗宮の）正殿」（「青かや」葺）、「廻立殿《くわいりふでん》」（「板」葺）の例もある。[1]これらもたしかに践祚大嘗祭に用いられる建築物であり、何らかの儀礼を背景に持っていよう。そもそも『貞観儀式』に儀礼に関わらない建築物が登場する余地はない。今一度奈良時代の「黒木」の用例を見る必要がある。

たとえば、正倉院文書には、「黒木」が五十例存在する。[2]この中で具体的にその使用目的が記されているものは、次の通り。なお、ひとつの用例に複数の用途が記される場合があるため総数は五十を越え、「椙」以外の括弧内の注は、福山敏男氏「正倉院文書に見える建築用語」（『正倉院紀要』第八号・一九八六年三月―以下、福山論文Aと記す）の記述を私にまとめたものである。

○部材など

桁―23例

柱—14例
間《ま》度《わたし》（柱間に取り付け、壁の下地とする細い材。ほぼ黒木）—6例
古《こ》麻《ま》比《ひ》（垂木の上に取り付ける桟）—5例
佐《さ》須《す》（屋根の左右両側に合掌形に交差して建てる木）—1例
楉《しもと》（若木や若枝のことか）—1例

○建築物
屋—4例
倉—1例
殿—1例

これら正倉院文書の用例を見る限り、黒木の建築物が儀礼的な目的を持っていたとは考えられない。特に「倉」は儀礼とは何の関係もない。先掲8・一六三七番歌の儀礼性は「逆葺き」に求められるべきである。儀礼を離れて当該歌の「板葺の黒木の屋根」について考えてみたい。

五　板葺の黒木の屋根

見て来たように「板葺の黒木」は「板葺のルーフを持った黒木造り」という意がふさわしい。正倉院文書の次の二例は、訓み下せば「板葺の黒木」となり、この理解を支える。

板葺黒木作殿二字（各長五丈／広一丈八尺）（造石山寺所告朔、天平宝字六年〈七六二〉三月七日、第五巻一三七頁、続修第三十八巻〈裏〉③）[3]

作板葺黒木屋三宇（各長五丈／広一丈八尺）（山作所作物雑工散役帳、天平宝字六年〈七六二〉三月三十日、第五巻一七九頁、続修後集第三十四集⑦）

しかし、ここにも「黒木」で作られた「屋根」の用例は見えない。「板葺の」と「黒木の屋根」とは相容れない。強いて理解を求めれば、黒木を板状にしてルーフを葺いたということになろうか。しかし、それならば「黒木の板葺の屋根」となるだろう。この点、『井上新考』の「板ブキノ屋根ノ黒木ハとありしを下上に誤れるにあらざるか」という発言は、当該歌の表現の矛盾を解消しようとしている点において評価できるが、安易な本文の倒置は許されまい。

一方、「板葺の」を棚上げにすれば「黒木の屋根」の可能性は一応残る。これまでの研究史を振り返っておく。古くから「屋根」はルーフとして理解されており、施注されることもなかったが、『攷證』が、

或人の説に、屋根の根は添たる言にて、屋根といふも、舎屋とのみいふも、同じ意なるよしいへるは、當らざるこゝちす。（『攷證』）

と、否定しつつも建築物を意味する「屋根」に言及した（この点後述）。『攷證』はさらに、

今も江戸より二十里ばかりも離たる、風はげしき所には、屋根に木や石など載たるにてしらる。これ、皮付たる丸木のまゝにてのせたるなれば、正しく黒木のやね、これなるべし。（『攷證』）

と続け、葺代が飛ばぬよう、黒木を載せたと解するが、いかにも苦しい解釈といわざるをえない（この点も後述）。また、『野雁新考』は、

黒木は皮なからなるにて柱ラの料なり。黒木ノ柱板蓋屋根をかくてきこゆる。さはいへと、なほ古語の文章なり。（『野雁新考』）

と、「古語の文章」とするが、これは論理放棄だろう。ただし、「黒木」がルーフを葺く材として不適であるとした

点は注目に値する。一方、

黒木の板で葺いた屋根のこと。板蓋の屋根、黒木の屋根といふ二句を約めていつた。(『金子評釈』)

と、語句の省略を主張する説もあるが、根拠がないばかりか、これだと二棟の建築物の意にさえなってしまう。こうした中、後藤守一氏「万葉集の住生活」(『万葉集大成　第八巻　民俗篇』平凡社一九五三年)は、

板葺屋根の葺代の板が黒木だといふのではなく、葺板のおさへの木などが黒木、つまり皮も剥がない丸木といふことであらうと思ふ。(後藤論文)

と述べる。記述はこれだけなので「葺板のおさへの木」が、何を意味するか判然としない。あるいは、『攷證』のように風で飛ばされないようにルーフに乗せた木を指しているのだろうか。ともあれ、この後藤説は、「葺板の押さえの木」(『釈注』、『和歌大系』)、「葺板の押さえにおくためのもの」(『全歌講義』)、「一説に、葺き板そのものでなく、抑えの木として「黒木」を用いた」(『全解』)と継承される。ただし、いずれもその具体については触れられていない。この点、積極的にその名称を記したのが、『全注』と『新編全集』である。

葺板が黒木ということは考えにくく、後藤氏は、葺板の押えの木(棟木に平行に置いた軒付)が黒木というのではないかと言われる。(『全注』)

葺板の押えに置いた軒付(のきづけ)が黒木ということか。(『新編全集』)

これは、『時代別』の九〇四頁に載る「建物部材名称」の図に依拠している可能性が高い。「建物部材名称」では、ルーフの下の端からルーフの上方に向かう葺板に対して垂直に乗せられた細長い木の名称を「軒付・宇助」としている。この限りにおいてルーフが飛ばないようにするという『攷證』説ということになる。しかし、「軒付《のきつけ》」は、

檜皮葺(ひわだぶ)き・柿(こけら)葺き・茅葺きなどの軒先の厚く葺いた部分。(『日本国語大辞典　第二版』小学館二〇〇〇〜二〇〇二年)

とあるように、「葺板の押えの木」ではない。また、同書に示される「軒付」の用例、

軒づけを　まづふきそむる　ひはだ屋の　まだむねあはぬ　恋もするかな（『七十一番職人歌合』八）

も、一五〇〇年頃のものであり、「軒付」が上代語であったとは思えない。もっとも「建物部材名称」にも「直接、上代語の資料にないものが多い。」という注があるため、この点はやむをえまい。しかし、「建物部材名称」が「軒付」の異称とする「宇助《のきすけ》」もまた「軒付」ではない。『日本国語大辞典　第二版』は「のきすけ」について、

（古く「のきずけ」とも）垂木の先端に置く横木。茅負い。のきのすけ。（『日本国語大辞典　第二版』）

と述べ、用例として、

正倉院文書－天平宝字六年（762）三月一六日・造石山院所符（大日本古文書一五）「一　棉梠拾枝〈四枝各長二丈三尺、四枝各長一丈七尺並屍四寸入六尺、二枝各長二丈三尺直〉」
新撰字鏡（898－901頃）「枌 榆 須木又屋衣豆利 乃木須介」
十巻本和名抄（934頃）三「棉梠文選云鏤檻文㮰〈音琵一音篦師説文㮰賀佐礼留乃岐須介〉」
石山寺本法華経玄賛平安中期点（950頃）六「椽梠といふは〈略〉桷（はへぎ）の端の木ぞ、今雀梠（ノキスケ）と謂ふ」

などをあげる（傍線引用者）。「宇助」、「棉梠」、「のきすけ」の関係を、福山論文Aは、

（宇助の―引用者注）材の寸法としては～中略～棉梠と大差がない。～中略～「棉梠」は『新撰字鏡』以下の資料によって、ノキスケと訓むことが知られるから、同じ材を漢語で「棉梠」、和語で「宇助」と記したわけである。（前掲福山論文A）

と明快に説く。(4)「棉梠・宇助」は先掲『日本国語大辞典　第二版』に「茅負い」とあるように、軒の先端部で葺代を支える細長い材であり、葺代よりも下にあって、ルーフを上から押さえる材ではない。ここでも「建物部材名

称」は誤っているといわざるをえない。[5] あるいは、前掲後藤論文が意図したものはこの「棉梠・宇助」なのかもしれない。しかし、先に記したように正倉院文書において「黒木」の「棉梠・宇助」は存在しない（そもそも福山論文Aにも指摘があるが、「棉梠・宇助」は断面図がL字になっているものであり「黒木」とは考えられない）。さらに、建築の専門家であるならばまだしも、家持と紀女郎との間で「棉梠・宇助」が共通理解として成立していたとは到底思えない。何よりも「屋根」が「棉梠・宇助」であることは何ら論証されていない。

あらためて、「屋根」が建築物そのものを意味していた可能性を考えてみたい。この点については、既にいくつかの先行研究が存在している。

（「屋根」は―引用者注）「垣根」「岩根」「羽根」「眉根」などと同じものとして、「屋」と同意味に稀に使用されていたものと考えるのである。（吉井巖氏「いへ・やど・やね」『万葉』第一〇四号・一九八〇年七月／『万葉集への視角』和泉書院一九九〇年所収）

この歌のなかに見る屋根の文字は、一般には今日私たちが考えるヤネとおなじものとして受け取られているようだが、はたしてそうなのか、あるいはこれはいわゆるヤ、すなわち建物そのものを指しているということもあり得なくはないように思われる。（横山正氏「屋根の造型」『住宅建築　別冊7　木造屋根廻り詳細　作例１０３点』建築資材研究社一九八一年）

この（当該歌の―引用者注）「屋根」の「根」は口調を整えるために添えてあるだけで、詠われているのは家屋全体を表わす「屋」であるように思える。（石田潤一郎氏『物語ものの建築史　屋根のはなし』鹿島出版会一九九〇年）

「や」は家を指す語で、これに「かきね」「はね」「きね」などに見られる接尾語「ね」が付いたものと思われる。家全体を指していたのが、家の上部の「屋根」だけを指すようになったのは、古代の建物が、屋根自体直接地面に接する造りであったのに、その後、柱や壁ができて軒先が地面を離れるものとなったことによる。

（『日本国語大辞典　第二版』「やね」の語誌(1)）

ここ（当該歌―引用者注）に詠まれている「屋根」を分解すると「屋」は家屋全体を指して詠んでおり、「根」は口調を整えるための口語的表現にすぎず、全体としては現代の屋根の意味とは別であったようだ。（原田多加司氏『ものと人間の文化史一一二　屋根―檜皮葺と柿葺―』法政大学出版局二〇〇三年）

この歌（当該歌―引用者注）は奈良時代中期のものだが、現代の屋根の意味とは違い、建物全体をあらわしている。（原田多加司氏『屋根の日本史―職人が案内する古建築の魅力―』中公新書二〇〇四年）

吉井論文は、文学研究の側から「屋根」を建築物として把握したもの。横山論文、石田著、原田著は建築学の立場からの発言である。「板葺の黒木」と「屋根」との関係からの指摘と思われ、論拠こそ示されないものの、尊重されるべきだろう。また、『日本国語大辞典　第二版』(6)の記述は、辞書という性質もあってか、文中の「古代」がいつを指すのか不明であり、細かに論証されているものではない。語誌の当否については保留せざるをえないが、「屋根」がルーフではなく、建築物を意味していたという指摘は重要である。「屋根」が建築物を示す可能性を考えてみたい。

六　建築物を意味する「屋根」

十巻本『和名類聚抄』（巻三　居処部屋宅具）と二十巻本『和名類聚抄』（巻十　居処部居宅具）とには、建築物の上方から下方に向かって各部の名称が並んでおり、全三十三種に及ぶ。和訓とともに冒頭と末尾とを略記すると以下の通り。

甍（イラカ）→棟（ムネ）→瓦（カハラ）（下位分類あり）→鴟尾（クツカタ）→棧（蘆藿附）（エツリ）→檐（ノ

キ）↓飛簷（和訓無し）↓棉梠（ノキスケ）↓（中略）↓柱礎（ツミイシ）↓壇（和訓無し）↓堦（ミキリ）↓庭
（二八）（十巻本）

甍（イラカ）↓棟（ムネ）↓瓦（カハラ）（下位分類あり）↓棧（エツリ）↓鴟尾（クツカタ）↓檐（ノキ）↓飛檐（ヒエム）↓棉梠（ノキスケ）↓（中略）↓柱礎（ツミイシ　イシスヱ）↓壇（和訓無し）↓堦（ハシ　シナ）↓庭
（二八）（二十巻本）

ここに「屋根」は登場しない。そして、冒頭の「甍」は、

甍　釈名云、屋脊曰レ甍（音萌、和名伊良賀）在レ上覆二蒙屋一也、兼名苑云、甍一名棟（多貢反、訓異故別置レ之）
（十巻本、巻三・十八ウ）

甍　釈名云、屋脊曰レ甍（萌反和名伊良賀）言三在レ上覆二家屋一也（二十巻本、巻十・八ウ）

と注される。この「在レ上覆二蒙屋一也」（十巻本）「言三在レ上覆二家屋一也」（二十巻本）、という記述は『釈名』（釈宮室）の「在レ上覆二蒙屋一也。」から取られており、「甍」はルーフを指している。上代の「甍」に目を移そう。『古事記』、『日本書紀』、『万葉集』、『風土記』（逸文を含む）、『続日本紀』を通じて、「甍」は六例。まず次に掲げる『日本書紀』の用例では「甍」がルーフの意として用いられている。

又天照大神の方に神衣を織りて斎服殿に居しますを見て、則ち天斑駒を剥にし、殿の甍を穿ちて投げ納る。
（神代上　第七段　正文）

児の名を彦波瀲武鸕鷀草葺不合尊と称す所以は、彼の海浜の産屋、全ら鸕鷀の羽を用ちて草として葺けるに、甍未だ合へぬ時、児即ち生れませるを以ちて、故、因りて名くるなり。（神代下　第十段　第一の一書）

故、彦火火出見尊已に郷に還り、即ち鸕鷀の羽を以ちて、葺きて産屋を為りたまふ。屋の甍未だ合き及へぬに、豊玉姫自ら大亀に馭り、女弟玉依姫を将ゐ、海を光らし来到る。（神代下　第十段　第三の一書）

中でも「鷦鷯草葺不合尊」の用例は「鷦鷯の羽」を「かや」に見立てて葺いたルーフ以外には考えられまい。また、次の『逸文山背国風土記』の例もしかり。家の中からルーフを突き破って昇天する場面である。

（別雷命は）即ち、酒坏を挙げて、天に向きて祭らむとして、屋の甍を分き穿ち天に升りたまひき（『逸文山背国風土記』賀茂の社、『釈日本紀』巻九）

そして、宝亀三年（七七二）六月二十日条には次のように見える。

野狐有り、大安寺の講堂の甍に踞る。（宝亀三年〈七七二〉六月二十日条）

この「大安寺の講堂の甍」は瓦葺ではあろうが、「甍」自体はルーフと解して問題あるまい。

残る一例は、『万葉集』の次の一首。

我がやどは　甍しだ草（甍子太草）　生ひたれど　恋忘れ草　見るにいまだ生ひず（11・二四七五）

第二句「甍子太草」は「のきのしだくさ」と訓まれていたが、『私注』が「いらかしだくさ」に改訓し、以降、

のきのしだくさ—『旧大系』、『注釈』、『全訳注』、『集成（のきにしだくさ）』、『全歌講義』、『全解』／『おうふう』

いらかしだくさ—『私注』、『全集』、『全注』（稲岡耕二氏）、『新編全集』、『新大系』、『釈注』、『和歌大系』／『塙CD』、『新校注』[7]

と訓が割れている。しかし、「甍」と「のき」との結びつきは見出せない。『和名抄』にあっても「いらか」と「のき」とは別である。「のき」を採用する『全歌講義』は、「甍子太草」が後の「ノキシノブ」であると推測し、そこから逆に「のき」と訓むものの、論理が循環してしまっている。『全解』は、

（「イラカ」は—引用者注）字義には相応するが瓦屋根の意になり不適。「イラカ」は、壮麗な建築物の総称。（『全解』）

とするが、先に引用した「鸕鷀草葺不合尊」の用例を見ても、日本において「甍」が瓦葺である必然性はない。

さらにいえば、天平宝字五～六年（七六一～七六二）に行われた石山寺の造営に際して、信楽から三宇の建築物が移築されたが、その勘注書（矢口公吉人屋丈尺勘注解、天平宝字五年十二月二十八日）[8]に記された「板屋」（以下、「三丈板殿」と記す）の材として、

甍覆樋代三枝（枝別長三丈九尺／一枝広一尺二寸／二枝、別方五寸／三寸）（第四巻五二九頁、続修第四十三巻⑪）

葺板三百十二枚（枚別一丈八尺／広五寸已下）（第四巻五二九頁、続修第四十三巻⑪）

と、「甍」と「葺板」とふたつの部材が記されている。「葺板」とあるように「三丈板殿」は板葺であり、瓦葺ではない。ここでも「甍」の文字はルーフの意で用いられている。先に引用した『和名抄』の居宅具類の記述や、『新撰字鏡』の、

甍（莫耕反。平。𤬪同。屋棟。）（『新撰字鏡』巻七・十八ウ）

を見る限り、「甍」が「壮麗な建築物の総称」とはいえない。「甍」はルーフをあらわす文字である。ルーフの和語は上代語に確例はないものの「いらか」とすべきだろう。この点、「イラカは、かや・板・瓦などの材料の別なく、広く屋根をいう。」（『旧全集』）は的を射た説明である。ルーフの和語として「いらか」が存在したことはまちがいない。11・二四七五番歌の第二句「甍子太草」は「甍《いらか》しだ草」と訓むべきである[9]。

一方、「屋根」の用例は、当該歌以外に、次に述べる正倉院文書の三例を拾うことができる。先に述べた天平宝字五年（七六一）から翌年にかけて、信楽から移築された三宇の建築物のうちの一宇の名称である。

この移築については、福山敏男氏『日本建築史の研究』（桑名文星堂一九四三年―以下、福山論文Bと記す）と関野克氏の二論文[10]が夙に有名であり、関野克氏は、復元図を作成し模型も製作している。そして、その後も多くの研究が積み重ねられて来た[11]。今、その研究史を細かく追うことはしないが、移築史料の根幹を成すのは次の三文書であ

る。[12]

A文書　天平宝字五年十二月二十八日、勘注書、矢口吉人（第二十五巻三〇五頁　続修第四十三修⑪）

B文書　天平宝字六年七月二十一日、造石山院所返抄、安都雄足（第十五巻二二六頁　続修第三十巻〈裏〉⑩、続修別集第八巻〈裏〉③、続修第四十九巻〈裏〉②）

C文書　天平宝字六年閏十二月二十九日、造石山院所解、安都雄足（第五巻三四三頁他　続修後集第三十四巻〈裏〉⑦～①）

A文書は、信楽の建築物を目視して作成した勘注書。B文書は、解体した部材を受け取った石山寺側が作成した送り手側への査収証明書。そして、C文書は、解体移築についての「総決算書」[13]、「決算報告書（現存するのはその草案）」[14]、「工事報告書」[15]などと称される。

移築された三宇は、C文書には、

一百廿六隻（並打合）作三丈板殿一宇料（法備国師奉入殿者）

一百卅六隻作五丈板殿一宇料（自信楽買板殿二宇之内）

と記される。傍線部から「三丈板殿」（先に「甍」と「葺板」について述べた建築物と同一）、「五丈板殿」（以下、「板葺五丈殿」と記す）と、そして他にもう一宇あったことが知られる。うち「三丈板殿」と「板葺五丈殿」については、A文書の勘注書が残っている。次に掲げるのは、その勘注書に記されている、この二宇についての冒頭部である。

「三丈板殿」—板屋[16]一間（長三丈　高九尺七寸　広二丈）（天平宝字五年〈七六一〉十二月二十八日、第四巻五二八頁　続々修第四十五帙第一巻①）

「板葺五丈殿」—北殿板葺屋一宇（長五丈　高一丈六尺　広二丈六尺）（天平宝字五年〈七六一〉十二月二十八日、

第二十五巻三〇六頁　続修第四十三巻⑪）

残る一宇の勘注書は正倉院文書に残っていないため、その経緯は不明だが、「造石山寺所銭米充用注文」（この三宇の移築に際しての費用について書かれた文書）には、

　奉充銭拾陸貫弐伯拾壱文
　三貫二百十一文、自矢川津、運漕於《脱カ》石山寺津、桴工百六十九人功料、依彼解文、六貫、在信楽五丈板敷價、並後有屋根直、七貫、自壊運人功、且所充、（造石山寺所銭米充用注文　天平宝字六年二月九日　第五巻一〇五頁、続々修第四十五帙一〈表〉③）

と見える。ここには「五丈板敷」（「板葺五丈殿」のこと）と「屋根」というふたつの建築物が記されている。福山論文Bは傍線部を「六貫　信楽に在る五丈板敷（殿）の値、並びに後に有る屋根の値」と訓読した上で、

　この二宇の記載法は明白ではない。しかし秋季告朔は「五丈殿二宇値、一宇板葺一宇屋根」（C文書—引用者注）とも、又その用材の目録の後に「已上七百十四物五丈殿一宇料」「已上七十三物五丈殿屋根一宇料」（両方C文書—引用者注）とも記してゐることから、内一宇は主として屋根よりなる柱間吹放しの或は未完成の建物であったと想定し得よう。（福山論文B）

と述べる。この「屋根」については、他にも以下のような発言を拾うことができる。

　他の一宇（「屋根」—引用者注）は後部に建てられてあつたことが知られ、屋根一宇料と見えて復原してみると完成されなかつたと思はれる。（関野論文A）

　後部の五丈殿は屋根のみの建物と解される。（関野論文B）

　屋根葺まで終わったが、未完成の建物（福山敏男氏「石山寺・保良宮と良弁」『南都仏教』第三十一号・一九七三年十二月）

後者（「屋根」―引用者注）は平城還都後、何らかの破壊を受けて不完全なものになっていたことも推察されるのである。（岡藤良敬氏「藤原「豊成」板殿・考―信楽買筑紫帥藤原殿板屋をめぐって―」『正倉院文書研究』第十号・二〇〇五年六月）

それぞれ記し方は違うものの、いずれも「屋根」をルーフと解した上で、不完全な建築物であったと述べている（なお、この「屋根」を先の「三丈殿」に当てることは、「三丈殿」の移築記録が他にも存在していることから考えられない）。

残る二例の「屋根」は総決算書といわれるC文書に登場する。該当部は以下の通り。

C文書、第十六巻二一五頁

□山作并足庭用如件

□卌五文買信楽殿價并壊運夫等功食功料

□丈板殿二宇價（一宇板葺／一宇屋根）

□一千三百卌五人功（一千卌五人別十五文／三百人別十四文）

C文書、第十六巻二〇六～二〇八頁、第十六巻一九七～一九八頁

問信楽買《宮邊》筑紫帥藤原殿板屋《殿》弐宇（一宇長六《五》丈　広二丈八尺／一宇長五丈　広二丈六尺）

料材捌伯伍拾壱物（見七百八十七物／欠六十四物）

夫壱仟柒伯肆拾伍人

一千四百廿人自本所運三雲川津材八百五十一物

柱　十六根（各長一丈九尺／径一尺三寸）　夫百廿八人（根別十二人）　一日二度

（中略）

已上七百七十七物六〔五〕丈殿一宇料

柱　十六根（各長一丈八尺／径一尺一寸）　夫九十六人（十二枝別十二人／四枝別八人）　二日三度

（中略）

已上七十四物五丈殿屋根一宇料

このC文書に見える二ヶ所と先に引用した「造石山寺所銭米充用注文」から、「板葺五丈殿」の他に「屋根」と呼ばれる建築物が存在していたことはまちがいない。そして、次に掲げる表は、総決算書にあたるC文書に載る「板葺五丈殿」と「屋根」との建築部材の比較である(17)。

先に引用したように、「板葺五丈殿」の部材は合計七七七物であり、「屋根」のそれは七十四物と「板葺五丈殿」の一割にも満たない。ただし、寸法は省略したが、柱などの部材の数を比較すると、「板葺五丈殿」と「屋根」とは建築物の大きさとしてはそれほど違わないことがわかる(18)。そして、「板葺五丈殿」に存在しており、「屋根」に欠けている部材は、

屋根	五丈殿	部材
○(16)	○(16)*1	柱
○(2)	○(9)	桁
○(6)	○(6)	棟
	○(1)	宗
○(2)		宗木 *2
	○(1)	宗覆（むねおほひ）
	○(24)	長押（なげし）
	○(24)	束柱（つかはしら）
○(12)	○(12)	佐須（さす）
○(2)	○(2)	宗立 *3
	○(28)	古万比（こまひ）
	○(5)	於押（うはおそひ）
○(4)	○(4)	比宜（ひぎ）
○(8)	○(8)	垂木
	○(6)	棉梠（のきすけ）
	○(8)	四面柱（よもはしら）
	○(2)	端継桁
	○(100)	歩板
	○(400)	蘇岐板（そきいた）
	○(21)	壁持木
	○(14)	壁代板
	○(8)	扉
	○(28)	戸調度
	○(57)	牖二間調度
○(15)		庇料桁

＊1　括弧内は部材の数。
＊2　「宗」と同義か（福山論文Ａ）。
＊3　宇立（うたち）の誤記だろう（福山論文Ａ）。

「古万比」（垂木の上に取り付ける桟）、「棉梠」（先述）、「蘇岐板」（屋根を葺く板）といったルーフに必須のものや、「壁持木」、「壁代板」、「扉」のように壁に関わるものがその多くを占める。先に福山論文Bが「主として屋根より成る柱間吹放しの或は未完成の建物であったと想定し得よう」と記していたが、後者であった可能性が高い。福山論文Bが前者の案を提示したのは「屋根」をルーフと理解した結果ではないだろうか。やはり、「屋根」はルーフではなく、単に建築物を意味していたと理解すべきである。

この点、建築物を示す「屋」「家」「殿」などの文字の訓として「やね」があれば、こと足りるわけだが、そうした用例は見当たらない。ただ、「屋」を「やね」と訓んだであろう用例として、神名「天児屋命」があげられる。この神名は、『古事記』に五例、『日本書紀』に十例見えるが、全例「天児屋命」と記され、「アメノコヤネノミコト」と訓まれるのが一般的である。その根拠は、

其先出自天児屋根命。（『藤氏家伝』）

枚岡坐天之子八根命（『祝詞式』春日祭）

中臣乃遠都祖天児屋根命（『台記別記』中臣寿詞）

にある。「春日祭」や「中臣寿詞」の成立年代は下るが、『藤氏家伝』の用例はみずからの氏の祖先神の名称であり、尊重されるべきものだろう。

なお、本居宣長『古事記伝』には、

他書には、多くは児屋根と根字を添て書るを、此記書紀などには此字無く、又泥は称名にて、称名は略ても云る例これかれあるなどを思へば、根字なきをば、古夜と訓べきかとも思へど、屋を夜泥と云こと、今の俗語のみならず、万葉四巻などにもあれば、なほ古夜泥と訓べし、（『古事記伝』天石屋戸条）

と記されており、先に引いた『攷證』同様、「屋」と「屋根」とを同一視する先行研究として注目に値する。(19) ただし、

宣長自身、当該歌については、田中道麿とのやりとりの中で、

板蓋之云々、屋根とは、此歌にては屋根ふくへき板をいへるにや、
そこの家の黒木にてふくへき屋根は、山の近き所なれは明日その木をとり持来てまゐらせん也、さて下句に落
字有へし、（『萬葉集問聞抄』田中道麿問、宣長答）

と答えており、『古事記伝』の見解とは整合しない。

「屋根」がいつの時代まで建築物を意味していたのか、いつ頃からルーフのみを意味するようになったのか、稿者の知見は及ばない。ただ、宣長は「屋を夜泥と云こと、今の俗語のみならず」と発言しており、江戸時代に「屋根」がルーフも建築物も指していた可能性はあるのだろう。

以上、上代語の「屋根」は建築物一般を指していたことを述べて来た。訓も「やね」と考えて問題ないだろう。本論は、『古事記伝』、前掲吉井論文、横山著、石田著、『日本国語大辞典　第二版』、原田著の指摘をあらためて論証したものである。

七　むすびにかえて

家持の一首は「山が近いので、板葺の黒木の建物の部材を取りに行って、それを明日にでもお持ちしましょう」という戯れ歌として理解すべきであった。また、その建物は「忌隠り」などといった神や儀礼に関わるものではなく、紀女郎の邸宅を想定してよいだろう。実際に紀女郎の邸宅が建築中であったか否かは大きな問題ではあるまい。当該歌は紀氏をはじめ貴族たちの邸宅が恭仁京に建てられようとしていたことを間接的に証しているのだろう。

そして、この歌で「板葺」と歌っておきながら、次の歌では「黒木取り　草《かや》も刈りつつ」と平然とルーフを葺く

材料を変えるところも笑いを誘う。板葺、かや葺は当時の一般的なルーフであり、それは『続日本紀』のいう「中古の遺制」である。そして、「五位已上と庶人の営に堪ふる者」には「瓦舎」が推奨されていた。[20]

恭仁京時代、紀氏の氏上と目される人物に紀麻路がいる。天平十三年（七四一）に式部大輔（従五位上相当官）となり、翌年に従四位下、天平十五年（七四三）には参議となっている。また、紀飯麻呂は、副将軍として広嗣の乱の平定にあたり、時に右大弁（従四位上相当官）。さらに、聖武天皇の紫香楽宮行幸に際して、恭仁京の留守司だったことを『続日本紀』は伝える（天平十四年〈七四二〉八月、同年十二月、十五年〈七四三〉四月）。『万葉集』にも家持が参加した飯麻呂邸での宴席歌も残る（19・四二五七～四二五九）。そうした紀氏の新築の家に対して、「瓦葺」の「殿」でなく、「板葺」、「かや葺」の「黒木の屋根」と表現するところにこそ当該歌の眼目はあるのだろう。[21]当該贈答の正確な時期は不明だが、板葺、かや葺、黒木造りの邸宅は、家持歌の諧謔性の中心と担っていたと思われる。[22]

なお、歌群全体の理解については、第三章第三節に詳述する。

注

（1）ちなみに『延喜式』には「黒木」の建築物はあるけれども「逆葺き」の例はない。

（2）正倉院文書の検索には、関根真隆氏『正倉院文書事項索引』（吉川弘文館二〇〇一年）、「奈良時代古文書フルテキストデータベース」を利用した。

（3）以下、正倉院文書の割注は括弧内に記す。また、「／」は割注内の改行を示すが、複雑な表記が多いため、原本の記載通りにならない場合も多い。

（4）なお、正倉院文書には「棉梠」が六十一例、「宇助」が六例見える。また、「木簡庫」を検索すると「棉梠」が二例（平城宮木簡、長岡京木簡）、「宇助」が一例（平城宮木簡）確認できる（二〇二四年九月十五日現在）。

（5）この点、注(22)に記す。

（6）『日本国語大辞典』（小学館一九七六年）にこの記述はない。

（7）他に、奥村和美氏「『萬葉集』にみる都造り」（『奈良女子大学都城制研究』第十一号・二〇一七年三月）も「いらかしだくさ」と訓む。
（8）この文書は後で述べるA文書に該当する。
（9）『貞観儀式』にも「悠紀院・主基院」の「正殿」の造作に「甍」に「堅魚木八枝」を置くことが記されるが、「正殿」は「黒木を以て搆へ、青草を以ちて葺け」と指定されている（『延喜式』も同じ）。
（10）関野克氏「在信楽藤原豊成殿板殿復原考（正倉院文書による奈良時代住宅建築復原の一例）」（『建築学会論文集』第三号・一九三六年十月―以下、関野論文Aと記す）、同氏「在信楽藤原豊成板殿考」（『宝雲』第二十冊・一九三七年八月―以下、関野論文Bと記す）
（11）参考までに、この移築について本論に引用していない先行研究を掲げておく。
○伊藤行氏「藤原豊成板殿の復原について」（『鹿児島大学工学部研究報告』第一号・一九六一年九月）
○岡藤良敬氏『日本古代造営史料の復原研究』（法政大学出版局一九八五年）
○岡田英男氏「古代建築の上部構造」（『奈良大学文化財学報』第十一集・一九九三年三月）
○小岩正樹氏『日本古代建築における様の研究』（早稲田大学学位論文、二〇一四年二月）
（12）A～C文書の名称は、注（8）に掲げた関野論文による。また、以下、A～C文書の正倉院文書中の所在については省略に従った。
（13）関野論文A
（14）岡藤良敬氏「信楽板殿壊運漕の経過と経費」（『福岡大学人文論叢』第二十五巻三号・一九九三年十二月）
（15）島田敏男氏「在信楽藤原豊成板殿再考」（『奈良国立文化財研究所創立四十周年記念論文集　文化財論叢Ⅱ』同朋舎出版一九九五年）
（16）原文「屋板」だが、多くの論文が指摘するように「板屋」の転倒だろう。
（17）訓は福山論文Bによった。
（18）部材の寸法は基本的に「板葺五丈殿」の方が大きい。
（19）あるいは『攷證』が「屋根」を「屋」とする「或人の説」とはこの『古事記伝』のことなのかもしれない。

(20) 過度な現実還元は慎むべきだと考えるが、たとえば、古代山陽道の播磨国の布勢駅とされる小犬丸遺跡（兵庫県たつの市）の出土物からは、「蕃客」に備えた「瓦葺粉壁」（『日本後紀』大同元年〈八〇六〉五月十四日条）と考えられる建築物が想定されている（兵庫県教育委員会『兵庫県文化財調査報告書　第四十七冊　推定布勢駅家跡　小犬丸遺跡Ⅰ』一九八七年）。同書によれば、小犬丸遺跡における「瓦葺粉壁」の建物の成立はもう少し時代が下るというが、「瓦舎を構へ立て、塗りて赤白と為す」ことが富や権威の象徴であり、「板屋草舎」が「中古の遺制」の象徴であった蓋然性は高い。

(21) 紀女郎が、安貴王の妻であったことは、4・六四三番歌の題詞小字注に明らかであり、この家持との贈答時も安貴王の妻である可能性は否定できない。とすれば、紀女郎の邸宅は安貴王宮となる。仮にそうであったとしても歌の諧謔性は変わらないだろうが、当該贈答中において、邸宅を「宮」ではなく「やど」（4・七七七）と表現している点を考慮して、紀氏の邸宅と推定した。また、紀女郎の父である紀鹿人の邸宅と、紀麻路や紀飯麻呂との邸宅とが別であり、紀女郎の邸宅は紀鹿人宅であった可能性や、全く別の邸宅である可能性もあるが、判断不能なため、今は暫定的に紀氏の居宅とした。

(22) 最後に、『時代別』の「建物部材名称」が「棉梠」と「軒付」とを同一視してしまった経緯の可能性について述べておく。

B文書に「片樋」と書かれた部材は朱で「宇助」と訂正してあり、同じ部材がC文書では「棉梠」と記されている。ここから「宇助」と「棉梠」とが同じものであることが判明する。「宇助・棉梠」は断面がL字形の細長い部材である。B文書は運ばれて来た部材の名称を記したものなので、機能としては「棉梠」であるにも関わらず、当初そのL字の形状から「片樋」と記したのだろう（「樋」は断面が凹字の形状である）。関野論文Bはこの部材について、

宇助又は片樋は板敷五丈板殿の身舎及び庇の軒先を夫々押へる横材として復原、信貴山縁起絵巻や病草子に見られる民家は、此の板葺屋根の構造をよく遺存するものとして興味がある。（関野論文B）

とした。後藤論文はこれに拠ったのかもしれない。また、『時代別』の「建物部材名称」は関野論文Bに掲載されている「在信楽藤原豊成板殿復原構造図解」と極めて似ており、これに拠ったと思しい。

一方、『観智院本類聚名義抄』には、「梍（ノキズケ）」（仏下本・四十七・ウ）、「文梍（ノキスケ）」（同）、「棉（ノキズケ）」（同）、「梠（ノキアケ）」（同、「ア」は「ス」の誤りだろう）とあり、これらの文字が「のきすけ」を意味していたことがわかる。

関野論文が「棉梠」ではなく「片樋」（「身舎及び庇の軒先を夫々押へる横材」）として復原したものを、「建物部材名称」は、訂正後の名称である「棉梠」としてしまい、さらに「ず」と「づ」の混同から「軒付」の文字も加えてしまったのだろう。「ノキス（ズ）ケ」と「ノキツ（ヅ）ケ」の混同は『愚子見記』（一六八三）に、

梠《ノキツケ》ノ檜皮～（内藤昌校注『注釈　愚子見記』井上書院一九八八年　9—37）

と確認でき、同書には、「梠」に対して「コマイ」と別の部材の訓も付されている（同書　9—38）。また、さらに時代は下るが、『校刻新増玉篇』（一八六九年）には、「ノキスケ」をあらわす「梍」に対して「ノキツケ」の訓が見える。どこまで遡れるかは不明だが、混同はまちがいない。

なお、関野論文Bが「宇助又は片樋」を「身舎及び庇の軒先を夫々押へる横材」の根拠とした『信貴山縁起絵巻』には、たしかに関野論文Bが述べるような横材は確認できるものの（『病草子』にも同様の部材があると記されているが、こちらは確認できなかった）、「宇助」、「片樋」のどちらの文字列からもこの横材を意味する情報は引き出せない。

第五節　8・一六〇三番歌の左注

一　はじめに

多くの注釈書類（『代匠記』、『万葉考』、『略解』、『古義』、『折口口訳』、『井上新考』、『全釈』、『総釈』（藤森朋夫氏）、『金子評釈』、『窪田評釈』、『全書』、『佐佐木評釈』、『旧大系』、『旧全集』、『全訳注』、『釈注』、『和歌大系』、『新大系』、『全歌講義』、『全解』／『おうふう』）は、8・一六〇三番歌の左注を、

右二首天平十五年癸未八月十六日作

とする。ただし、『増訂全註釈』、『澤瀉注釈』、『集成』、『全注』（井手至氏）、『新編全集』、『新校注』は、

右二首天平十五年癸未秋八月十六日作

と、「秋」の一文字を入れる。そして、「秋」の有無に関わらず、「同じ日の作に、久迩の京を讃めて作る歌、一〇三七がある。」（『集成』）とあるように、当該歌を次に掲げる歌と同日詠とする。

十五年癸未の秋八月十六日に、内舎人大伴宿祢家持、恭仁の京を讃めて作る歌一首
今造る　恭仁の都は　山川の　さやけき見れば　うべ知らすらし（6・一〇三七）

こうした中で、『塙CD』は、

右二首天平十五年癸未秋八月十五日作

と、「秋」一文字の存在を認めた上で「八月十五日」とする。本論も『塙CD』[1]が正しいと考えるが、以下、この

点について述べる。

二　諸本状況

当該部分についての諸本状況は以下の通り。

紀、廣―右二首天平十五年癸未秋八月十五日作

宮、細／西／温、陽、矢、近、京／無、附、寛―右二首天平十五年癸未八月十六日作

廣瀬本の発見が『塙CD』の改訂（旧版は「右二首天平十五年癸未八月十六日作」）につながったことはまちがいない。しかし、廣瀬本発見後も「秋」を補わず、また、「八月十六日」のままにするものが目立つのは、巻八が非仙覚本に恵まれない点に起因している可能性がある。たしかに、非仙覚本が紀州本と廣瀬本の二本しかない現況において、仙覚本の本文を捨てるには、不安を覚える。

そこで、『万葉集』の年月表記の様相からあらためてこの問題を考えてみたい。

三　年号と干支

「儀制令」には、

凡そ公文に年記すべくは、皆年号を用いよ。（「儀制令」二六）

とあり、該当部の『令集解』は、

古記云。用㆓年号㆒。謂㆓大宝記而辛丑不㆑注之類㆒也。（『令集解』「儀制令」二六）

と『古記』を引用する。これは「大宝元年九月」と記すべきであり「大宝元年辛丑九月」などと干支を記すべきではないという意と解してよい。この文言はかなり厳格に守られたようで、正倉院文書に年号に下接する干支の例を見つけることはできなかった。また、木簡には、大宝令完成直後といってもよい、

・太宝元年辛丑十二月廿二日／白□□□〔米二石ヵ〕〈〉鮑廿四連代税／○宮川内□〔歳ヵ〕六黒毛馬胸白・

○「六人部川内」（元岡・桑原遺跡群）

○癸卯年太宝三年正月宮内省□〔入ヵ〕四年□□／年慶雲三年丁未年慶雲肆年孝服（平城宮第一次大極殿院）

がある。けれども第二例は習書であり、事実上第一例のみとなる。これ以外には、

／○／◇天平〃勝宝七年乙未十月□（平城京左京三条二坊八坪　SE4760出土　檜扇）

の例があるばかりである。こちらは檜扇の用例であり、いわば令の埒外である。そして、『日本書紀』、『続日本紀』にもこうした用例は見えない。『日本書紀』は年号がほとんどないため、当然ではあろうが、『続日本紀』にないのは、正史の正史たる所以だろう。ところが、『万葉集』の題詞左注には、「年号＋干支」の用例が多数見られる。

集中の「〜年（歳）〜月」の用例は、全一〇九例。[2] しかし、この中には、

ただし、紀に曰く、「五年の春正月、己卯の朔の辛巳、天皇、紀の温湯より至ります。〜」（1・七左注）

今、案内に検すに、「八年十一月九日に葛城王等、橘宿祢の姓を願ひて表を上る。〜」（6・一〇〇九左注）

のように他文献の引用が二十六例含まれている。結果、八十三例の「〜年（歳）〜月」を確認できる。これを巻毎に分類したのが次頁の表である。[3] 用例数だけから見ると、令の規程に従っているのは、巻五、巻十八、巻十九であり、巻十七、巻二十がこれに近い。まず、末四巻の状況を見て行く。

巻十七で干支を持つのは、巻頭の次の一例のみである。

天平二年庚午の冬十一月、大宰帥大伴卿、大納言に任ぜられ帥を兼ぬること旧のごとし、京に上る時に、傔従等別に

海路を取りて京に入る。ここに羈旅を悲傷し、各所心を陳べて作る歌十首（17・三八九〇題詞）

末四巻は家持の歌日記と呼ばれるが、天平二年（七三〇）当時は十二歳ほどと考えられ、この歌群は他の冒頭歌群同様、家持の手元にあった記録を掲載したものと見てよいだろう。巻十七は干支無表記が原則といってよい。

巻二十には次の二例。

天平勝宝七歳乙未の二月に相替りて筑紫に遣はさるる諸国の防人等が歌（20・四三二一題詞）

天平勝宝八歳丙申の二月、朔乙酉の二十四日戊申に、太上天皇・天皇・大后、河内離宮に幸行して、信を経て壬子を以て難波宮に伝幸したまふ。三月七日、河内国伎人郷の馬国人が家にして宴したまふ歌三首（20・四四五七題詞）

この二例については、解を持ちあわせず、後考に委ねるよりないけれども、末四巻は令の規程におおむね則しており、「大宝元年二月」などと記していることは認めてよいだろう。また、巻五についていえば、旅人と憶良の手元にあった資料だったことが大きく影響していると思われる。

『万葉集』の題詞・左注に見える干支・季節

	干支あり		干支なし		
巻	季節あり	季節なし	季節あり	季節なし	総計
一	3				3
二				1	1
三	4		2		6
四	3				3
五				11	11
六	10			1	11
八	8	1（当該歌）		5	14
九	3				3
十七	1		3	8	12
十八			1	7	8
十九				3	3
二十		2	2	4	8
総計	32	3	8	40	83

一方、他の巻（巻一～四、六、八～九）で、逆に干支の記されていない用例は以下の九例。

①天皇の崩りまし後の八年の九月九日、奉為の御斎会の夜、夢の裏に習ひ賜ふ御歌一首古歌集の中に出づ（2・一六二題詞）

②右の歌は、天平五年の冬十一月を以て、大伴の氏の神を供祭る時に、聊かにこの歌を作る。故に神を祭る歌といふ。（3・三八〇左注）

③右、藤原宮の朱鳥元年の冬十月（3・四一六左注）

④右、神亀四年正月、数の王子と諸の臣子等と、春日野に集ひて打毬の楽をなす。その日忽ちに天陰り雨ふり雷電す。この時に、宮の中に侍従と侍衛となし。勅して刑罰に行なひ、皆授刀寮に散禁せしめ妄りて道路に出づること得ざらしむ。ここに悒憤みし、即ちこの歌を作る。作者未だ詳らかならず（6・九四九左注）

⑤右の一首、天平四年三月一日に、佐保の宅にして作る。（8・一四四七左注）

⑥右、養老八年七月七日、令に応ふ。（8・一五一八左注）

⑦右、神亀元年七月七日の夜に、左大臣の宅にして。（8・一五一九左注）

⑧右、天平元年七月七日の夜に、憶良、天の川を仰ぎ観る。一に云はく、帥の家にして作る、といふ。（8・一五二二左注）

⑨右、天平二年七月八日の夜に、帥の家に集会ふ。（8・一五二六左注）

巻一、巻四の用例にはすべて干支が存在する。巻二の①は年号ではないため、干支と相渉らない。巻三の③はそもそも大宝律令施行以前の例であり、さらに、文字数が少なくはっきりしたことはわからないが、『日本書紀』からの引用である可能性も否めない。巻一～四では②坂上郎女の祭神歌の左注が唯一の例外となる。

巻六に移り、④に干支の存在しない理由は不明。巻八の⑥～⑨は全例憶良の七夕歌の左注である。いずれも作歌事情についての一次情報であり、憶良の筆が残ったものと見るべきであろう。残る⑤は坂上郎女歌の左注。わずか

な例外が坂上郎女に偏るけれども、そもそもの用例数が少ない上、

大伴家持、姑坂上郎女の竹田の庄に至りて作る歌一首

玉桙の　道は遠けど　はしきやし　妹を相見に　出でてそ我が来し（8・一六一九）

大伴坂上郎女の和ふる歌一首

あらたまの　月立つまでに　来まさねば　夢にし見つつ　思ひそ我がせし（8・一六二〇）

右の二首、天平十一年己卯の秋八月に作る。

と干支を記した例もあり、例外と考えた方がよいだろう。結局、干支のない理由が明瞭といえない用例は②④⑤の三例のみとなる。

巻五と末四巻以外は「大宝元年辛丑」と記すのが通例だったことがわかる。しかも、干支を記す用例は、先に掲げた巻二十の「天平勝宝七歳乙未の二月」、「天平勝宝八歳丙申の二月」の二例以外、すべて「年」の下に「春夏秋冬」を伴う。当該左注は、仙覚本の「天平十五年癸未八月」ではなく、非仙覚本の「天平十五年癸未秋八月」が優先されよう。となれば、仙覚本系統の「八月十六日」を採用する積極的な理由はなくなり、当該左注は、

右二首天平十五年癸未秋八月十五日作

であったと見るべきである。(4)

四　むすびにかえて

以上、8・一六〇三番歌の左注の本文について述べて来た。歌の理解には影響を及ぼさないが、当該歌は6・一〇三七番歌と同日詠ではない。

また、『万葉集』（巻五、十七〜二十以外）における年月表記が一定の基準に依存しており、それは令の規程から外れたものであることも判明した。上代文献を見渡しても、こうした「元号＋×年＋干支＋季節＋×月」という例はほとんど見当たらない[5]。季節を持たないものでも、次の三例程度である。

永昌元年己丑四月、飛鳥浄御原大宮、那須国造追大壱那須直韋提、評督被レ賜。（「那須国造碑」）

維清原宮馭宇天皇即位八年庚辰之歳建子之月、以二中宮不悆一創二此伽藍一。（薬師寺東塔檫記）

神亀三年丙寅二月廿九日（「金井沢碑」）

「那須国造碑」の永昌元年は、唐の年号で西暦六八九年にあたる。珍しい例であるが、大宝律令以前であり、問題にならない。「薬師寺東塔檫記」も大宝以前の例であり、かつ、『日本書紀』成立以前の用例といわれる[6]。「金井沢碑」の神亀三年は西暦七二六年にあたる。『万葉集』以外の確例であり、こうした書式が存在していたことを示す。

『万葉集』の巻五、十七〜二十以外には一定の年月書式が存在したといってよい。想像をたくましくすれば、それは巻一〜二を襲ってのことであろう。ただし、その書記主体はひとりとは限らず、家持がその複数のうちのひとりであろうことは想像に難くないが、家持ひとりに限定することは慎むべきである。

注

（1）佐竹昭広氏・木下正俊氏・小島憲之氏『補訂版　万葉集　本文篇』（塙書房一九九八年）にて改訂したと思われる。

（2）「霊亀元年、歳次乙卯の秋九月、志貴親王の薨ずる時に作る歌一首」（2・二三〇）のような「〜年歳次干支〜月」の形を持つ題詞は数えていない。ただし、季節や月を含まないものには「和銅四年、歳次辛亥、河辺宮人、姫島の松原に娘子が屍を見て、悲嘆して作る歌」がある。「歳次」は必然的に干支を要求するためである。また、写経識語は、ほとんどが「歳次」を伴う形の年月表記であり（上代文献を読む会編『上代写経識語注釈』勉誠社二〇一六年による）、『万葉集』とは別の原則が存在している。

（3）用例の存在しない巻は表に載せていない。

（4）念のために記せば、本節で述べた題詞・左注における干支・季節の表記は目録においても変わらない。

（5）『万葉集』全体の題詞・左注における年月表記については別稿を用意している。

（6）東野治之氏「文献史料からみた薬師寺」（白鳳文化研究会『薬師寺白鳳伽藍の謎を解く』富山房インターナショナル二〇〇八年）

第二章　恭仁京讃歌

第一節　境部老麻呂の恭仁京讃歌

一　はじめに

次に掲げる歌の題詞と左注によれば、境部老麻呂は天平十三年（七四一）二月某日、新都讃歌を作った。おそらく歌詠の機会も同月だったろう。境部老麻呂は「右馬頭」（右馬寮の長官）。「右馬頭」は従五位上相当の高官である。「五位以上の官人がこの種の讃歌を作るのは異例。」（『全注』橋本達雄氏）といわれるように、高級官人の手になる讃歌は珍しい。

　　甕原の新都を讃むる歌一首并せて短歌

山背の　恭仁の都は　春されば　花咲きをり　秋されば　もみち葉にほひ　帯ばせる　泉の川の　上つ瀬に　打橋渡し　淀瀬には　浮橋渡し　あり通ひ　仕へ奉らむ　万代までに（17・三九〇七）

　反歌(1)

楯並めて　泉の川の　水脈絶えず　仕へ奉らむ　大宮所（17・三九〇八）

　　右、天平十三年二月に、右馬頭境部宿祢老麻呂作る。(2)

本節では、遷居直後の恭仁宮の描かれ方を中心に、当該歌の特質について述べる。

二　天平十三年（七四一）二月の恭仁京

『続日本紀』によれば、天平十二年（七四〇）十二月十四日に近江を出発した聖武天皇はその日のうちに山背国相楽郡玉井頓宮に到着。翌十五日に恭仁宮に入った。

　皇帝在前に恭仁宮に幸したまふ。始めて京都を作る。太上天皇・皇后、在後に至りたまふ。（天平十二年〈七四〇〉十二月十五日条）

この条において、聖武天皇は「天皇」ではなく「皇帝」と記される。「皇帝」は「儀制令」に、

　天皇。詔書所ㇾ称。
　皇帝。華夷所ㇾ称。（「儀制令」一）

と記され、『新大系　続日本紀』が、「国の内外にあまねく告げる場合の天子の称」（第一巻二三五頁）とするように、「天皇」よりも広い範囲を念頭においた表記と見られる。

　また、『新大系　続日本紀』は、

　地の文に「皇帝」の表記がみえるのは、本条（天平十年〈七三八〉正月十七日条―引用者注）と天平十二年十二月丙辰・丁卯条・天平十五年十月乙酉条の四回で、巻十三・十五のみ。聖武天皇の勝宝感神聖武皇帝の尊号（天平宝字二年八月戊申条）あるいは編纂方針に関連あるか。（第二巻三三七頁）

　「皇帝」の語は続紀では詔勅など漢文的表現以外には、天平十・十二・十五年の行幸の時に使用されている。（第二巻四三三頁）

とも述べ、その特殊性に注意を向ける。地の文の用例は以下の四例（当該例も再掲した）。

A皇帝、松林に幸したまふ。宴を文武の官の主典已上に賜ひ、禄賚ふこと差有り。（天平十年〈七三八〉正月十七日条）

B皇帝、国城を巡り観す。晩頭に新羅楽・飛騨楽を奏る。（天平十二年〈七四〇〉十二月四日条）

C皇帝、在前に恭仁宮に幸したまふ。始めて京都を作る。太上天皇・皇后、在後に至りたまふ。（十二年十二月十五日条—再掲）

D皇帝、紫香楽宮に御しまして、盧舎那の仏像を造り奉らむが為に始めて寺の地を開きたまふ。（天平十五年〈七四三〉十月十九日条）

引用した通り「皇帝」は巻十三、十五の行幸時にのみ登場する。一方、この二巻には「天皇」の行幸記事が十六例存在し、これら四例は何らかの意味で強調されていることがわかる。さらにADははっきりしないものの、Bには「国城」（『続日本紀』中当該例のみ）、「巡観」（同、当該例のみ）、「晩頭」（同、当該例を含み四例のみ）と、『続日本紀』中にあって、珍しい表現を含み持つ。中でも「国城」は、ここでは美濃国府を意味しているが、本来は、

夫、国城大にして田野浅狭なるは、其、以ちて其の民を養ふに足らざるなり。（『管子』八観）

とあるように、首都の意であり、Bの「国城」は文飾に近い。

また、C（当該条）に見える「京都」についても、『新大系　続日本紀』が、「続紀では京・京師がふつうで「京都」は稀。」（第二巻三八三頁）と指摘するように、「京都」は『続日本紀』に八例（当該例を含む。以下同）しか見えない（「京師」は二十七例、「京」は解釈によって用例数が大きく変わるが、少なく見積もっても百例以上はある）。さらに、「在前」は『続日本紀』中に三例。残り二例は次の通り。

右大臣橘宿祢諸兄、在前に発ち、山背国相楽郡恭仁郷を経略す。遷都を擬ることを以ての故なり。（天平十二年〈七四〇〉十二月六日条）

右大臣橘宿祢諸兄を遣して在前に恭仁宮に還らしむ。（天平十五年〈七四三〉正月一日条）

第一例は巻十三、第二例は巻十五の用例であり、Cとの何らかの関連を想定させる。CもB同様、特徴的な書き方といってよい。

そして、Cでは「在前」と「在後」とが対句的に配されている。この対は、

これを瞻るに前に在り、忽焉として後に在り。（『論語』子罕）

祝哽前に在り、祝噎後に在り。（『後漢書』明帝紀）

などをはじめ、漢籍に多数の用例が見られる。ここでは聖武天皇の恭仁宮入りの後に、太上天皇と皇后も恭仁宮に入ることが当然であるかのように記されている。

このように見て来ると、Cは「皇帝」としての聖武がまず恭仁宮に入り、そこに新しい「京都」を作る、そして太上天皇と皇后とがその後に続くことが強い筆致で記されていることになる。それが『続日本紀』の立場だったのだろう。ただし、実際には、太上天皇の恭仁宮入りは天平十三年（七四一）七月十日であり、皇后の恭仁宮入りの記述はなく、天平十四年（七四二）二月一日に皇后宮に行幸した記述が直近となる。聖武天皇の恭仁宮入りは、『続日本紀』の筆致とは裏腹に遷都とはほど遠いものだったようであり、それは、巻十四に引き継がれる。

巻十四の冒頭、天平十三年元旦の記事は有名である。

天皇、始めて恭仁宮に御しまして朝を受けたまふ。宮の垣就らず、繞すに帷帳を以てす。是の日、五位已上を内裏に宴す。禄賜ふこと差有り。（天平十三年〈七四一〉正月一日条）

この記事は、紫香楽宮遷居後の天平十七年（七四五）正月一日条に見える、

乍ちに新京に遷り、山を伐り地を開きて、以て宮室を造る。垣牆未だ成らず。繞すに帷帳を以てす。（天平十七年〈七四五〉正月一日条）

と比較されることが多い。どちらも帷帳で囲んだだけの区域であり、殿と呼べるようなものではなかったことを示す。聖武天皇の恭仁宮入りは、当初、実態としては遷都というよりも離宮行幸に近いものだったのではないだろうか。

以下、閏三月末までの約四ヶ月間について、『続日本紀』のすべての記事を略記しつつ羅列する。

A正月十一日条　伊勢神宮と七道の諸社に新京に遷ることを報告。
B正月十五日条　藤原不比等家が封戸を返上。射礼中止。
C正月十六日条　大極殿で主典以上と賜宴（踏歌節会）。
D正月二十二日条　広嗣の乱に連座した者の処分。
E二月七日条　馬牛の屠殺禁止と国郡司の私的狩猟禁止の詔勅。
F三月一日条　日蝕。
G三月八日条　広嗣の乱に加担したと思われる小野東人に対する処断。平城京の東西の市で杖刑に処され、伊豆に配流。
H三月二十日条　難波宮に百八羽の大きな鳥が時を定めて集まるという異常現象の報告。使いを派遣して神に奉幣してこれを鎮める。
I三月二十四日条　国分寺建立の詔勅。(3)
J三月二十八日条　長谷部内親王（泊瀬部皇女）薨去。
K閏三月五日条　広嗣の乱において功績のあった者への叙位。
L閏三月九日条　平城宮の兵器を甕原宮に運ばせる。
M閏三月十五日条　五位以上の者の平城京居住を禁止。

N閏三月十九日条　　難波宮の怪異を鎮める。
O閏三月二十四日条　宇佐八幡宮に広嗣の乱戦勝の報賽。
P閏三月二十五日条　天皇警護の武官に褒賞。

最初のA（正月十一日条）は神々への遷都報告であり、藤原宮遷居時の、

使者を遣して、幣を四所の伊勢・大倭・住吉・紀伊の大神に奉らしめ、告すに新宮のことを以ちてす。（持統六年〈六九二〉五月二十六日条）

が参照される。ただし、注意すべきは、この『日本書紀』の記事は実際の遷都の二年七ヶ月前のものである点、そして、この三日前には、

浄広肆難波王等を遣して、藤原宮地を鎮祭らしむ。（持統六年〈六九二〉五月二十三日条）

と記されるという二点にある。つまり、神々への報告は、宮の完成ではなく新宮の地の決定の報告でしかない。Aの諸社への報告もこれと同様に理解すべきである。聖武の恭仁宮入りから一ヶ月も経過しない間に、恭仁を宮地として神々に報告したことは、恭仁宮を正式な宮であるとする公的認定が急務だったことを示していよう。

B（正月十五日条）、D（正月二十二日条）は広嗣の乱の残務処理である。戦功をあげた者への叙位はK（閏三月五日条）まで行われていない。恭仁宮遷居も当該歌の詠作も戦後処理の最中の出来事であった。

C（正月十六日条）は、その日付から踏歌節会と考えられるが、平城宮大極殿の移築は翌年の元旦でも完了しておらず（天平十四年〈七四二〉正月一日条）、ここの「大極殿」も帷帳で囲んだだけのものであった可能性が高い。Bでは射礼が中止されていたが、これも設備の未整備がその要因だろう。

E（二月七日条）には、牛馬の屠殺禁止と私的な狩猟禁止の詔勅が出される。この記事と「右馬頭」だった当該歌の作者境部老麻呂とを結びつける論[4]もあるが、『釈注』が、

牛馬という点で、右馬頭境部宿祢老麻呂とかかわりを見せるけれども、これはまったく偶然のことで、目下の歌の場を追うのに機能しそうにはない。（『釈注』）

とするように、「右馬頭」との直接的関係に言及するには、別の史料が必要である。この記事は、当該歌よりもＩの国分寺建立の詔に象徴される国家仏教との関係を考えるべきではあるまいか。

三月に入ると、再び広嗣の乱の連座者への処罰が下される。平城京の東西の市で杖刑が行われており（Ｇ—三月八日条）、人々の多くが平城京に残っていたことがわかる。その後、Ｈ（三月二十日条）では難波宮の異変とそれを鎮めるための奉幣が記され、Ｉ（三月二十四日条）は、いわゆる国分寺建立の詔である。

このように見ても、当該歌の作と伝わる二月は、広嗣の乱の功労者への叙位すら行われておらず、かつ、経済活動の拠点は平城京にあり（五位以上の者に対する遷居の命令でさえＭ—閏三月十五日条に記されている）、宮そのものも、内裏こそ存在してはいたであろうが、大極殿をはじめとする宮の主要な建造物は、まだ姿を現していない段階だったといってよい。建物について付言すれば、造宮卿の任命記事がこの年の九月八日である点も参考になる。また、平城宮の武器が甕原宮に運び込まれるのはＬ（閏三月九日条）であり、それまで聖武は、いわば丸腰で過ごしていたことになる。

以上が『続日本紀』から推定できる当該歌詠作時の恭仁宮の状況である。当該歌は、宮とはとても呼べないような新宮に対する讃歌である点を確認しておきたい。

勿論、社会状況が歌の内容に必ずしも反映しないことは、天平七年（七三五）～天平九年（七三七）にかけて猖獗を極めた「瘡」が万葉歌に登場しないことや、天平十二年（七四〇）の聖武の東国行幸歌（6・一〇二九～一〇三六）に広嗣の乱が全く歌われていないことからも容易に想定できる。しかし、その一方、『万葉集』には遷都歌が数多く見られることも指摘したことがある。(5) あらためて、当該歌の表現と恭仁宮との関係を論じてみたい。

三　山背の　恭仁の都は～秋されば　黄葉にほふ

長歌は「山背の　恭仁の都は」から歌い起こされる。恭仁京と題詞の「甕原の新都」とは同じ空間とみなしてよいであろうが、本来「甕原」は木津川左岸の地だった（第一章第一節参照）。恭仁宮遷居以前の甕原行幸は、和銅六年（七一三）六月から天平十一年（七三九）三月まで、『続日本紀』に八回、『万葉集』に一回の計九回を数える。聖武天皇から見ると、幼い頃から慣れ親しんだ土地といってよいだろう。一方、「恭仁」は和銅元年（七〇八）九月二十二日条に岡田離宮行幸に際して「賀茂」（原文）、「久仁」（原文）のふたつの里に稲三十束を賜った記事があるだけである。当時、南山背の離宮としては「甕原」がよく知られており、こうしたところから「甕原の新都」という書き方も成立したのではないだろうか。

さて、長歌冒頭は、実際に恭仁宮が山背国にあるため、表現に矛盾があるわけではない。しかし、たとえば、近江大津宮遷都は、

～そらにみつ　やまとを置きて　あをによし　奈良山を越え～あまざかる　夷にはあれど～（1・二九）

と歌われた。「やまと」（以下、本節では、行政区画としての国の「大和」は「やまと」と記す）以外に離宮ではない宮が造営されるのは異例のことだったろう。恭仁京への遷都は、平城京を捨て「やまと」を離れるという点においても、それほど簡単に人々に受け入れられたとは思えない。田辺福麻呂歌集所出の恭仁宮讃歌においても、

現つ神　我が大君の　天の下　八島の中に　国はしも　多くあれども　里はしも　さはにあれども　山並の宜しき国と　川なみの　立ち合ふ里と　山背の　鹿背山のまに　宮柱　太敷きまつり　高知らす　布当の宮は～（6・一〇五〇）

と、山背国が多くの国から選び取られた経緯が歌われる。「やまと」ではなく、山背の地を都と認定するには一定の手順が必要だったのだろう。

さらにいえば、この恭仁宮が「大養徳恭仁大宮《やまとのくにのおほみや》」と名付けられるのは、当該歌詠作後、十ヶ月を経た天平十三年（七四一）十一月二十一日である。この名称について『新大系　続日本紀』は、

　大養徳は天平九年十二月に大倭を改称した国名。国名を冠した宮の号として近江大津宮（慶雲四年七月壬子条）がある。ただし恭仁宮は山背国に属するから、大倭国（〔二〕八一頁注一三）、夜麻止乃久尓（天平十五年五月癸卯）と同じく日本の意か。（第二巻四〇〇頁）

とするが、『続日本紀』に登場する「養徳」二十一例中、「日本」（以下、本節では、国家の名称としての「日本」は「日本」と記す）を示す可能性がある例は、宝亀二年（七七一）正月二十三日条の他戸親王の立皇太子を伝える第五十一詔に見える、

　明神御八州養徳根子天皇（第五一詔）

という光仁天皇の呼称のみであるが、これは、

　現御神止大八嶋国所知倭根子天皇（第一詔）
　現神八洲御宇倭根子天皇（第二詔、第五詔）
　現神御宇倭根子天皇（第四詔、第六詔、第一三詔）
　現神大八洲所知倭根子天皇（第五詔、第一九詔、第二五詔、第四九詔）
　現神大八洲国所知倭根子天皇（第七詔）
　現神止御宇倭根子天皇（第一四詔）
　現神坐倭根子天皇（第二四詔）

日本国尓坐天大八州国照給比治給布倭根子天皇（第四二詔）
現神止大八州国所知倭根子挂畏天皇（第四三詔）
明神大八洲所知須和根子天皇（第五五詔）
現神坐倭根子天皇（第六一詔）

とさまざまに記されるもののバリアントとして理解すべきだろう。また、これらは国家としての「日本」というよりも天皇の支配域に基づいた名称とすべきであり、第五十一詔は類例にはなるまい（第四十二詔に見える「日本」は後述）。

また、『新大系　続日本紀』が先の引用中に指摘する「大倭国」は、遣唐使粟田真人の帰朝報告の中に見える唐人の発話内の「日本」の旧国名であり、他に書きようがない（慶雲元〈七〇四〉七月一日条）。さらに、天平十五年（七四三）五月五日条に見える「夜麻止乃久尓」は、第九詔内の〈ウタ〉、

そらみつ　やまとの国は（夜麻止乃久尓波）　神柄し　貴くあるらし　この舞ひ見れば（続紀二一）

の一部である。これは「日本」を指すだろうが、そもそも「日本」も「やまと」も同音であり、ここも天皇の支配域の呼称と理解すべきではなかろうか。「大養徳恭仁大宮」の「大養徳」が「日本」であることを示すためには、「大養徳」の文字列が「日本」をあらわしている例が必要である。

一方、「やまと」の書式が「大倭」から「大養徳」に変更されていた天平九年（七三七）十二月二十七日から天平十九年（七四七）三月十六日の間を『続日本紀』に追ってみると、表記変更直前の天平九年十二月二十三日条には「大倭宿祢清国」とあるが、その後は一貫して「大養徳」が用いられる（十九例―当該例を含めていない）。この期間中の「大倭」は、「大養徳」を「大倭」に戻す直前の天平十九年（七四七）二月二十二日条に、

大倭・河内・摂津・近江・伊勢・志摩・丹波・出雲・播磨・美作・備前・備中・紀伊・淡路・讃岐の一十五国

飢饉ゑぬ。因りて賑恤を加ふ。（天平十九年〈七四七〉二月二十二日条）

の例があるが、これは『新大系　続日本紀』が指摘するように追改であろう。また、この期間中に他に「大倭」はなく、「倭」も人名「倭武助」に限られている。

そして、「日本」の文字列は『続日本紀』中に二十三例あるものの、

外国使の奏上	七例
遣外使の帰朝報告	三例
巻首の天皇号（元明）	三例
巻首の天皇号（元正）	三例
系譜中の天皇号（元明）	二例
系譜中の天皇号（元正）	一例
日本紀の完成	一例
道慈の卒伝	一例
韓国連源の言上	一例
第四十二詔	一例

と、天皇の名号を除くと、他国との関係で使用される例がほとんどである。問題となるのは、先に触れた第四十二詔の「日本国尓坐天大八州国照給比治給布倭根子天皇」である。たとえば、本居宣長『歴朝詔詞解』は「やまと」の意とするものの、なお保留すべきだろう。仮に第四十二詔の「日本国」が「やまと」であったとしても、天平神護三年（七六七）八月十六日の例であり、「大養徳恭仁大宮」に直接するものではあるまい。やはり、「日本」を示す文字列は「日本」が一般的だったといってよいだろう。

「大養徳恭仁大宮」の「大養徳」を「日本」の意味と解する積極的な根拠は見出せなかった。「大養徳恭仁大宮」は山背国に存在する恭仁宮を「やまと」に包摂するための名称と理解すべきであろう。そもそも、国家の名称である「日本」を冠した「日本」の首都名というのは考えにくい（国家の名称と首都名が同一という可能性はあろうが、今はそれにあたらない）。

なお、『万葉集』に目を移せば「日本」の文字列で「やまと」と訓む例は十六例。うち、明らかに「やまと」を指す例は、次の十一例。

①我妹子を　いざみの山を　高みかも　やまとの見えぬ（日本能不所見）　国遠みかも（1・四四　石上麻呂）
②阿倍の島　鵜の住む磯に　寄する波　間なくこのころ　やまとし思ほゆ（日本師所念）（3・三五九　山部赤人）
③〜海神の　手に巻かしたる　玉だすき　かけて偲ひつ　やまと島根を（日本嶋根乎）（3・三六六　笠金村）
④越の海の　手結が浦を　旅にして　見ればともしみ　やまと偲ひつ（日本思櫃）（3・三六七　笠金村）
⑤島伝ひ　敏馬の崎を　漕ぎ廻れば　やまと恋しく（日本戀久）　鶴さはに鳴く（3・三八九　若宮年魚麻呂伝誦）
⑥やすみしし　我が大君の　食す国は　やまともここも（日本毛此間毛）　同じとそ思ふ（6・九五六　大伴旅人）
⑦やまと道（日本道乃）の　吉備の児島を　過ぎて行かば　筑紫の児島　思ほえむかも（6・九六七　大伴旅人）
⑧足柄の　箱根飛び越え　行く鶴の　ともしき見れば　やまとし思ほゆ（日本之所念）（7・一一七五　作者不記載）
⑨〜磯城島の　やまとの国の（日本國乃）　石上　布留の里に〜（9・一七八七　笠金村）
⑩やまとの（日本之）　室生の毛桃　本繁く　言ひてしものを　成らずは止まじ（11・二八三四　作者不記載）
⑪〜真木綿もち　あざさ結ひ垂れ　やまとの（日本之）　黄楊の小櫛を〜（13・三二九五　作者不記載）

一方、明らかに「日本」を示す例は、遣唐使山上憶良が唐で作った、

いざ子ども　早く日本へ（早日本邊）　大伴の　三津の浜松　待ち恋ひぬらむ（1・六三）

の一例のみである。これは、万葉歌が外国との関係性の中で歌われることが少ないことにも起因していようが、そもそも『万葉集』における地名「やまと」は、「倭」（二十例）、「山跡」（十七例）「日本」（十六例）、一字一音（九例）、「山常」（一例）と分布し、他の地名同様、多様な書き方が許容されていたと理解すべきである。こうした中で、当該歌の三年後の作品となるが、大伴家持作の安積皇子挽歌には、

〜我が大君　皇子の尊　万代に　めしたまはまし　おほやまと　恭仁の都は（大日本　久邇乃京者）〜（3・四七五）

があらわれる。これは「大養徳恭仁大宮」の韻文化だろうが、その原文は「大日本久邇乃京」と、『続日本紀』とは全く一致せず、『万葉集』の多様な表記の枠組みで理解すべきだろう。古く、『註疏』が、

こゝの大日本を皇国の総名と思へるは非なり。さるは大和国を大日本といへるところもあれど久邇は山城の内なればしかにもあらず。されば都のある所を称へて大日本といへるなり（『註疏』）

と指摘したことを想起したい。この「大日本」も「やまと」と理解せざるをえまい。

このように見て来ると、その可能性は低いと思われるが、仮に「大養徳恭仁大宮」の「大養徳」が「日本」を指し示しているとしても、当該歌成立時点において、「恭仁宮」は、「やまと」ではなく、「山背」にある「宮」として把握されていたといってよい。

以上、「山背の恭仁の都」は、「都」が「やまと」の領域外に存在することを前提とする表現であることを確かめて来た。恭仁宮が「大養徳恭仁大宮」と称される以前の感覚を如実にあらわしていたと考えられよう。

続いて長歌は、「春されば　花咲きをり　秋されば　もみち葉にほひ」と恭仁宮の春秋の様を描写する。ここは、『旧全集』が、「作者は久邇京の秋は未経験のはず。新都讃美の常用語を並べただけであろう。」と注するように、天平十三年（七四一）二月時点では、恭仁京の秋は誰も経験しておらず、当該対句が様式化された表現である

ことはまちがいない。当該歌の類型性はこれまでもたびたび指摘されてきているが、この対句はその典型といってよいだろう。この点について『全注』は、「春秋に対し、ともに「されば」といい、花と黄葉を出してくるところはいっそう芸がなく単純である。」と、手厳しいが当を得た評を述べる。

四　帯ばせる　泉の川の〜淀瀬には　浮橋渡し

先の対句が恭仁宮の時間讃美だとすれば、ここは、川を中心とした空間表現である。山が川を帯にする表現は集中に六例。当該歌以外は次の通り。

大君の　三笠の山の　帯にせる　細谷川の　音のさやけさ（7・一一〇二）

三諸の　神の帯ばせる　泊瀬川　水脈し絶えずは　我忘れめや（9・一七七〇）

〜神奈備の　三諸の神の　帯にせる　明日香の川の　水脈早み　生しため難き　石枕　苔生すまでに〜（13・三二二七）

〜うまさけを　神奈備山の　帯にせる　明日香の川の　早き瀬に　生ふる玉藻の〜（13・三二六六）

〜新川の　その立山に　常夏に　雪降り敷きて　帯ばせる　片貝川の　清き瀬に　朝夕ごとに（17・四〇〇〇）

傍線部に示したように、全例に「帯」、「帯ぶ」の主体が歌われるが、当該歌にはそれがない。稚拙とされる所以のひとつなのだろうが、長く見積もっても、遷居から二ヶ月程度しか経過しておらず、恭仁京の「神奈備山」や「三諸の山」に該当する山は存在しようもなかったのだろう（この点、第四章第二節参照）。

続く対句では、上流に「打橋」を、「淀瀬」には「浮橋」を渡すと歌われる。「上つ瀬に　打橋渡し」について、『全注』は、飛鳥川ならともかく、川幅の広い木津川に打橋はふさわしくない。下への続きでは、この橋を渡って宮殿へ通おうというのであるが、久邇京の大極殿のあった付近へ行くにはかなり広いところを渡らねばなるまい。その点では次の二句の浮橋が実情に合う。全体が形式的なので、ここも慣用的表現を踏襲したのであろう。（『全注』）

と、形式的と評する。「打橋」は『万葉集』に六例。『日本書紀』の〈ウタ〉に一例。当該歌以外の用例は以下の通り。

①飛ぶ鳥の　明日香の川の　上つ瀬に　石橋渡し（注略）　下つ瀬に　打橋渡す　石橋に（注略）　生ひなびける玉藻もぞ　絶ゆれば生ふる　打橋に　生ひをれる　川藻もぞ　枯るれば生ゆる～（2・一九六）

②千鳥鳴く　佐保の川門の　瀬を広み　打橋渡す　汝が来と思へば（4・五二八）

③背の山に　直に向かへる　妹の山　事許せやも　打橋渡す（7・一一九三）

④天の川　打橋渡せ　妹が家道　止まず通はむ　時待たずとも（10・二〇五六）

⑤機の　踏み木持ち行きて　天の川　打橋渡す　君が来むため（10・二〇六二）

⑥打橋の　頭の遊びに　出でませ子　玉手の家の　八重子の刀自～（紀一二四）

また、『神代紀・下』の第九段一書第二には、大己貴神に提示した国譲りの条件として、

⑦又汝が往来ひて海に遊ぶ具の為に、高橋・浮橋と天鳥船も供造らむ。又天安河にも打橋を造らむ。（『神代紀・下　第九段一書第二』）

と、「浮橋」とともに「打橋を造る」ことが登場する。たしかに、現実の打橋は「板を打ち渡した橋か」（『時代別』）と思われ、その構造を考えても、せいぜい広めの「川門の瀬」（②）に渡すのが限界であろう。しかし、歌の上では「背の山」と「妹山」との間に渡したり（③）、「天の川」に渡す（④）など、川幅が広くても渡せるものと

して表現されている。

一方、「打橋」の対となる「浮橋」は集中の唯一例。先の『日本書紀』の例があるものの、用例に恵まれない。(6) ただし、やや時代は下るものの、

A諸国の庸調入貢に或は川に橋無く、或は津に舟乏しくして、民の憂ひ少なからず。路次の諸国に貢調の時、津の済りの処に舟檝・浮橋等を設け、長く恒例と為せ。(『日本紀略』延暦二十年〈八〇一〉五月十三日条(7))

B太政官符

浮橋布施屋を造り、并せて渡の船を置くべきこと。

一　浮橋二処

駿河国富士河　相模国鮎河

右二つの河の流水甚速く、渡船艱多し、往還の人馬の損没少なからず。仍りて件の橋を造れ。(『類聚三代格』巻十六　承和二年〈八三五〉六月二十九日条(8))

C浮橋并せて布施屋の料は救急稲を以ちて充てよ。(『類聚三代格』巻十六　承和二年〈八三五〉六月二十九日条　Bの続き)

D凡そ斎内親王参入の日、飯野郡櫛田河の浮橋は太神宮司その事を専当し、神郡の人をして臨時に営作せしめよ。京に帰る日もまたこれに准へよ。(『延喜式』巻四　伊勢大神宮42)

が存在し、船を利用した臨時の橋と考えて大過ない。(9) Bを参看すると「淀瀬」に「浮橋」はうちあわないかもしれないが、「打橋」、「浮橋」ともにその臨時性が重要なのだろう。

そもそも、よく指摘されるように、恭仁京付近の木津川に橋が架けられる記事の最初は、

賀世山の東の河に橋を造る。七月より始めて今月に至りて乃ち成る。(天平十三年〈七四一〉十月十六日条)

である。これも仮の橋だったようで、翌年にも次の架橋の記事が登場する。

宮城より南の大路の西の頭と、甕原宮より東との間に大橋を造らしむ。（天平十四年〈七四二〉八月十三日条）

このように、当該歌の詠作時点では、宮に直結するような木津川を渡る橋は存在していない蓋然性が極めて高い。しかし、橋は未完成であっても何らかの方法で渡河しなければ恭仁宮には行けず、その具体は不明だが、この対句は橋の架かっていない現実に裏打ちされた表現といってよかろう。『全注』が、「橋のなかった現状に即しているのである」と述べるように、それは天平十三年（七四一）二月の恭仁宮の現実反映である。当該歌が恭仁宮の恒久性を基本としているとは考えられない。

五　あり通ひ　仕へ奉らむ　万代までに

前段の対句は「渡し（和多之）」と連用形であることが明示され「あり通ひ　仕へ奉らむ」にかかる。当該歌は「橋を渡して宮に通って万代までお仕えしよう」と歌い収められる。その「あり通ふ」については、影山尚之氏「あり通ひ仕へ奉らむ万代までに―巻十七、境部老麻呂三香原新都讃歌―」（『井手至博士追悼　万葉語文研究』特別集・二〇一八年五月／『万葉集の言語表現』和泉書院二〇二二年所収）に詳しい。以下、同論と同じ結論ではあるものの、追試験をかねて述べておく。

「あり通ふ」は、集中に十九例、『古事記』の〈ウタ〉に一例存在する。典型ともいえる用例は、

神代より　吉野の宮に　あり通ひ　高知らせるは　山川を良み（6・一〇〇六）
あり通ふ　難波の宮は　海近み　海人娘子らが　乗れる舟見ゆ（6・一〇六三）

などの、繰り返される離宮行幸や、

布勢の海の　沖つ白波　あり通ひ　いや年のはに　見つつしのはむ（17・三九九二）
片貝の　川の瀬清く　行く水の　絶ゆることなく　あり通ひ見む（17・四〇〇二）
などの佳景の地再訪への憧憬である。中には、
鳥翔成　あり通ひつつ　見らめども　人こそ知らね　松は知るらむ（2・一四五）
愛しきかも　皇子の尊の　あり通ひ　見しし活道の　道は荒れにけり（3・四七九）
といった挽歌の例もあるが、通底しているのは、本拠地とでもいうべき場所から、それ以外の土地への複数回の訪問を示す点である。例外となりそうなのは、人の往来をあらわす、
逢はむとは　千度思へど　あり通ふ　人目を多み　恋ひつつそ居る（12・三一〇四）
であるが、これを当該歌に適用することはできまい。当該歌についていえば、恭仁宮への複数回に及ぶ往還の表現といってよいが、それは恭仁宮への日々の参勤、参上をあらわしているとはいえない。少なくとも集中にそうした用例はない。先にも掲げたように、日常を離れた空間への往来こそ「あり通ふ」である。
「あり通ふ」以外に当該歌の類例を探せば、「藤原京より寧楽宮に遷る時の歌」（1・七九～八〇）があげられる。
大君の　命恐み　にきびにし　家を置き　こもりくの　泊瀬の川に　舟浮けて　我が行く川の　川隈の　八十隈落ちず　万度　かへり見しつつ　玉桙の　道行き暮らし　あをによし　奈良の都の　佐保川に　い行き至りて　我が寝たる　衣の上ゆ　朝月夜　さやかに見れば　たへのほに　夜の霜降り　岩床と　川の氷凝り　寒き夜を　息むことなく　通ひつつ　作れる家に　千代までに　いませ大君よ　我も通はむ（1・七九）
反歌
あをによし　奈良の家には　万代に　我も通はむ　忘ると思ふな（1・八〇）
この歌も未完成の「寧楽宮」に「通ふ」と歌われ、前掲影山論文も述べているように、当該歌と同じ状況と考え

てよいだろう。

「あり通ひ」と歌われる当該歌の作品世界にあって、恭仁宮は離宮として表現されている。「山背の　恭仁の都」、「帯ばせる」の主体の欠如、橋の対句、そして、この「あり通ひ」、これらの表現は、恭仁京を平城京に取って代わるような首都として描き出していないのである。

しかし、ここで、作者境部老麻呂が遷都に反対であったとか、反主流派だったとか、そういった生身の作者に議論を落とし込んではなるまい。我々が判断できるのは、当該長歌に描き出されている恭仁宮は天平十三年（七四一）二月の状況や当時の恭仁宮に対する一般的認識を如実に反映しているということである。

六　反歌

反歌、

楯並めて　泉の川の　水脈絶えず　仕へ奉らむ　大宮所（17・三九〇八）

は、長歌結解部と「仕へ奉らむ」を共有する序歌である。多くの注釈書が指摘するように、初句の「楯並めて」は他に、神武即位前紀の、

楯並めて　伊那嵯の山の　木の間ゆも　い行き守らひ　戦へば　我はや飢ぬ～（紀一二）

しか見えないが、用例数が少ないため、この『日本書紀』の〈ウタ〉との関係を論じることは難しい。

また、第三句「水脈絶えず」は、

三諸の　神の帯ばせる　泊瀬川　水脈し絶えずは　我忘れめや（9・一七七〇）

八釣川　水底絶えず　行く水の　継ぎてそ恋ふる　この年ころを或本歌に曰く「水脈も絶えせず」といふ（12・二八六〇）

三輪山の　山下とよみ　行く水の　水脈し絶えずは　後も我が妻（12・三〇一四）

といった類例があり、『私注』の「ありふれた形式歌である」という酷評もやむをえまい。『私注』は長歌についても「歌は慣用の句をつらねて、形式を整へただけのものにすぎない。」とも述べる。しかし、こうした評は裏返していえば、当時の上級官人層が過去の離宮讃歌などを参照しつつ作歌可能だったことを物語るとともに、讃歌の様式が宮廷歌人と呼ばれる人々の外にも広がっていたことを意味する。[10]当該歌の文学史上の意義はここに見出されよう。

七　むすび

当該歌は、形式的との評を受けることが多い。それはそれで当たっている。しかし、同時に当該歌は恭仁宮遷居後間もない天平十三年（七四一）二月の具体的状況を反映した歌でもあった。当該歌が描き出す恭仁宮は、完成した全き空間ではなく、未完成の恭仁宮、離宮としての恭仁宮であった。様式化した枠組みの中に写実とでもいうべき表現が織り込まれているといってもよい。

また、境部老麻呂という高級官僚による新都讃歌の存在は、我々が見ている『万葉集』の世界の外側にも『万葉集』に収載されているような歌が広がっていたことを想像させる。書かれていない世界を云々することは憚られるものの、今後、さらに〈ウタ〉の記された木簡の発掘などにかすかではあるが、希望を抱いておきたい。

注

（1）「反歌」の頭書は元暦校本にない。また、巻十七の長歌に付された短歌に「反歌」の頭書が他に存在しない点から、この「反歌」の二文字を認めない説もある（『旧大系』、『全訳注』、『新編全集』など）。しかし、元暦校本の巻十七は整序された形跡がある上、廣瀬本にも「反歌」は存在する。そして、類聚古集に「三香原新反哥」と記されている点から、ここには「反歌」とあった見るべきだろう。

（2）「天平」の二文字が元暦校本に存在しないため、原本に存在しなかったとする説（『旧大系』、『澤瀉注釈』、『全訳注』など）もある。しかし、元暦校本は、巻頭のみ「天平」を記し、他は記しておらず、注一に述べた整序とも受け取れる。一方、廣瀬本には「天平」の文字が存在し、古葉略類聚抄にも「右天平十三年□月右馬□境部宿祢老麿」とあるため、この二文字は存在していたと判断した。

（3）通説は二月十四日であり、そちらが正しいと思われるが、今は『続日本紀』のままに記した。

（4）鈴木武晴氏「三香の原の新都を讃むる歌」（『万葉集研究』第二十一集・一九九七年三月）

（5）拙稿「志貴皇子御作歌（1・五一）について」（『北海道大学古代文学論集―村山出先生御退休記念―』二〇〇五年三月）

（6）「天の浮橋」は用例に加えていない。

（7）『日本紀略』の底本は『国史大系』。私に訓読した。

（8）『類聚三代格』の底本は『国史大系』。私に訓読した。

（9）「～上つ瀬に　玉橋渡し　下つ瀬に　舟浮け据ゑ～」（9・一七六四）が実質的に「浮橋」である可能性も否定できないが、他の「浮け据う」の用例から船である可能性も否定できず、用例に加えていない。

（10）勿論、「実はこの歌は老麻呂配下の宮廷歌人の代作なのだ」といったような記されていない情報を作り上げれば、幻想は広がるが意味はあるまい。

第二節　福麻呂歌集所出の恭仁京讃歌

一　はじめに

前節で取りあげた境部老麻呂の恭仁京讃歌との関係は明らかではないが、田辺福麻呂歌集所出の恭仁京讃歌が二組残っている。以下の通り。

恭仁の新京を讃むる歌二首并せて短歌

(1)
現つ神　我が大君の　天の下　八島の中に　国はしも　多くあれども　里はしも　さはにあれども　山並の宜しき国と　川なみの　立ち合ふ里と　山背の　鹿背山のまに　宮柱　太敷きまつり　高知らす　布当の宮は川近み　瀬の音ぞ清き　山近み　鳥が音とよむ　秋されば　山もとどろに　さ雄鹿は　つま呼びとよめ　春されば　岡辺もしじに　巌には　花咲きをり　あなおもしろ　布当の原　いとたふと　大宮所　うべしこそ我が大君は　君ながら　聞かしたまひて　さすだけの　大宮ここと　定めけらしも（6・一〇五〇）

反歌二首

甕原　布当の野辺を　清みこそ　大宮所一に云ふ「ここと標刺し」　定めけらしも（6・一〇五一）

山高く　川の瀬清し　百代まで　神しみ行かむ　大宮所（6・一〇五二）

我が大君　神の尊の　高知らす　布当の宮は　百木もる　山は木高し　落ち激つ　瀬の音も清し　うぐひすの来鳴く春へは　巌には　山下光り　錦なす　花咲きをり　さ雄鹿の　つま呼ぶ秋は　天霧らふ　しぐれをい

たみ　さにつらふ　黄葉散りつつ　八千年に　生れつかしつつ　天の下　知らしめさむと　百代にも　変はるましじき　大宮所（6・一〇五三）

反歌五首

泉川　行く瀬の水の　絶えばこそ　大宮所　うつろひ行かめ（6・一〇五四）
布当山　山並見れば　百代にも　変はるましじき　大宮所（6・一〇五五）
娘子らが　続麻掛くといふ　鹿背の山　時し行ければ　都となりぬ（6・一〇五六）
鹿背の山　木立を繁み　朝去らず　来鳴きとよもす　うぐひすの声（6・一〇五七）
狛山に　鳴くほととぎす　泉川　渡りを遠み　ここに通はず一に云ふ「渡り遠みか通はざらむ」（6・一〇五八）

本節では、この二組の恭仁京讃歌の表現性について論じる。以下、前者をA群、後者をB群と称する。

二　先行研究

当該作品については、その成立をめぐって喧しい議論がある。塩沢一平氏「田辺福麻呂久迩京讃歌の構造」（『専修大学文研論集』第二十三号・一九九四年三月／「久迩京讃歌」の題にて『万葉歌人田辺福麻呂論』笠間書院二〇一〇年所収）は、B群長歌がA群長歌を前提に成立しているとして、

第一長歌で述べられており繰り返す必要のないこと（国見的発想による宮の提示部の選択的詞章）は、第二長歌では省略され、また第一長歌では述べ足りない部分（春秋にかかわる自然描写）は、第二長歌において叙述を詳しくしていたわけである。（塩沢論文）

と結論づけ、坂本勝氏「久邇の新京を讃むる歌・荒墟を悲傷して作る歌」（『セミナー　万葉の歌人と作品』第六巻・

二〇〇〇年十二月）はこれに従った。ただし、こうした論理は、たとえば、
一〇五〇～一〇五二（A群―引用者注）と一〇五三～一〇五五（B群―引用者注）の二群の長反歌は、讃美の方向を少しく異にしているが、その素材、表現に共通するところが多く、長対句や、特にこれを受けて結尾に至る表現には、前群の長反歌（一〇五〇～一〇五二）に洗練と巧妙さがうかがえる。或いは一〇五三～一〇五五（B群―引用者注）をさらに練りあげて一〇五〇～一〇五二（A群―引用者注）の長反歌としたのかもしれない。
（『全注』吉井巌氏）

というように、逆の結論になりかねない。前掲塩沢論文はこの『全注』説について、B群第三反歌を両歌群の「つなぎ」である点から批判するものの、「つなぎ」はA群が先行していることが明確な場合に有効になる論理ではなかろうか。本論は基本的に前掲塩沢論文を是とする立場にあるが、その詳細については後述する。『全注』が述べたB群先行論は、橋本達雄氏「田辺福麻呂論」（『セミナー　万葉の歌人と作品』第六巻・二〇〇〇年十二月）にもある。同論はB群を天平十三年（七四一）五月六日条に見える、

天皇、河の南に幸したまひて、校猟を観す。（天平十三年〈七四一〉五月六日条）

を端午の節句と理解し（この点は本論も賛同する）、この日の宴席での詠を主張する。そして、A群は次に述べる『釈注』に従って、天平十四年（七四二）一月十六日の詠とする。

その『釈注』は、A群について、
なお、この長歌では、春秋の対句を展開するのに、なぜ、秋を先立て春をあとまわしにしたのか、不審が残る。これは、見てきたように、この歌群が、天平十四年の正月十六日、すなわち「春」の日に詠まれたことに基づくのではあるまいか。長い詩句では、あとに据えられた言葉の方が印象に残る。春の日の讃歌に春の印象を深めようとした工夫が、一見不審なこの現象をもたらしたのであろう。（『釈注』）

> と、天平十四年（七四二）一月十六日詠を想定し、B群は、
> 五位以上を宴したこの（A群と同じ天平十四年—引用者注）四月二十日に橘諸兄も同行していることはいうまでもない。天皇・皇后のうち揃うたその席上、久邇京讃歌が奏上されることはありうる。が、諸兄は宴の場で、詠歌に対して口を出す癖のある人であった（19四二八一左注など）。おそらくは、すでに用意させてあった一〇五三〜五を、諸兄はまず披露させた。環境に関する多少の話題が交わされて、諸兄が、それを歌々にせよと福麻呂に命じた。それに応じたのが第三〜第五反歌であったと見てはどうか。第二反歌と第三反歌との間にややあいだがあったが、しかも第三〜第五反歌は同じ場での歌い継ぎであったと見なすわけである。（『釈注』）

と、天平十四年（七四二）四月二十日詠として、前掲塩沢論文と同様、A群先行を主張する。『全注』と『釈注』の論は相容れないけれども、後発の『釈注』に『全注』への言及はない。

また、AB同時詠説もある。森淳司氏「田辺福麻呂」（『万葉集講座　第六巻』有精堂一九七二年）は天平十四年（七四二）一月十六日詠を（ただし、あまり明瞭には書かれていない）、清水克彦氏「福麻呂の宮廷儀礼歌」（『万葉』第八十六号・一九七四年十二月／『万葉論集　第二』桜楓社一九八〇年所収）は天平十三年（七四一）五月六日を主張する。

このように当該歌の成立については諸説混乱を極めている（下表参照）。これは、『続日本紀』の記事から類推するよりないという方法論的限界を示してもいるだろう。また、結局こうした印象による現実還元は水掛け論に終わってしまう。作歌時についても後に述べることになるが、それはあくまでも論理の帰結でしかない。

<table>
<tr><td>同時詠？</td><td>同時詠</td><td colspan="2">B群先行</td><td colspan="2">A群先行</td><td rowspan="2"></td></tr>
<tr><td>森論</td><td>清水論</td><td>橋本論</td><td>全注</td><td>釈注</td><td>塩沢論
坂本論</td></tr>
<tr><td></td><td>AB</td><td>B</td><td rowspan="3">記述無</td><td></td><td rowspan="3">記述無</td><td>天平13/05/06</td></tr>
<tr><td>AB？</td><td></td><td>A</td><td>A</td><td>天平14/01/16</td></tr>
<tr><td></td><td></td><td></td><td>B</td><td>天平14/04/20</td></tr>
</table>

次に、当該二首の表現については、前掲清水論文が、

（福麻呂の対句表現には—引用者注）形式、内容の両面において、従来の諸作には見られなかった特色が見出だされる。それは、八句対（一〇四七）、六句対（一〇五三）などといった、かなり長形式の対句があること、および、〜中略〜景が多く聴覚的性格を持ち〜（前掲清水論文）

と述べるように、対句と聴覚とに大きな特徴があると、たびたび言及されている。試みに、二首の長歌の構成について対句を中心にまとめると、以下のようになる。対となる語を括弧内に示し、聴覚表現には傍線を付した。

A群長歌
現つ神　我が大君の　天の下　八島の中に
　国はしも　多くあれども（国）
　里はしも　さはにあれども（里）
　　山並の　宜しき国と（山、国）
　　　川なみの　立ち合ふ里と（川、里）
　　　　山背の　鹿背山のまに　宮柱　太敷きまつり　高知らす　布当の宮は
　　　　　川近み　瀬の音ぞ清き。（川、瀬）
　　　　　山近み　鳥が音とよむ。（山、鳥）
秋されば　山もとどろに　さ雄鹿は　つま呼びとよめ（秋、山、鹿）
春されば　岡辺もしじに　巌には　花咲きををり（春、岡、花）
あなおもしろ　布当の原（あな、おもしろ、布当の原）
いとたふと　大宮所（いと、たふと、大宮所）

うべしこそ　我が大君は　君ながら　聞かしたまひて　さすだけの　大宮ここと　定めけらしも（6・一〇五〇）

B群長歌

我が大君　神の尊の　高知らす　布当の宮は
　百木もる　山は木高し。（山）
　落ち激つ　瀬の音も清し。（瀬）
うぐひすの　来鳴く春へは　巌には　山下光り　錦なす　花咲きをり（うぐひす、春、巌、花）
さ雄鹿の　つま呼ぶ秋は　天霧らふ　しぐれをいたみ　さにつらふ　黄葉散りつつ（鹿、秋、しぐれ、黄葉）
　八千年に　生れつかしつつ　天の下　知らしめさむと
　百代にも　変はるましじき　大宮所（6・一〇五三）

両長歌とも対句を中心に構成されていることはまちがいない。あらためて両歌群の表現に沿って読み進めたい。

三　地名と制作時期

当該歌において「宮」は「布当の宮」と歌われるが、「布当」は『万葉集』、しかも当該歌群に五例のみ登場する地名である。

①布当の宮（原文―布当乃宮）（A群長歌　第十八句）
②布当の原（原文―布当乃原）（A群長歌　第三十二句）
③布当の野辺（原文―布当乃野辺）（A群第一反歌）

④布当の宮（原文―布当乃宮）（Ｂ群長歌　第四句）
⑤布当山（原文―布当山）（Ｂ群第二反歌）

右に示したようにその原文はすべて「布当」。この地名は、他になかなか確認できないものの、元暦校本には①②④に「ふたい」、③に「ふた、」、⑤に「ふたは」の訓を見る。また、『五代集歌枕』に、

ふたい山やまなみみればももよ日もかはるべからぬ大宮どころ（『五代集歌枕』六六「ふたいの山」読人不知）
みかのはらふたいの野べをきよみこそおほ宮所さだめけらしも（『五代集歌枕』六四五「ふたいの」大伴卿）
みかのはらふたいののべをきよみかも大宮所さだめけらしも（『五代集歌枕』七八六「みかのはら」福丸）

とある。元暦校本の「ふた、」、「ふたは」の由来はわからないが、「ふたい」は「ふたぎ」のイ音便と考えてよいだろうから「ふたぎ」の訓は動くまい。そして、①～⑤に記したように地名「布当」は「原」、「野」、「山」を下接する。集中の地名でこれらの三語すべてを伴うものは他にない。「布当」は「原・野・山」を含み込んだ一帯を包括する呼称として理解すべきである。福麻呂の独創になる地名という理解は除外してよいだろうから、「布当」は、「宮」も下接する以上、木津川右岸の恭仁宮一帯の総称だったのだろう。

また、歌では一貫して「布当」と表現されるが、その地は題詞には「恭仁の新京」とある。「恭仁」は集中に、

歌→「恭仁（原文は「久迩」）の都」―3・四七五、4・七六八、6・一〇三七、6・一〇五九、6・一〇六〇、8・一六三一、17・三九〇七―計七例。
題詞左注→「恭仁（原文は「久迩」）（新）京（都）」―4・七六五、4・七七〇、6・一〇三七、6・一〇五〇、8・一四六四、8・一六三二、17・三九一三、19・四二五七―計八例

と、全例「恭仁の都」、「恭仁京」として登場する。つまり、『万葉集』には、「布当の京」や「恭仁の宮」は一例もなく、「布当」は宮地、「恭仁」は京都として定位していることになる。

この区別が当時どの程度有効だったかは、上代文献に「布当」がないため明確にはいえないが、他の地名からある程度類推することは可能である。『続日本紀』の「恭仁」は二十七例（原文「恭仁」二十六例、「久仁」一例）。このうち、遷都以前の用例である、

山背国相楽郡の岡田離宮に行幸したまふ。行きて経ふ国の司の目以上に、袍・袴各一領、行宮を造る郡司に禄賜ふこと各差有り。并せて百姓の調を免す。特に賀茂・久仁の二里の戸ごとに稲卅束給ふ。（和銅元年〈七〇八〉九月二十二日条）

右大臣橘宿祢諸兄、在前に発ち、山背国相楽郡恭仁郷を経略す。遷都を擬ることを以ちての故なり。（天平十二年〈七四〇〉十二月六日条）

の二例を除くと、「恭仁（大）宮」が十六例、「恭仁京」が八例、どちらも下接しないものが一例（「平城・恭仁の留守に勅ありて、宮中を固く守らしめたまふ。」—天平十七年〈七四五〉九月十九日条）と分布する。最後の一例も「恭仁宮」の意であり、結局、遷都後の「恭仁」は全例「宮」か「京」の例である。そして、当然ではあるけれども「宮」は建築物や天皇の居所の意味が中心であり、「京」は人々の暮らす都の意味が中心となる。ただし、両者は排他的な関係ではないため、完全に二分することは不可能である。なお、『続日本紀』において、表記が「恭仁」に極端に偏るのは、天平十三年（七四一）十一月二十一日に決まった正式名称「大養徳恭仁大宮」が、その淵源であろう。

また、『万葉集』の原文がすべて「久迩」であるのは、正倉院文書の用例が、

久迩宮—一例

久尓宮—十七例（うち一例は「宮」が欠けているが「宮」でよいと思われるもの。また、人名の一部が「久尓」であるものが他に十例ある）

久仁宮―八例
訓仁宮―三例

と、さまざまな文字で記されながらも全例が「宮」を下接しているところを見ると、当時の人名同様、多様な表記が許容されていたのだろう。そして、『続日本紀』が採用する「恭仁」がもっとも公的な用字と理解して大過あるまい。さらに、正倉院文書の「恭仁」という地名は、天平十四年（七四二）～天平十七年（七四五）の例しか存在しない。やはり「恭仁」という地名は宮都と強固に結びついていたと考えるべきである。

一方、「甕原新都」（17・三九〇七題詞）という呼称も存在する。「甕原」は、第一章第一節にも述べたように、遷都以前から行幸地として『続日本紀』にも『万葉集』にも登場する。以下の通り。

○『続日本紀』

甕原離宮に行幸したまふ。（和銅六年〈七一三〉六月二十三日条）
甕原離宮に行幸したまふ。（和銅七年〈七一四〉閏二月二十二日条）
車駕、甕原離宮に幸したまふ。（霊亀元年〈七一五〉三月一日条）
甕原離宮に行幸したまふ。（霊亀元年〈七一五〉七月十日条）
甕原離宮に幸したまふ。（神亀四年〈七二七〉五月四日条、五月六日還幸）
甕原離宮に行幸したまふ。（天平八年〈七三六〉三月一日条）
天皇、甕原離宮に行幸したまふ。（天平十一年〈七三九〉三月二日条）
天皇と太上天皇、甕原離宮に行幸したまふ。（天平十一年〈七三九〉三月二十三日条）

○『万葉集』

二年乙丑の春三月、甕原（三香原）の離宮に幸す時に、娘子を得て作る歌一首（4・五四六題詞）

甕原（三香乃原）　旅の宿りに　玉桙の　道の行き逢ひに〜（4・五四六）
甕原（三日原）　布当の野辺を　清みこそ　大宮所（注略）　定めけらしも（6・一〇五一）
春の日に、甕原（三香原）の荒墟を悲しび傷みて作る歌一首（6・一〇五九題詞）
甕原（三香原）　久邇の都は　山高み　川の瀬清み〜（6・一〇五九）
甕原（三香原）　久邇の都は　荒れにけり　大宮人の　うつろひぬれば（6・一〇六〇）
甕原（三香原）の新都を讃むる歌一首（17・三九〇七題詞）

また、その比定地については、『澤瀉注釈』が、

「三香原離宮」は山城志、相楽郡甕原宮に「瓶原郷岡崎幷《ママ》平尾二村間又布當宮謂二之離宮一」とあり、京都府相楽郡加茂町の北部にあつた。もと木津川の北を瓶原村と云つたが、先年川の南の加茂と合した。その瓶原村の地に離宮があつた。後の久迩京（七六五）の一部である。みかの原の地名は川の両岸に亘つてゐた事は、

みかの原分きて流るる泉川いつみきとてか恋しかるらむ（新古今集巻十一）　兼輔

の歌にも示されてゐる。（『澤瀉注釈』4・五四六番歌の注）

とするように、木津川の両岸とし、「布当宮」を含み込む説もあったが、一七三四年成立の『山城志』は勿論、兼輔の歌も奈良時代の「甕原」比定の根拠にはできまい。こうした理解は、「史跡恭仁宮跡（山城国分寺跡）」を含む一帯が、旧瓶原村であったことにも依存しよう。しかし、ここは『新大系　続日本紀』（和銅六年〈七一三〉六月二十三日条）の補注が、

天平十四年八月乙酉条に「宮城以南大路西頭与二甕原宮以東一之間、令レ造二大橋一」とあるのによれば、むしろ木津川左岸、鹿背山塊の北端、京都府相楽郡加茂町法花寺野のあたりにあったとみるのが妥当か。（第一巻四二七頁）

と指摘するように、木津川左岸の地と理解してよいだろう。『新大系　続日本紀』が引用する天平十四年（七四二）八月条の架橋記事は木津川両岸説では理解のしようがない（第一章第一節参照）。「布当」（木津川右岸）と「甕」（木津川左岸）とは対を成す地名だったのだろう。なお、正倉院文書には、「甕原」（原文は「瓱原」）が次の二ヶ所にあらわれる。(2)

一貫買松価附瓱原薗領櫟井男公（「奉写二部大般若経銭用帳」天平宝字六年　第十六巻九十三頁　続修後集第六巻①）

右、附瓱原薗領櫟井男公、買検納如件、（「奉写二部大般若経料雑物収納帳」天平宝字六年　第十六巻一二三頁　続々修四十三帙第二十巻③。五～六字にあたる「薗領」は転倒記号によった）

どちらも天平宝字六年（七六二）の用例である。この文書は造東大寺司写経所による大般若経の書写に関わるものであるが、同じ文書には泉木屋領である山辺武羽も登場するため「瓱原」は甕原と理解してよい。ただし、この「瓱原」は甕原離宮の地ではあろうが、宮とは直接関係しない。

恭仁宮の中心から南を見渡す時、いわゆる右京は狛山と鹿背山とに阻まれて視界に入らない。大極殿から見はるかすことのできる木津川の手前の空間が「布当」、川向こうが「甕原」、そしてその背後の山が「鹿背山」だったと解するべきである。

そして、造営工事は当然ではあるけれども、「布当」中心に行われただろう。たとえば天平十三年（七四一）閏三月九日条に、

使を遣して平城宮の兵器を甕原宮に運ばしむ。（天平十三年〈七四一〉閏三月九日条）

とあるのも、行幸地として存在していた甕原宮を武器庫にしたことを示しているであろうし、先に引いた架橋記事も、「布当」と「甕原」とが結ばれたことを意味しているのだろう。

このように見て来ると、この付近の地名について以下のようにまとめることができる。

以前より里の名として「恭仁」が存在しており（和銅元年〈七〇八〉九月二十二日条）、天平十二年（七四〇）十二月、東国行幸の帰路にあった聖武天皇は、「恭仁」の一部である「布当」に入り宮を構えた。結果、その地は「恭仁京（宮）」とも「布当宮」（こちらは「京」たりえない）とも呼ばれることになった。その後、天平十三年（七四一）十一月二十一日に「大養徳恭仁大宮」が正式名称となると「布当宮」は使用されなくなった。一方、以前から何度も行幸のあった「甕原」は地名として残存し、荒墟歌には「甕原　恭仁の都」（6・一〇五九、6・一〇六〇）と歌われ、天平宝字六年（七六二）の正倉院文書にも残るに至った。

とすれば、当該歌群において「恭仁京（宮）」が歌われず、一貫して「布当の宮」と表現されることは、当該歌が正式呼称決定以前の詠であることを志向しよう。この点は、正式名称が「大養徳恭仁大宮」と「大養徳」を冠しているにも関わらず、「山背の　鹿背山の際に」（A群長歌）と歌われる点とも軌を一にする。当該歌群は制作順序に関わらず、天平十三年（七四一）十一月二十一日以前の作なのであろう。

では、それぞれの歌群はどのような表現的性質を備えているのだろうか。

四　A群

A群長歌は、人麻呂の吉野讃歌のA群長歌（1・三六）、

やすみしし　我が大君の　聞こし食す　天の下に　国はしも　さはにあれども　山川の　清き河内と　御心を吉野の国の　花散らふ　秋津の野辺に　宮柱　太敷きませば〜（1・三六）

を襲い、「八島の中」の多くの国や里から「山背の　鹿背山の際」が選ばれると歌う。そして古くから指摘されているように、「宮柱　太敷きまつり」と、話者が「我が大君」に仕える者の立場にあることを露出しつつ、「布当の

宮」造営が歌われる。その「布当の宮」を、川と山、秋と春、と対を成す景によって讃えつつ、「いとたふと　大宮所」と定位する。

そして、再び臣下としての話者を「うべしこそ　我が大君は　君ながら　聞かしたまひて」と露出させながら、「定めけらしも」と閉じられる。[3] この「定めけらしも」の特徴は、話者以外の第三者が対格に何らかの行為をし、それを「けらし」で統合している点にある。集中には類例が、

①天地の　共に久しく　言ひ継げと　このくしみ玉　敷かしけらしも（5・八一四）→（神功皇后）が玉を敷いた。

②万代に　語り継げとし　この岳に　領巾振りけらし　松浦佐用姫（5・八七三）→佐用姫が領巾を振った。

③～山川を　清みさやけみ　うべし神代ゆ　定めけらしも（6・九〇七）→（神が吉野宮を）定めた。

④直越えの　この道にてし　おし照るや　難波の海と　名付けけらしも（6・九七七）→（神が）おし照るや難波の海と名付けた。

⑤甕原　布当の野辺を　清みこそ　大宮所（注略）定めけらしも（6・一〇五一　A群第一反歌）→（聖武天皇が）野辺を大宮所と定めた。

⑥～うべしこそ　見る人ごとに　語り継ぎ　偲ひけらしき　百代経て　偲はえ行かむ　清き白浜（6・一〇六五）→人が浜を語り継ぎ偲んだ。

⑦墓の上の　木の枝なびけり　聞きしごと　千沼壮士にし　依りにけらしも（9・一八一一）→（菟原娘子が）茅渟壮士に依った。

⑧古への　神の時より　逢ひけらし　今の心も　常忘らえず（13・三二九〇）→？

⑨～神の御代より　宜しなへ　この橘を　時じくの　香の菓実と　名付けけらしも（18・四一一一）→（神の御代の誰かが）橘を香の菓実と名付けた。

⑩～いや遠に　偲ひにせよと　黄楊小櫛　然刺しけらし　生ひてなびけり（19・四二一一）→（菟原娘子が）櫛を刺した。

⑪～こきばくも　豊けきかも　ここ見れば　うべし神代ゆ　始めけらしも（20・四三六〇）→（神が）難波の宮を始めた。

と見える。基本的に遠い過去の伝説的な神や人がその行為をしたと歌うものばかりである。実在の人物が歌われるのは、当該歌とその反歌のみである。つまり、A群にあって「現つ神　我が大君」と称揚される聖武天皇は、過去の神々に列するような存在として歌われているのである。「現つ神」たる所以といってもよい。宮讃歌という点においても吉野讃歌の③は同じ表現を擁するものの、遠い神代の出来事として歌われており、当該歌とは大きく違う。

この点、前掲清水論文は、

対象が讃美に価する理由を述べ、またはその理由を見出だして納得する意を述べるような表現は、対象を外側から客観的に観察することによって生まれるものである。人麻呂にとって、天皇や、その行幸地に対する讃美は、彼のいわば主体的な感情であった。だから、彼には、このような表現は必要がなかったのである。（清水論文）

とし、これを推し進めた『全注』は、

対象の讃美すべき内容や理由をあげ、作者もともに納得するような表現は、柿本人麻呂の儀礼歌になく、奈良朝に入って出現した儀礼歌の一つの型（九〇七―金村、九三八―赤人、一〇三七、20・四三六〇―家持）であって、讃美する主体的心情の衰弱によるものであろう。（『全注』）

とする。しかし、神話時代からそうなっていたらしいと論理を放棄するような他の歌と、宮の歴史的起点を歌う当該歌とは、決定的に相違する。「定めけらしも」こそA群の讃美の方法である。宮を定めた神として聖武を定位することがA群長歌の眼目であった。

続いて第一反歌、

甕原　布当の野辺を　清みこそ　大宮所一に云ふ「こと標刺し」　定めけらしも（6・一〇五一）

は、長歌の内容をまとめたものである。ここでも「定めけらしも」と歌われ、A群におけるこの表現の重要性を看取できる。それに対して、第二反歌、

山高く　川の瀬清し　百代まで　神しみ行かむ　大宮所（6・一〇五二）

は、宮の起点ではなく、未来が歌われる。「現つ神」によって定められた都の永続性が歌われるといってもよい。A群は宮の由来を中心に据えながら、最終的に宮の永続性を讃美して歌い収められる。(4)

では、こうしたA群に対して、B群はどのように歌われているのであろう。

五　B群長歌

A群長歌とB群長歌とを、その構成から比較すると、次頁の表のようになる。両長歌の構成は、A群には、この地が選ばれるに至ったA2、A群長歌の眼目ともいうべき宮の定位を歌うA7があるものの、他はほぼ一致している。特に傍線を付した箇所は、その文の構造が完全に一致している。簡潔に記せば「大君の高知らす宮は自然が美しい。」「春秋それぞれ特長があり、」「素晴らしい大宮所。」とまとめられてしまう。その一方で、B群長歌にのみ存在する特徴はB6の中の「八千年に　生れつかしつつ　天の下　知らしめさむと　百代にも　変はるましじき」という未来志向である。A群長歌がA2も含めて宮の始発を歌うのに対し、B群長歌は宮の永続性を歌う点において対照的である。『私注』が、

A1　現つ神　我が大君の
A2　天の下　八島の中に
国はしも　多くあれども
里はしも　さはにあれども
山並の　宜しき国と
川なみの　立ち合ふ里と
山背の　鹿背山のまに
宮柱　太敷きまつり
A3　高知らす　布当の宮は、
A4　川近み　瀬の音ぞ清き。山近み　鳥が音とよむ。
A5　秋されば　山もとどろに
さ雄鹿は　つま呼びとよめ、
春されば　岡辺もしじに
巌には　花咲きををり、
A6　あなおもしろ　布当の原
いとたふと　大宮所。
A7　うべしこそ　我が大君は
君ながら　聞かしたまひて
さすだけの　大宮ここと　定めけらしも

B1　我が大君　神の尊の
B3　高知らす　布当の宮は、
B4　百木もる　山は木高し。落ち激つ　瀬の音も清し。
B5　うぐひすの　来鳴く春へは
巌には　山下光り
錦なす　花咲きををり、
さ雄鹿の　つま呼ぶ秋は
天霧らふ　しぐれをいたみ
さにつらふ　黄葉散りつつ、
B6　八千年に　生れつかしつつ
天の下　知らしめさむと
百代にも　変はるましじき　大宮所。

前の一首（A群長歌—引用者注）に新都の由来を歌ったので、此の度（B群長歌—引用者注）は其の未来にかけての隆盛を希ひ讃へたのである。（『私注』）

と述べたことを想起したい。大きくまとめてしまえば、過去～現在を歌うA群長歌と、現在～未来を歌うB群長歌といってよいだろう。続いて、B群反歌に論を進める。

六　B群反歌

五首からなるB群反歌は、その歌数の多さもあってなのだろう、たとえば、山崎馨氏「福麻呂の長歌とその反歌」（『国語と国文学』第四十六巻十号・一九六九年十月／『万葉歌人群像』和泉書院一九八六年所収）は、

卑見によれば、この長歌一〇五三の反歌は本来二首であつたろう。福麻呂の詠法から言つても、反歌は二首といふことが普通であるし、長歌との関連を見ても、一〇五五までで長短一連の三首として適切なまとまりを見せてゐるのである。（山崎論文）

と述べ、後半三首を追加と見る。この見解は、『全注』や前掲塩沢論文の賛同を得ることになる。後半三首に限らず、本来別の短歌があわせられたとする理解は、第五反歌について古くから根強い。代表的なものを掲げる。

長歌は春秋をのみいへるを、反歌に、ほと、ぎすを詠めるはつきなし。此一首（第五反歌—引用者注）は別の歌なるべし。（『略解』）

若や此一首（第五反歌—引用者注）は、もと別時の歌なりけむが、混入たるにもあるべし。（『古義』）

しかし、ひとつの作品を分割してその成立過程を述べるのは極めて困難である。成立過程がどのようなものであったにせよ、反歌五首としての性格を考えるべきなのではないか。「恭仁の新京を讃む歌二首」という題詞の

枠組みのもとに理解することが求められよう。

この点において、『井上新考』が、

ただ春よめるならば春の歌のみあるべく夏よまば夏の歌のみあるべきを鶯をよめると霍公をよめるとならびてあるが訝しきなり。更に思ふに此歌どもは初夏の頃にやよみけむ。山邊には初夏の頃も鶯の盛になくものなればなり（『井上新考』）

と述べるのは有効と思われる。(5) あらためて、反歌五首をも含み込んだB群を理解すべきだろう。

第一反歌、

泉川　行く瀬の水の　絶えばこそ　大宮所　うつろひ行かめ（6・一〇五四）

は、「絶えるならうつろうだろう、絶えないからうつろわない」と複雑な構文から成る。当該歌の直接の先行歌は、天平八年（七三六）の赤人の手になる吉野讃歌、

やすみしし　我が大君の　見したまふ　吉野の宮は　山高み　雲そたなびく　川早み　瀬の音そ清き　神さびて　見れば貴く　宜しなへ　見ればさやけし　この山の　尽きばのみこそ　この川の　絶えばのみこそ　ももしきの　大宮所　止む時もあらめ（6・一〇〇五）

であろうが、こうした例は、

天地の　神の理　なくはこそ　我が思ふ君に　逢はず死にせめ（4・六〇五　笠女郎）
泊瀬川　流る水沫の　絶えばこそ　我が思ふ心　遂げじと思はめ（7・一三八二　作者不記載）
天地と　いふ名の絶えて　あらばこそ　汝と我と　逢ふこと止まめ（11・二四一九　人麻呂歌集略体歌）
天地の　神なきものに　あらばこそ　我が思ふ妹に　逢はず死にせめ（15・三七四〇　中臣宅守）

と、恋歌に類型を持つ。歌の作者や所出歌集を見ても、この類型の幅広さがわかる。赤人歌も当該歌もこうした恋

歌を讃歌に転用したものなのだろう。

第二反歌、

布当山　山並見れば　百代にも　変はるましじき　大宮所（6・一〇五五）

は、山を主題にしつつ宮の永続性を歌う点において、川を主題とする第一反歌と対を成す。たしかに長歌とこの二首とに強い結びつきがあることは容易に看取できよう。けれども、反歌は続く。

第三反歌、

娘子らが　続麻掛くといふ　鹿背の山　時し行ければ　都となりぬ（6・一〇五六）

は、一転して、この地が都となったことを歌う。都の永続性を中心に歌っていたB群において過去を含み込む最初の歌である。A群が第二反歌に至り初めて宮の永続性を歌ったことを想起したい。B群はその裏返しの形で、第三反歌に至り過去が表現に立ちあらわれる。表現された時間から見ると、A群とB群とに対照性を見出すことができる。B群にとって第三反歌は必要だったのだろう。

そして、この第三反歌の「都となりぬ」は、

荒野らに　里はあれども　大君の　敷きます時は　都となりぬ（6・九二九）

を襲っていると指摘される（前掲塩沢論文、注（4）に引いた遠藤論文など）。影響関係でいえば否定する必要もないが、この神亀二年（七二五）の難波行幸歌では、「大君」の存在がその地を都たらしめていると歌われている点に注意が必要である。類例として掲出されることの多い歌に、

大君は　神にしませば　赤駒の　腹這ふ田居を　都と成しつ（19・四二六〇）

大君は　神にしませば　水鳥の　すだく水沼を　都と成しつ作者未だ詳らかならず（19・四二六一）

があるが、こちらは「大君」の営為の結果であり、先の6・九二九番歌とは違うものの「大君」の存在や営為がそ

の空間を都たらしめている点においては共通している。しかし、当該第三反歌は、大君の存在も、大君の営為も歌われない。「都となりぬ」の直接的要因は「時し行ければ」である。時間経過によって空間が都になったと歌うのである。集中に「時」が「行く」、「来」と歌われる例は、以下の通り。

Ａ「時」が「行く」

秋萩の　下葉の黄葉　花に継ぎ　時過ぎ行かば　後恋ひむかも（10・二二〇九）

もみち葉は　今はうつろふ　我妹子が　待たむと言ひし　時の経行けば（15・三七一三）

Ｂ「時」が「来」

日並の　皇子の尊の　馬並めて　み狩立たしし　時は来向かふ（1・四九）

天の川　水陰草の　秋風に　なびかふ見れば　時は来にけり（10・二〇一三）

竹敷の　黄葉を見れば　我妹子が　待たむと言ひし　時そ来にける（15・三七〇一）

玉くしげ　二上山に　鳴く鳥の　声の恋しき　時は来にけり（17・三九八七）

「時行く」は当該例のみだが、ＡＢを見てわかるようにその使い方は現代語と同じく、「来」はその時になることを示し、「行く」は時間経過を客観的に示している。当該歌においても遷都後、一定の時間が経過した結果として、それまで都ではなかった空間が「都」となったことをあらわしている。当該作品において一貫して「宮」、「大宮所」として定位されていたこの地は、この第三反歌に至って初めて「都」となるのである。

同一作者による複数作品における作品内時間の前後が、その制作順序に依存しない可能性は否定できないものの、当該作品についていえば、やはりＢ群はＡ群に依拠し、Ａ群よりも後の作品といってよいのではないだろうか。宮の永続性を讃美した作品（Ｂ群）が成立した後に、宮の由来を讃美するという歌（Ａ群）が成立するという可能性を否定することはできないが、急な遷都でもあり、まずその由来の正当性が歌われたと考える方が蓋然性は高い。

第四反歌、

鹿背の山　木立を繁み　朝去らず　来鳴きとよもす　うぐひすの声（6・一〇五七）

は、鹿背山に毎朝鳴く鶯をもって恭仁京を讃美する。鳥の声による讃美は、赤人の吉野讃歌である、

み吉野の　象山のまの　木末には　ここだも騒く　鳥の声かも（6・九二四）

ぬばたまの　夜のふけ行けば　久木生ふる　清き川原に　千鳥しば鳴く（6・九二五）

が有名であるが、この二首の直接的影響下にあるか否かは不明である。ただし、長歌の「うぐひすの　来鳴く春へ」が春秋の対句の一部でしかなかったのに対し、ここでは作品世界の重要な音になっていることは確認しておくべきである。

そして、何より重要なのは、その具体的な音は「布当の宮」に鳴く声ではなく「鹿背の山」の「うぐひす」である点だろう。第三反歌に登場した「鹿背の山」では不明瞭だったが、第四反歌に至り、B群の作品内空間が「泉川」の対岸にまで及んでいることが明瞭になった。B群は遠心的に恭仁宮から恭仁京全体に空間が拡大しているといってよい。

最終、第五反歌、

狛山に　鳴くほととぎす　泉川　渡りを遠み　ここに通はず（6・一〇五八）

は、先にも触れたように、

此歌右の長歌の反歌にあらす、長歌は春秋をいひて、鶯と鹿はあれと霍公鳥はなし、反歌は、長歌の事物を云入て、うたひかへすぞ反歌の常なる、こは他歌の乱て入し也（『万葉考』）

と別時の歌とされたり、

最後の二首（B群第四～第五反歌―引用者注）は鹿背山にあっての景物歌で、特に反歌第五首には讃歌としての

内容がみられない。～中略～一〇五六～一〇五八の三首の反歌は、一〇五三～一〇五五の長反歌の同時作として併記されていたものが反歌として混入したか、或いは試作としての心安さから、景物歌を反歌として書きついで行ったのかもしれない。（『全注』）

と、その歌のありように讃歌として疑問が提示されたりしている。たしかに当該歌単独で見ると、狛山に鳴くほととぎすがここに通って来ないという点は不満の表明である。そして、その通わない原因は「渡りを遠み」である。実際に恭仁宮から対岸の鹿背山に渡る橋が架かるのは天平十四年（七四二）八月以降であり、「渡りを遠み」は実感であったろう。しかし、空を飛ぶほととぎすにとって「渡り」の有無は無関係であり、それをあえて詠む点に当該歌の諧謔性を見出すべきではあるまいか。「恭仁の新京を讃むる歌二首」の題詞下の歌としての理解を優先すれば、「泉川」の橋が完成さえすれば恭仁京は全き都になることを諧謔を込めて歌っていると理解せざるをえまい。

ただし、こうした一見主題と関わらない内容が歌われる反歌には、類例が存在する。たとえば、養老七年（七二三）に作られた笠金村の吉野讃歌の或本第三反歌は、

泊瀬女が　造る木綿花　み吉野の　瀧の水沫に　咲きにけらずや（6・九一二）

と、吉野とは無関係な「泊瀬女」が歌われる。「泊瀬女」が登場する理由は不明である。(7) また、同時の作か否かは不明だが、車持千年作の吉野讃歌の或本第二反歌は、

あかねさす　日並べなくに　我が恋は　吉野の川の　霧に立ちつつ（6・九一六）

と、恋歌である。さらに、作歌年次は不明だが、「神岳に登りて山部宿祢赤人作歌」の反歌も、

明日香川　川淀去らず　立つ霧の　思ひ過ぐべき　恋にあらなくに（3・三二五）

と、こちらも恋歌である。この二首は雑歌性の高い長歌とはうちあわない。そして、神亀三年（七二六）の作と思しい赤人の播磨行幸歌の第三反歌は、

明石潟　潮干の道を　明日よりは　した笑ましけむ　家近付けば（6・九四一）

と、行幸歌でありながら、帰京の途次を歌う。こうした反歌の成立基盤は問わないけれど、このような反歌が許容されていたことはまちがいない。そして、巻十三の長反歌はさらに多様な姿を見せている。人麻呂や家持に代表されるような長反歌が明確な構成体となっていることを万葉長反歌の規範として、それに当てはまらない用例を「反歌は後に付された」とか「本来反歌ではなかった」などと排除する理解の方法は避けねばなるまい。『万葉集』の巻六にあって、当該歌は反歌と記されており、それを問題視する左注などもない。当該B群はゆるやかな構成体として把握するべきだろう。

七　A群とB群との関係

以上、AB両群をできるだけ表現に即して述べて来た。ここまでをまとめると次のようになろう。

長歌の主題は、A群では宮の由来にあり、B群ではその永続性にあった。反歌にあってもそれは繰り返されるが、A群第二反歌では宮の永続性を歌い、B群第三反歌では経過する時間に踏み込んでいた。そして、A群では「布当の宮」がひたすらに歌われるのに対し、B群では「布当の宮」から「鹿背の山」、そして第五反歌では「狛山」にまで作品の空間を拡大していた（左図参照）。

	長歌	第一反歌	第二反歌	第三反歌	第四反歌	第五反歌
A群	宮の由来	宮の由来	宮の永続性			
空間	布当の宮	布当の野辺	大宮所			
B群	宮の永続性	宮の永続性	宮の永続性	宮の由来	鳥の声	鳥の声
空間	布当の宮	泉川	布当山	鹿背の山	鹿背の山	狛山

もとより歌数が違うため、整った対応にはならないけれども、ゆるやかな構成体として見ることは十分に可能である。

そして、B群では、「泉川」の対岸を「ここに通はず」と歌う。この表現について諸注は、

> 「ここ」は、作者の現にいる南岸。（『窪田評釈』）
>
> この表現（「ここに通はず」―引用者注）からみれば、作者が歌作した場所は狛山の対岸の地であることがわかる。前の作（一〇五七）は鹿背山で歌われたものであり、二首は同一場所で歌われたものであろう。（『全注』）
>
> ココは作者の今居る所。木津川の南岸、鹿脊山側にあってこの歌を詠んでいる。（『新編』）

などと、木津川左岸を作歌の場と把握する。いわゆる現場指示の「ここ」からの論理帰結である。B群の享受の場は「泉川」の左岸、つまり甕原だったと見てよいだろう。B群第二反歌「布当山　山並見れば」と遠景で「布当山」が描き出される点にも理解が届く。とすれば、「布当の宮」を「大宮ここと　定めけらしも」と歌うA群の享受の場は、「泉川」の右岸「布当の宮」となる。A群とB群とは別々の場において誦詠された可能性が極めて高い。必然的に同時詠は成り立たず、これまで述べて来たようにB群の表現がA群に依存していると見てよいのであれば、A群成立後にB群が成立したことになる。

なお、どちらが先行したとしても、特定の人間が「恭仁の新京を讃むる歌二首」とまとめられるような（この題詞の筆者が誰であれ）作歌をなす時、先行する自分の歌を参照することはまちがいない。一切無視して別の作品を詠むとしてもそれは先行する歌の影響のひとつの形態だろう。当該AB両群がゆるやかな構成体として存在するのは当然といえば当然である。

八　むすび

最後に具体的な制作時期について触れておく。

両群ともに「大養徳恭仁大宮」と関わらない点から、天平十三年（七四一）十一月二十一日以前の詠と理解してよいだろう。また、Ｂ群については「うぐひす」と「ほととぎす」とが詠まれる点から晩春から初夏にかけての時期が想定される。そして、『続日本紀』の記事から誦詠時を類推するというこれまでの方法が許されるのであれば、前掲橋本論文が触れる天平十三年（七四一）五月六日（太陽暦に換算すると六月二十三日頃）、

天皇、河の南に幸したまひて、校獦を観す。（天平十三年〈七四一〉五月六日条）

という記事は見逃せまい。「うぐひす」は春の鳥であるが、

即ち鶯の哢くを聞きて作る歌一首

うぐひすの　声は過ぎぬと　思へども　染みにし心　なほ恋ひにけり（20・四四四五）

は、天平勝宝七歳（七五五）五月九日（太陽暦で六月二十二日頃）の詠である（この点も橋本論文が述べる）。第四反歌では「朝去らず」鳴く「うぐひす」が詠まれており、鳴き始めではない。第五反歌の「ほととぎす」も鳴き始めた「ほととぎす」ではない。そして、この「校獦を観す」記事は、遷都後初めて天皇が木津川を渡った記事でもある。ただし、繰り返しになるが、これは想定を伴った論理の帰結でしかない。

最後にＡ群の成立時期についても触れておく。屋上屋を架すことになるけれども、Ｂ群成立以前で恭仁京讃歌が歌われた確実な例として天平十三年（七四一）二月某日がある。前節で述べた境部老麻呂の詠時である。可能性のひとつでしかないが、今後の参考までに記しておく。

注

（1）根来麻子氏「『続日本紀』宣命における「現（御）神」と「明神」―両者の使い分けをめぐって―」（『大阪市立大学文学史研究』第四十七巻・二〇〇七年三月／『上代日本語の表記とことば』新典社二〇二三年所収）は、「明神」の訓として「あきつかみ」はふさわしくないとするが、今は暫定的に「あきつかみ」としておく。

（2）第一例は『大日本古文書』（第五巻三一七頁）に重出しているが「正倉院文書マルチ支援データベース」によったため本文中の引用箇所を採用した。

（3）「太敷きまつり」と「聞かしたまひて」にある宮廷官人としての話者の露出はこれまでの宮廷讃歌には見られないが、それは話者の表現史として捉えられるべきものであり、当該歌の讃美の方法には関わらないだろう。また、この点について述べた近時の論に、上野誠氏「我が大君は君ながら聞かしたまひて」（『文学・語学』第二四一号・二〇二四年八月）がある。

（4）この点を指摘したものに芳賀紀雄氏『万葉の歌人と風土7　京都』（保育社一九八六年）、花井しおり氏「久邇の新京を讃むる歌二首」（『奈良女子大学大学院人間文化研究科年報』第十六号・二〇〇一年三月）がある。

（5）第三反歌以降もB群の一部とする説に、注（4）に引いた花井論文、『和歌大系』、遠藤宏氏「田辺福麻呂の反歌の在り方について（中）―補説・再説を含む―」（『論集上代文学』第二十六冊・二〇〇四年三月）がある。従うべき見解と考える。

（6）『全注』は一案として「いたれば」を提示するが、原文「往」を「いたる」と訓むことはできまい。

（7）上野誠氏は「泊瀬の女が作る木綿花が有名だったから」とするが（直話）、今は歌表現上のつながりを持たない点を重視したい。

第三節　家持の恭仁京讃歌

一　はじめに

前節の制作時期推定が正しいとすれば、福麻呂歌集所出の恭仁京讃歌B群は天平十三年（七四一）五月六日の成立となる。次に制作時の判明している万葉歌は、天平十五年（七四三）八月の家持による恭仁京讃歌（6・一〇三七）である。

この間、天平十四年（七四二）一月十六日の踏歌節会で歌われた、

新たしき　年の初めに　かくしこそ　仕へまつらめ　万代までに（続紀一）

と、天平十五年（七四三）五月五日の端午節会の際の宣命に記される、

そらみつ　倭の国は　神からし　たふとくあるらし　この舞見れば（続紀二）

天つ神　御孫の尊の　取り持ちて　この豊御酒を　厳奉る（続紀三）

やすみしし　我ご大君は　平らけく　長くいまして　豊御酒奉る（続紀四）

が『続日本紀』に残るものの、これら四首は極めて類型性の高い歌々である。(1)「御孫の命」こそ『万葉集』には見えないが、他の表現の多くは讃美表現としてよく目にするものである。当時の儀礼などにおける面立たしい歌の典型と理解してよいだろう。

本節では、遷都後二年八ヶ月を経ての、しかも、聖武天皇が紫香楽宮に滞在中の歌として家持の恭仁京讃歌を取

りあげる。

二　天平十五年（七四三）の恭仁京

天平十五年（七四三）正月一日を聖武天皇は紫香楽宮で迎えた。同日還幸、翌二日条には、

天皇、大極殿に御します。百官朝賀す。（天平十五年〈七四三〉正月二日条）

と、恭仁宮の大極殿における朝賀が記される。それまでの二年間は、

天皇、始めて恭仁宮に御しまして朝を受けたまふ。宮の垣就らず、繞すに帷帳を以てす。（天平十三年〈七四一〉正月一日条）

百官朝賀す。大極殿成らぬ為に、権に四阿殿を造る。此に於きて朝を受けたまふ。（天平十四年〈七四二〉正月一日条）

と、大極殿が未完成であったことが記されており、この年が恭仁宮の大極殿で開催される初めての朝賀であった。よく知られるようにこの大極殿は平城宮からの移築である。この年の十二月二十六日条には、

初めて平城の大極殿并せて歩廊を壊ちて恭仁宮に遷し造ること四年にして、茲にその功纔かに畢りぬ。（天平十五年〈七四三〉十二月二十六日条）

とある。『新大系　続日本紀』も記すように、この記事は総括であって、実際の完成はもう少し前であったろうが、天平十五年（七四三）は恭仁宮完成の年であった。

一方、聖武天皇は、前年の十二月二十九日からこの年の一月一日まで、また、四月三日から四月十六日までと紫香楽行幸を繰り返す。そうした中、五月二十七日には、いわゆる墾田永年私財の法が発布される。日本における律

令制の完成といわれるものの、(2)現実問題として私有地を増やせることは貴族階級にとって、恭仁京遷都、強制移住と続いて来た現政権に対する不満のはけ口のひとつにもなっただろう。それだけではない。五月五日の節会では、橘諸兄に従一位を授けたのをはじめ四十八名の昇叙が記されており、左の表を見てもわかるように、今回の叙位は、恭仁京遷都以来最大規模のものであった。『続日本紀』には、基本的に五位以上の叙位しか記されていないが、叙位は下級官僚にも波及したことは想像に難くない。家持についての記事は残らないものの、前年までと違う明るい空気であったことは推測可能である。さらに疫病の流行も落ち着いた頃だったのではないか。

天平年間の昇叙人数と『万葉集』の歌数

天平(西暦)	人数	備考	巻六	他巻
元年(729)	46	8月5日改元	0	21
二年(730)	0	昇叙記事なし	7	99
三年(731)	43		2	14
四年(732)	8		5	1
五年(733)	14		20	19
六年(734)	21		9	0
七年(735)	15	疫病流行	0	2
八年(736)	28	疫病流行	8	149
九年(737)	100	疫病流行 藤原四子死亡	5	0
十年(738)	10		9	19
十一年(739)	51		1	21
十二年(740)	76	広嗣の乱	8	8
十三年(741)	14	恭仁京1年目	0	7 (9)
十四年(742)	11	恭仁京2年目	0	0 (1)
十五年(743)	54	恭仁京3年目	4	5 (3)
十六年(744)	6	恭仁京4年目	6	15
十七年(745)	66	平城京還都	-	0
十八年(746)	77		-	33
十九年(747)	33		-	62
二十年(748)	74		-	48
二十一年(749)	123	4月14日改元	-	38

＊天平十三年の括弧内は、本書で推定したもの。
＊天平十四年の括弧内は、『続日本紀』の一番歌
＊天平十五年の括弧内は、『続日本紀』の二～四番歌

当時の歌の状況もこれに呼応しているように見える（前頁の表参照）。遷都初年の天平十三年（七四一）の万葉歌は七首、前節で推測した九首を含めると十六首の詠が確認できるけれども、天平十四年（七四二）は『続日本紀』に確認できる踏歌節会の一首のみである。年次配列である『万葉集』巻六には、天平十三〜十四年の歌は一首も存在しない。それに対して、天平十五年（七四三）は、『続日本紀』に見える端午節会の三首、『万葉集』の九首、さらに、天平十五年（七四三）正月十一日条には、

石原宮の楼（注略）に御しまして樓。饗を百官と有位の人等に賜ふ。勅有りて琴を賜ふ。その歌を弾くに任ふる五位已上には摺衣を賜ふ。六位已下には禄各差有り。（天平十五年〈七四三〉正月十一日条）

と記され、他にも多くの歌の歌われたことが文献から確認できる。勿論、『続日本紀』に記されない歌の方がはるかに多いことは想像に難くないが、現在知ることのできる限りにおいて、天平十五年（七四三）の歌の様相は前年と大きく違っている。歌を記し残すだけの文化的体力が回復して来たと見ることもできよう。

そして、七月二十六日、聖武は再び紫香楽宮に行幸する。そのおよそ二十日後の八月十六日、家持は恭仁京讃歌を制作した。

十五年癸未の秋八月十六日に、内舎人大伴宿祢家持、恭仁の京を讃めて作る歌一首

今造る　恭仁の都は　山川の　さやけき見れば　うべ知らすらし（6・一〇三七）

なお、第四句の原文「清見者」は、『井上新考』が、

第四句は舊訓にキヨクミユレバ、略解にキヨキヲミレバ、古義にサヤケキミレバとよめり。上（一〇三三頁〈引用者注—6・九二〇番歌〉）に河瀬乃浄乎見者とあるを思へばキヨキヲミレバとよむべきに似たれどここには乎の字なく又巻二十に夜麻加波乃佐夜気吉見都都とあれば（引用者注—20・四四六八番歌）サヤケキミレバとぞよむべからむ（『井上新考』）

と述べ、その後「さやけきみれば」で安定している（『全解』は「きよきをみれば」だが、訓み添えのない当該歌にあえて訓み添えを発生させる必要はないだろう）。本論も「さやけきみれば」に従う。

さて、家持がこの時行幸に供奉したか否かについての記事はないが、紫香楽宮で恭仁京讃歌を歌うとも思えず、聖武不在の恭仁京での詠と考えるべきだろう。当然だが、聖武の恭仁京還幸が十一月になることを家持は知らない。以下、述べ来たった天平十五年（七四三）を前提に、家持の恭仁京讃歌について論を進める。

三　家持の恭仁京讃歌

当該歌について、初句の「今造る」に着目した『全注』（吉井巖氏）は、

今造る　恭仁の都に　秋の夜の　長きにひとり　寝るが苦しさ（8・一六三一）

を引きつつ、

この歌（8・一六三一—引用者注）は独り寝の苦しさを女に訴えた作であり、本歌（当該歌—引用者注）には、久邇の都についての家持のたてまえが、一六三一には家持の本心が歌われているとみることもできる。（『全注』）

とした。本心とたてまえといってよいかどうかははっきりしないが、同じ秋の歌であり、「山川」が明瞭に想起できる当該歌と、暗闇でひとり寝を嘆く8・一六三一番歌は、恭仁京の両面をあらわしていよう。八月時点で恭仁京の造営がどの程度進んでいたかは不明であるが、恭仁宮はともかくも京域全般が完成しているとは思えない。当該歌制作当時も工事は行われていた。「今造る」は当時の人々の実感だったろう。

ただし、当該歌の評価は総じて低い。代表的なものを掲げる。

大宮所の好景を讃へただけで、特色のない概念的な歌である。（『全釈』）

久迩の京は、もつと具体的にその特色を描くべきであつたに拘わらず、概念に堕ちてしまつた。（『増訂全註釈』）

家持のこの一首は、単なる形式的讃歌に止まつて居る。（『私注』）

たしかに、山川を基とする讃美表現は、これまでにもたびたび登場した。歌として見た場合、そうした評価を受けるのもやむをえまい。しかし、本論では歌の評価とは別に表現を追ってみたい。

当該歌は、第二句の「恭仁の都は」と結句「うべ知らすらし」との関係に不分明な点が多い。『総釈』（藤森朋夫氏）は、

しらすは都を御造営になること。前記の巻四の「今知らす久邇の宮に」も同じ。（『総釈』）

と、同じ家持の、

今知らす　恭仁の都に　妹に逢はず　久しくなりぬ　行きてはや見な（4・七六八）

を参照しつつ「知らす」を「都を造営する」の意とした。ただ、4・七六八番歌は造営の意ではなく支配の意と思われ、「知らす」に造営する意を見出すのは難しい。また、『総釈』の現代語訳には、

今度新しく御造営になる久邇の都は、山も河もこんなにすがすがしい所であるのを見ると、此処に都をお構へになるのも尤もであるらしい。（『総釈』）

とあり、「恭仁の都は」を受ける部分がなくなってしまっている。一方、『窪田評釈』は、

「知らす」は、天下を御支配になる意で、天皇としては当然なことなので、お住まはせになるといふをこのやうに云つたもの。ここで知ろしめされるのは御もつともなことであらう。（『窪田評釈』）

と「知らす」を「支配する」の意とする。語義の理解としてはこちらが適切であるが、現代語訳は、

新たに造営してゐる久邇の都は、山と河の清らかなのを見れば、ここで知ろしめされるのは御尤もなことであらう。（『窪田評釈』）

と、やはり「恭仁の都は」の処遇は曖昧なままである。これを解消しようとした『旧大系』は、

今度造営されている久邇の都は、山や川の景色が澄明・清冽である。それを見ると、ここに都をお作りになるのも、まことにもっともなことである。（『旧大系』）

と、現代語訳を二文とした。「知らす」を「造営」と理解することはできないが、やはり、そもそもが一文として破綻しているといわざるをえない。

当該歌の構成は、

①今造る　恭仁の都は　山川の　さやけき見れば　うべ知らすらし（6・一〇三七　当該歌）
②秋萩は　咲きぬべからし　我がやどの　浅茅が花の　散りぬる見れば（8・一五一四）
③天の原　振り放け見れば　天の川　霧立ち渡る　君は来ぬらし（10・二〇六八）
④里も異に　霜は置くらし　高松の　野山司の　色付く見れば（10・二二〇三）
⑤我が旅は　久しくあらし　この我が着る　妹が衣の　垢付く見れば（15・三六六七）

といった「甲を見れば、乙は～らし」と同じである。同類として、

⑥磯に立ち　沖辺を見れば　海藻刈り舟　海人漕ぎ出らし　鴨翔る見ゆ（7・一二二七）
⑦秋萩の　散り行く見れば　おほほしみ　つま恋すらし　さ雄鹿鳴くも（10・二一五〇）
⑧磯の上の　つままを見れば　根を延へて　年深からし　神さびにけり（19・四一五九）

のような、見た結果を視覚や聴覚で歌うものも含めてよいのかもしれない。ところが、この中で「らし」に他動詞が上接しているのは、当該歌以外では⑦だけであり、その⑦も対格「つま」が表現されており、意味は取りやすい。

一方、当該歌には、「知らす」の対格がなく、「知らす」の主格の位置に「恭仁の都」が立っており、「都は知らす」となっているため、意味を構成できない。せめて「山川の　さやけき見れば　今造る　恭仁の都に　うべ知らすらし」とでもなっていれば、理解しやすい。しかし、実際には、「今造る恭仁の都は」は全体の主題提示である。強いて現代語訳すれば、

今、造営中の恭仁の都は山や川が清明であり、その清明な様子を見ると、なるほどこの地で支配されるのも当然であろう。

となる。以下、この理解に基づいて、具体的に表現を追って行く。

当該歌は先にも述べたように「甲を見れば、乙は〜らし」の形式を取る。その甲にあたる部分は「さやけき」という形容詞の連体形である。これまで特に触れられてこなかったが、「形容詞の連体形＋見る」という形は、当該歌を含めても全七例しかなく、しかも極めて偏った分布を見せる。

①廬原の　清見の崎の　三保の浦の　豊けき見つつ（寛見乍）　物思ひもなし（3・二九六）

②〜落ち激つ　吉野の川の　川の瀬の　清きを見れば（浄乎見者）　上辺には　千鳥しば鳴く　下辺には　かはづつま呼ぶ〜（6・九二〇　金村吉野讃歌）

③〜鮑玉　さはに潜き出　舟並めて　仕へ奉るが　貴き見れば（貴見礼者）（6・九三三　赤人難波讃歌）

④今造る　久邇の都は　山川の　さやけき見れば（清見者）　うべ知らすらし（6・一〇三七　当該歌）

⑤足柄の　箱根飛び越え　行く鶴の　ともしき見れば（乏見者）　大和し思ほゆ（7・一一七五）

⑥うつせみの　常なき見れば（常无見者）　世間に　心付けずて　思ふ日そ多き（注略）（19・四一六二）

⑦うつせみは　数なき身なり　山川の　さやけき見つつ（佐夜氣吉見都々）　道を尋ねな（20・四四六八）

その形容詞は、さやけし＝二例、清し、貴し、常なし、ともし、豊けし＝一例と分布し、「ともし」以外はすべ

てク活用形容詞である。最後の二例（⑥⑦）は仏教思想との関連が濃厚だが、ここにあるのは基本的に讃美の詞章である。特に金村や赤人の吉野讃歌（②③）は当該歌に先行し、これまでにも指摘されて来たように、ここには影響関係を見出してもよいであろう。

また、「甲を見れば、乙は～らし」を「見れば～らし」と捉えると、こちらは十五例。

①～百足らず　筏に作り　のぼすらむ　いそはく見れば　神からならし（1・五〇）
②～おし照る　難波の宮に　わご大君　国知らすらし～舟並めて　仕へ奉るが　貴き見れば（6・九三三）
③今造る　久邇の都は　山川の　さやけき見れば　うべ知らすらし（6・一〇三七　当該歌）
④磯に立ち　沖辺を見れば　海藻刈り舟　海人漕ぎ出らし　鴨翔る見ゆ（7・一二二七）
⑤うちなびく　春来るらし　山のまの　遠き木末の　咲き行く見れば（8・一四二二）
⑥秋萩は　咲きぬべからし　我がやどの　浅茅が花の　散りぬる見れば（8・一五一四）
⑦うちなびく　春さり来らし　山のまの　遠き木末の　咲き行く見れば（10・一八六五）
⑧野辺見れば　なでしこが花　咲きにけり　我が待つ秋は　近付くらしも（10・一九七二）
⑨天の原　振り放け見れば　天の川　霧立ち渡る　君は来ぬらし（10・二〇六八）
⑩秋萩の　散り行く見れば　おほほしみ　つま恋すらし　さ雄鹿鳴くも（10・二一五〇）
⑪もみちする　時になるらし　月人の　楓の枝の　色付く見れば（10・二二〇二）
⑫里も異に　霜は置くらし　高松の　野山司の　色付く見れば（10・二二〇三）
⑬我が旅は　久しくあらし　この我が着る　妹が衣の　垢付く見れば（15・三六六七）
⑭磯の上の　つままを見れば　根を延へて　年深からし　神さびにけり（19・四一五九）
⑮～そきだくも　おぎろなきかも　こきばくも　豊けきかも　ここ見れば　うべし神代ゆ　始めけらしも（20・

四三六〇）

どれも見ることを通じて、実際には見えないものを確信している表現である。見えないものは作品世界内の視界外に実在する④「海人漕ぎ出らし」（7・一二二七）のような場合もあるし、⑪「もみちする　時になるらし」（10・二二〇二）のように感覚の上だけの場合もある。しかし、その内容の多くは話者にとって心地よいものが多い。例外となりそうなのは、⑬「我が旅は　久しくあらし」（15・三六六七）くらいであろう。

さらに、「うべ（し）～らし」は、他に三例、いずれも長歌形式の讃歌に登場する。

①～山川を　清みさやけみ　うべし神代ゆ　定めけらしも（6・九〇七　金村吉野讃歌）

②～うべしこそ　見る人ごとに　語り継ぎ　偲ひけらしき　百代経て　偲はえ行かむ～（6・一〇六五）

③～こきばくも　豊けきかも　ここ見れば　うべし神代ゆ　始めけらしも（20・四三六〇）

強いていえば、右の三例は「うべし～けらしも」であり、現在の統治を讃美する当該歌とは違うし、「けり」、「らむ」などを伴わず動詞のみで讃美する例は、当該歌以外には、

～浦を良み　うべも釣はす　浜を良み　うべも塩焼く　あり通ひ　見さくも著し　清き白浜（6・九三八）

のみである。しかし、これをもって当該歌の特徴とするにはあたらないだろう。①6・九〇七番歌は、金村の手になる養老七年（七二三）の吉野讃歌であり、当該歌はこの影響下にあると見て誤るまい。

すなわち、当該歌は、歌の構成としては「甲を見れば、乙は～らし」に含まれ、短歌でありながら、「形容詞の連体形＋見る」、「見れば～らし」という典型的な讃美の詞章が利用され、さらに金村の吉野讃歌である「うべ（し）～らし」を引き受けているのである。これらを短歌一首に盛り込んだ結果が最初に述べた文脈の破綻なのではないだろうか。[3]『全歌講義』が、

川の清らかさを通して土地を讃える形式は、離宮のある吉野に特に多い。多くは、長歌・反歌で詠まれた先行

歌に倣って、家持は短歌一首に詠んだのであろう。(『全歌講義』)

と述べたことを想起したい。論証のしようはないけれども、説得力を持つ。多くの情報を一首に凝縮したために軋みの発生してしまった蓋然性が高い。

これを家持の「若さ」や「習作」ということばに押し込めてしまうことは簡単であるし、実際そうなのかもしれない。けれども、恭仁宮の完成や、久しぶりの大量の昇叙という天平十五年(七四三)の特性が影響しているとはいえないだろうか。どちらにしても想像の範囲を出るものではないが、生身の作者に落とし込まない方が多少なりとも論としての耐性を保てるように思われる。

四　むすび

家持の恭仁京讃歌は、たしかに一首の歌として見た時、その完成度は低いといわざるをえまい。しかし、この年は、多くの昇叙が行われ、遷都後二年八ヶ月を経過し、ようやく恭仁京の生活にも安定感がもたらされたのではないか。平城宮大極殿移築も進んでいる折の落ち着いた恭仁京を讃美した歌と捉えたい。ただし、当該歌成立時、聖武天皇は紫香楽宮に長く留まっており、その安定性は既に恭仁京時代の終焉を胚胎していた。

注

(1)　この間に恭仁京関係の歌が歌われなかったとは思えないし、『万葉集』に残る恭仁京時代の相聞歌の中にこの間の詠があった可能性は高い。

（2）吉田孝氏『律令国家と古代の社会』（岩波書店一九八三年）。

（3）当該歌の長歌性について述べた先行研究に吉村誠氏「天平十五年八月家持久迩京讃歌―田辺福麻呂歌との関連―」（『群馬県立女子大学紀要』第一号・一九八一年三月／『大伴家持と奈良朝和歌』おうふう二〇〇一年所収）がある。

第三章　相聞往来

第一節　家持をめぐる相聞——大嬢に贈る歌——

一　はじめに

『万葉集』の相聞部に載る恭仁京時代の歌は、全二十一首。これに、巻十七の書持と家持の贈答五首を加えた二十六首が恭仁京時代の相聞歌といってよい。うち、今述べた巻十七の五首と、

石川朝臣広成の歌一首後に姓高円朝臣の氏を賜ふ

家人に　恋過ぎめやも　かはづ鳴く　泉の里に　年の経ぬれば（4・六九六）

を除く二十首は、すべて家持と女性に関わる歌である。そして、この二十首は、坂上大嬢関係歌とそれ以外の女性との歌に大別できる。以下の通り（それぞれ歌番号順）。

①大嬢関係歌→十一首

A家持、藤原郎女、坂上大嬢をめぐる歌（4・七六五～七六六）→二首

B更に大嬢に贈る歌（4・七六七～七六八）→二首

C大嬢に贈る歌（4・七七〇～七七四）→五首

D大嬢に贈る歌（8・一四六四）→一首

E大嬢に贈る歌（8・一六三二）→一首

②非大嬢関係歌→九首

F紀女郎に報へ贈る歌（4・七六九）↓一首
G紀女郎との贈答歌（4・七七五～七八一）↓七首
H安倍女郎に贈る歌（8・一六三二）↓一首

本節では、これらの歌から見えて来る、恭仁京時代の家持相聞歌における表現の特徴を考えて行く。
恭仁京時代の家持の相聞歌をその贈答の状況からまとめると次のようになる。

家持↓坂上大嬢　九首以上か　坂上大嬢↓家持　なし
家持↓紀女郎　七首　紀女郎↓家持　一首以上か
家持↓安倍女郎　一首　安倍女郎↓家持　なし
家持↓書持　三首　書持↓家持　二首

家持から女性に贈った歌の合計は十七首であるのに対し、女性から家持に届いたことが確認できるのは一首のみである（紀女郎からの4・七七六番歌）。なお、紀女郎については、贈歌を持たない「大伴宿祢家持、紀女郎に報へ贈る歌一首」（4・七六九題詞）があるため、他にも紀女郎から家持への歌が存在した可能性は高い。大嬢についても「大伴宿祢家持、更に大嬢に贈る歌二首」（4・七六七題詞）とあるため、家持から大嬢に贈られた歌が他にもあったのだろう。勿論、『万葉集』に残らなかった歌の状況は知りようもないけれども、この点を考慮したところで、歌の偏在はまちがいない。
恭仁京時代における相聞歌のもうひとつの特徴は実際に歌を贈っている点にある。たとえば、本節冒頭に引用した石川広成の歌（4・六九六）は、題詞に「石川朝臣広成の歌一首」とあるように贈答に関する情報は記されない。

題詞に見える歌の宛先の有無

巻	歌の宛先		総計	アリの割合
	ナシ	アリ		
二	14	19	33	58%
三	14	8	22	36%
四	73	75	148	51%
八	25	34	59	58%
総計	126	136	262	52%
家持関係歌	1	10	11	91%

＊数値は題詞の数
＊割合は参考

一方、家持歌はAの第一首は「恭仁京に在りて、寧楽の宅に留まれる坂上大嬢を思ひて、大伴宿祢家持が作る歌一首」と「思ひて」とあるのみだが、他は書持とのやりとりを含めて、すべて贈るあるいは贈られる歌である。(1)

一般に『万葉集』の相聞歌は後期になると独詠歌が増える傾向にある。(2) 試みに作者名を持つ相聞の部立(巻二、巻三、巻四、巻八―巻三は「譬喩歌」)に収載される歌々の題詞で「贈」、「和」、「報」などといったその歌が誰に向けてのものかが記される割合を一覧にした(前頁)。巻二の相聞ですら、約四割が宛先不記載であるにも関わらず、恭仁京時代の家持関係歌は十一例中十例に歌の宛先が記されている。家持を中心としたの活発な贈歌活動がうかがえる。では、その贈歌活動はどのような表現結果を伴っているのだろう。Aから順に追って行く。

二　大嬢関係歌

A　恭仁京に在りて、寧楽の宅に留まれる坂上大嬢を思ひて、大伴宿祢家持が作る歌一首

一重山　隔れるものを　月夜良み　門に出で立ち　妹か待つらむ（4・七六五）

藤原郎女、これを聞きて即ち和ふる歌一首

道遠み　来じとは知れる　ものからに　然ぞ待つらむ　君が目を欲り（4・七六六）

Aは恭仁京にあった家持の詠と藤原郎女が「即和」した歌から成る。『釈注』は、続くBの二首（歌は一六三頁参照）もこの歌群に含まれると考え、

藤原郎女はどういう人かわからないけれども、歌によれば、家持とも親しく、大嬢とはもっと近い関係にあったと推測される。存外、「しかぞ待つらむ」とうたっているのは仮装で、この女性は今平城の都にいるのではなかろうか。～中略～藤原郎女の七六六の歌が家持に和されたことを大嬢が知っているのでなければ、言いか

えれば、藤原郎女が平城の大嬢の側にいるのでなければ、家持のこの歌（4・七六七〜七六八―引用者注）はさらに贈った歌としての立場がなくなってしまう。先に見た、藤原郎女を大嬢側の人とすべき決定的な証拠といってよかろう。（『釈注』）

とするが、藤原郎女歌の題詞「これを聞きて即ち和ふる歌一首」は無視できまい。平城京に残る坂上大嬢が藤原郎女に対して、家持から届いた歌を読み聞かせてその場で藤原郎女が即和したと理解するのはかなりの無理がある。現実還元することにどの程度意味があるかわからないが、家持が平城京の大嬢に歌を贈った際に藤原郎女との二首が添えられていれば、問題は起きない[3]。ここは、藤原郎女について、

その場に居合わせ、かつ家持・大嬢の両人に親しい女性であろう。（『新編全集』）

久迩京に宮仕えしていた女官か、たまたま久迩京に居合わせた家持の作歌を見聞した女性か。（『新大系』）

とする通説に従うべきであろう。大嬢を思う歌をその場で聞いた藤原郎女が「即和」したと理解すべきである。「即和」は廣川晶輝氏「大伴家持「悲傷亡妾歌」論―書持歌の意義―」（『北海道大学国語国文研究』第九十九号・一九九五年三月／『万葉歌人大伴家持―作品とその方法―』北海道大学図書刊行会二〇〇三年所収）が述べるように、歌の場の存在を想定させる[4]。Aは恭仁京における宴席での詠を考えるべきである。AとBとを関係づける根拠は見出せない。

その家持の歌は、平城京で帰りを待つ大嬢を「らむ」で推量した歌であり、

①ぬばたまの　黒髪敷きて　長き夜を　手枕の上に　妹待つらむか（11・二六三一）
②明日香川　行く瀬を早み　早けむと　待つらむ妹を　この日暮らしつ（11・二七一三）
③石上　布留の高橋　高々に　妹が待つらむ　夜そふけにける（12・二九九七）
④年も経ず　帰り来なむと　朝影に　待つらむ妹し　面影に見ゆ（12・三一三八）

⑤いで我が駒　早く行きこそ　真土山　待つらむ妹を　行きてはや見む（12・三一五四）
⑥わたつみの　沖つなはのり　くる時と　妹が待つらむ　月は経につつ（15・三六六三）
⑦春花の　うつろふまでに　相見ねば　月日数みつつ　妹待つらむそ（17・三九八二）
⑧ぬばたまの　夜渡る月を　幾夜経と　数みつつ妹は　我待つらむそ（18・四〇七二）
⑨あをによし　奈良にある妹が　高々に　待つらむ心　然にはあらじか（18・四一〇七）

などの歌々の類型に収まる。④～⑤は羈旅発思、⑥は遣新羅使人歌、⑦～⑧は越中時代の家持、そして⑨は尾張少咋を教喩する歌である。作歌事情の判明する歌はいずれもここにいない妹を思いやる歌であり、平城京の大嬢に贈った歌（『釈注』）とは考えられない。『全歌講義』の「七六五の内容は、妻に贈る歌としてふさわしいとは思えない」があたっていよう。ひたすら平城京で自分の帰りを待つ大嬢を思う歌である。なお、当該歌は、大嬢関係歌であるA～E中唯一大嬢に贈られていない例である。恭仁京における歌の場の存在が確認できる点において貴重であるが、本節の立論に直接しない。

次にBは、

B　大伴宿祢家持、更に大嬢に贈る歌二首
都路を　遠みか妹が　このころは　うけひて寝れど　夢に見え来ぬ（4・七六七）
今知らす　恭仁の都に　妹に逢はず　久しくなりぬ　行きてはや見な（4・七六八）

と、「大伴宿祢家持、更に大嬢に贈る歌二首」の題詞を持つ。このように「更に～贈る」と記される歌は、当該歌を除き、集中に題詞、左注をあわせて九例を数える。(5) 当然とはいえ、いずれもそれよりも前に歌を贈ったことがある例ばかりである。この点から見ると、先にも述べたように、当該二首以前にも、恭仁京から平城京に残っている大嬢へ贈った歌があった蓋然性は高い。その歌が、『万葉集』に載る他の歌なのか（たとえば、巻八に載るDやE）、

『万葉集』に載らない他の歌なのかは不明だが、恭仁京における家持の相聞歌はもう少し増える可能性がある。

一首めは、

相思はず　君はあるらし　ぬばたまの　夢にも見えず　うけひて寝れど（11・二五八九）

の類歌を持つ。この歌については、

類歌があつて、独創は見出されない。（『増訂全註釈』）

普通の消息歌である。（『私注』）

とにべもない評が見られる。二首めも、

波の間ゆ　見ゆる小島の　浜久木　久しくなりぬ　君に逢はずして（11・二七五三）

君に逢はず　久しくなりぬ　玉の緒の　長き命の　惜しけくもなし（12・三〇八二）

妹に逢はず　久しくなりぬ　饒石川　清き瀬ごとに　水占延へてな（17・四〇二八）

と類歌を持つ。こちらについても、

何の特色も見出されない（『増訂全註釈』）

これも内容稀薄の消息歌である（『私注』）

と全く評価されない。Bの二首は、「都路を遠み」、「今知らす恭仁の都」という遷都という現況把握に支えられた一般的な相聞歌なのだろう。そして、その内容は、夢に出て来ないという不安と平城京に行って逢いたいという願望である。基底に存在するのは恭仁京から平城京に行けない嘆きである。『続日本紀』を見る限り、恭仁京遷都後、聖武天皇が平城京に向かう記事は、天平十七年（七四五）五月十一日の還都まで存在しない。これをそのまま受け取ってよいのであれば、聖武は四年五ヶ月間、平城京に戻らなかったことになる。この間、家持が平城京に確実にいたことがわかるのは、十六年四月五日に独り奈良の故宅に居りて作る歌六首（17・三九一六題詞）のみである。恭仁京遷都後、家持が平城京の自宅に戻る機会がなかったわけではなかろうが、そうたびたび帰れたとも思えない。天平十二年（七四〇）の東国行幸時に、

関なくは　帰りにだにも　うち行きて　妹が手枕　まきて寝ましを（6・一〇三六）

と歌っている家持にとって、平城京との往還不自由が極めて苦痛であったろうことは想像に難くない。その嘆きは無理からぬところである。

続いてCは以下の通り。

C　大伴宿祢家持、恭仁京より坂上大嬢に贈る歌五首

人目多み　逢はなくのみぞ　心さへ　妹を忘れて　我が思はなくに（4・七七〇）
偽りも　似付きてそする　現しくも　まこと我妹子　我に恋ひめや（4・七七一）
夢にだに　見えむと我は　ほどけども　相し思はねば　うべ見えざらむ（4・七七二）
言問はぬ　木すらあぢさゐ　諸弟らが　練りのむらとに　欺かれけり（4・七七三）
百千度　恋ふと言ふとも　諸弟らが　練りの言葉は　我は頼まじ（4・七七四）

第一首は人目が多いので逢えないという典型的な言い訳の歌でもあるが、

白砂　三津の黄土の　色に出でて　言はなくのみぞ　我が恋ふらくは（11・二七二五）
玉の緒の　絶えたる恋の　乱れなば　死なまくのみぞ　またも逢はずして（11・二七八九）
ま金吹く　丹生のま朱の　色に出て　言はなくのみぞ　我が恋ふらくは（14・三五六〇）

といった歌と類似している。この「〜のみぞ」はいわゆる喚体句であり、大嬢への強い対詠性を読み取ることができよう。逢えないことは自分の意志ではないと、変わらぬ愛を歌っているのだが、『佐佐木評釈』は「何処か空疎

な響がある。」とし、『増訂全註釈』は「逢わないことを弁解しただけの歌だ。」と手厳しい。

第二首と第三首は、妹への不満がぶちまけられる。そして第四首、第五首には「諸弟」、「練りのむらと」と、意味のほとんどわからない表現が登場する。「諸弟」については、『代匠記（精）』が、

諸茅ハ人ノ名ニテ、味狭藍ヲ、誑カシ欺キタルト云、昔物語ナトノ有ケル歟。

と人名説を提唱した[6]（『代匠記（精）』は本文を「諸茅」とする）。たしかに、「石上部君諸弟」（天平勝宝元年〈七四九〉五月十五日条）、「直諸弟」（宝亀八年〈七七七〉三月十日条）といった人名が見え、「橘諸兄」が人名として成立している以上、この歌の「諸弟」も人名といってよいだろう。とすれば、当人同士あるいはその周辺にのみ意味の通じる歌だったのだろう。「欺かれけり」、「我は頼まじ」といった強い調子の非難のことばは戯歌ならではなのだろうが、Cを覆っている感情が強い不満であることはまちがいない。そして、このCもまた、題詞から明らかなように、恭仁京と平城京とのやりとりである。

続いて、Dは巻八の一首。[7]

D　大伴家持、坂上大嬢に贈る歌一首

春霞　たなびく山の　隔れれば　妹に逢はずて　月そ経にける（8・一四六四）

右、恭仁京より奈良の宅に贈る。

Dは時の経過のみを歌っているようだが、集中の「経にけり」（十五例）は全例「月（年）そ（ぞ）経にける」の句である。今、代表的な例を掲げる。

しきたへの　手枕まかず　間置きて　年そ経にける　逢はなく思へば（4・五三五）
心には　忘れぬものを　たまさかに　見ぬ日さまねく　月そ経にける（4・六五三）
大君の　行幸のまにま　我妹子が　手枕まかず　月そ経にける（6・一〇三二）

古へゆ　あげてし服も　かへり見ず　天の川津に　年ぞ経にける（10・二〇一九）

湊入りに　葦別け小舟　障り多み　君に逢はずて　年ぞ経にける（12・二九九八異）

最初の一例の倒置法を除き、全例短歌の結句に登場する。そして、時の経過は結果でしかなく、歌の中心は相手と逢えないことへの嘆きなのだが、『増訂全註釈』は、

平凡な歌だが、中に隔っている山を、春霞タナビク山と叙したので、気分が出ている。その山の叙述も、勿論平凡であるが。（『増訂全註釈』）

と、ここでも厳しい。『私注』も「実景に即して歌はれたものであらうが、平板なものである。」とやはり低い評価を与える。

そして、最後にE。

E　大伴宿祢家持、恭仁の京より奈良の宅に留まれる坂上大嬢に贈る歌一首

あしひきの　山辺に居りて　秋風の　日に異に吹けば　妹をしそ思ふ（8・一六三二）

Eは「妹をしそ思ふ」という典型的な恋歌の類型に収まる。「をしそ（ぞ）思ふ」は、集中には、「君をしそ思ふ」（八例）、「妹をしそ（ぞ）思ふ」（四例）、「家をしそ思ふ」（二例）、「妹に逢はざる　ことをしそ思ふ」（一例）の合計十五例を数え、全例短歌の結句に位置する。ここも代表的な例を掲げる。

秋されば　雁飛び越ゆる　龍田山　立ちても居ても　君をしそ思ふ（10・二二九四）

春柳　葛城山に　立つ雲の　立ちても居ても　妹をしそ思ふ（11・二四五三）

死なむ命　ここは思はず　ただしくも　妹に逢はざる　ことをしそ思ふ（12・二九二〇）

豊国の　企救の長浜　行き暮らし　日の暮れ行けば　妹をしぞ思ふ（12・三二一九）

たまはやす　武庫の渡りに　天伝ふ　日の暮れ行けば　家をしそ思ふ（17・三八九五）

このEの歌は、『増訂全註釈』に、

平易な歌だが、情趣は得ている。ひとり山辺にいて、日ましに秋風の吹いてくる頃のさびしい気もちが、巧まないで表現されている。（『増訂全註釈』）

と、ようやくけなされずに済んでいる（『私注』にも貶める評はない）。ただ、DEともに、一般的な相聞歌の表現の枠内に収まっていることはまちがいない。

万葉歌に限らず、恋歌は逢えない歌が圧倒的に多い。しかし、恭仁京時代の相聞歌にあって、その逢えない原因は、遷都という特殊な事情であった。その状況がDEの前半部に歌われる点に特徴を見出すべきである。家持が経験したわけではないが、藤原京への遷都も、平城京への遷都も計画的なものであり、家人と逢えない事情はあったにせよ、それはいわば期限付きであった。それに対して、今回の恭仁京遷都は、都の分断をもたらしており、先行き不明なある種のディアスポラである点において、藤原京遷都や平城京遷都とは相貌を異にしていた点を重視すべきである。歌としての評価が低いことはやむをえないのかもしれないけれども、今少し別の面から考えてみたい。

その前に非大嬢関係歌について述べる。

三　非大嬢関係歌

最初に、Fは紀女郎への一首。

F　大伴宿祢家持、紀女郎に報へ贈る歌一首

ひさかたの　雨の降る日を　ただひとり　山辺に居れば　いぶせかりけり（4・七六九）

この歌は、紀女郎への「報へ贈る歌」であるが、紀女郎からの歌は載っていない。同様のケースは、集中の「報

贈」十七例中、当該歌を除き次の三例を数える。

大伴坂上家の大嬢、大伴宿祢家持に報へ贈る歌四首（4・五八一）

娘子、佐伯宿祢赤麻呂に報へ贈る歌一首（4・六二七）

大伴宿祢家持、藤原朝臣久須麻呂に報へ贈る歌三首（4・七八六）

それぞれ贈歌が載っていない理由は不明だけれども、特段不思議なことでもないのだろう。また、この三例、いずれの場合もその前段階に存在する「贈」の内容が歌であるか否かも不明である。当該歌の場合、歌の内容がお礼ではなく、現況に対する不満の表明なので、おそらく紀女郎からも歌が贈られたのだろう。また、

久邇の宮仕えの閑暇の所在なさを訴える歌。このような時に、機智に富む受け答えによって家持を慰めるのが紀女郎であった。当時、女郎も久邇にいたか。（『集成』）

紀女郎は、このあとの〔七七七〕以下の家持の歌を見ると、久邇京内の逢いに行ける距離の所に住んでいることが知られる。（『全注』木下正俊氏）

と、紀女郎が恭仁京に住んでいたとする説もあるが、家持は恭仁京を「山辺」と表現するのが普通であり（第一章第一節参照）、ここの「ただひとり　山辺に居れば」は歌の宛先である紀女郎が恭仁京にいないことを示しているだろう。次に掲げる注を想起したい。

大伴家持が紀女郎に贈ったもので、家持はいまだ整わない新都の久邇京にいて、平城にいた女郎に贈ったものである。（斎藤茂吉氏『万葉秀歌』岩波書店一九三八年）

紀女郎からの歌に答へたものであるから、女郎は恐らく奈良に留つて居たのであらう。（『私注』）

Ｆは恭仁京から平城京に贈られた歌とみてよい。また、歌そのものについて、『増訂全註釈』は「しんみりした感じの出ている歌である」、『私注』は「淡々として居て嫌味のない歌である」と高い評価を与える。類歌のない点

が評価の一因なのかもしれない。

Gは第三章第三節に詳述するが、次の七首から成る。

G　大伴宿祢家持、紀女郎に贈る歌一首

鶉鳴く　古りにし里ゆ　思へども　なにそも妹に　逢ふよしもなき（4・七七五）

紀女郎、家持に報へ贈る歌一首

言出しは　誰が言なるか　小山田の　苗代水の　中淀にして（4・七七六）

大伴宿祢家持、更に紀女郎に贈る歌五首

我妹子が　やどのまがきを　見に行かば　けだし門より　帰してむかも（4・七七七）

うつたへに　まがきの姿　見まく欲り　行かむと言へや　君を見にこそ（4・七七八）

板葺の　黒木の屋根は　山近し　明日の日取りて　持ちて参ゐ来む（4・七七九）

黒木取り　草《かや》も刈りつつ　仕へめど　いそしきわけと　褒めむともあらず一に云ふ「仕ふとも」（4・七八〇）

ぬばたまの　昨夜は帰しつ　今夜さへ　我を帰すな　道の長手を（4・七八一）

この贈答は恭仁京時代の相聞歌群中最大であり、贈答の具体を知ることのできる数少ない歌群である。この贈答についても紀女郎が恭仁京にいたとする説がある。たとえば、小野寺静子氏「紀女郎の歌―大伴家持との贈答歌をめぐって―」（『北海学園大学人文論集』第四十七号・二〇一〇年十一月／『家持と恋歌』塙書房二〇一三年所収）は、

七七七歌は家持が紀女郎のところへ通うことができる距離であってこそ、七七七〜七八〇歌は家持が紀女郎のもとへ通常の生活を送りながら通うことができてこそ、いきる歌であり、七八一歌は「道の長手」から遠くに離れているようにみえるが、逢えずに帰された道のりは遠く感ずることを歌っているのであるから、紀女郎は氏女として久邇宮に仕える身で久邇京内に住んでいたと考えてよいだろう。（小野寺論文）

とし、『全注』は「我妹子が　やどのまがきを　見に行かば」（4・七七七）を捉えて、

この上三句は、以下の各歌も大同小異だが、紀女郎も久迩京内の家持の住居とほど遠からぬ所に住んでいたことを物語っている。（『全注』）

とする。しかし、第一章第四節で詳述したように、4・七七九番歌に歌われる「屋根」はルーフではなく建築物の意である。「その材料を持って参りましょう」と家持は歌っており、この贈答が交わされた時、紀女郎が居住できる邸宅が恭仁京に完成していたならば、この贈答は成立しない。また「山近し」は「私は山近く住んでいるので、建築中の家に材料をお届けしましょう」という意である。恭仁京に建築中の紀女郎の家の材料と見るべきである。恭仁京に紀女郎が住んでいたとは思えない。勿論、これを歌表現上の虚構だとすることも可能だが、完成したばかりの恭仁京の家に住んでいる紀女郎に家の材料を持って行くというのは考えられまい。ここは、上野誠氏「小山田の苗代水の中淀にして（『万葉集』巻四の七七六）―紀女郎の意趣返し―」（『森永道夫先生古稀記念論集　芸能と信仰の民族芸術』〈和泉書院二〇〇三年／「小山田の苗代水という歌表現」の題にて『万葉文化論』ミネルヴァ書房二〇一八年所収）が、

五位以下の官人も、強制力はないにしても、新都・久邇京に留まることが求められた、と考えられる。したがって、内舎人たる家持も久邇京を離れるわけにはいかなかったようである。～中略～家持は紀女郎と逢うことができなかったのであろう。けれども、逢えなかったのは、紀女郎だけではない。坂上大嬢や弟・書持などとも逢えなかったのであり、だからこそ家持はこれらの人びとと書簡で歌を贈答したのである。（上野論文）

としたのに従うべきである。(8) Gも恭仁京と平城京とのやりとりと見てよい。

なお、この歌群に見える家持の六首について、『窪田評釈』、『増訂全註釈』、『佐佐木評釈』、『私注』は、ほとんど低い評価を与えない。せいぜい『私注』が「いそしきわけと　褒めむともあらず」（4・七八〇）を捉えて「いら

ぬ事を言ったと断ぜられる」とする程度である。

最後のHは次の一首。

H　大伴宿祢家持、安倍女郎に贈る歌一首

今造る　恭仁の都に　秋の夜の　長きにひとり　寝るが苦しさ（8・一六三一）

安倍女郎に贈ったHは、秋のひとり寝を嘆く歌だが、「秋」と「ひとり」とが共起する歌は、

①二人行けど　行き過ぎ難き　秋山を　いかにか君が　ひとり越ゆらむ（2・一〇六）

②今よりは　秋風寒く　吹きなむを　いかにかひとり　長き夜を寝む（3・四六二）

③秋萩を　散らす長雨の　降るころは　ひとり起き居て　恋ふる夜そ多き（10・二二六二）

④秋の夜を　長みにかあらむ　なぞここば　眠の寝らえぬも　ひとり寝ればか（15・三六八四）

と、当該歌以外にはわずか四首のみである。しかも、①は秋のひとり寝ではなく、②は挽歌であって当該歌に直接するような用例とはいえない。また、少し角度を変えて「秋」と「寝」との共起例を見ても、関係ありそうな歌は、前掲歌以外には、次の四首しか見当たらない上、⑤⑥は雑歌である。

⑤秋立ちて　幾日もあらねば　この寝ぬる　朝明の風は　手本寒しも（8・一五五五）

⑥心なき　秋の月夜の　物思ふと　眠の寝らえぬに　照りつつもとな（10・二二二六）

⑦ある人の　あな心無と　思ふらむ　秋の長夜を　寝覚め伏すのみ（10・二三〇二）

⑧妹を思ひ　眠の寝らえぬに　秋の野に　さ雄鹿鳴きつ　つま思ひかねて（15・三六七八）

先に見た大嬢に贈った歌々に比べて、類歌性の低いことが看取できよう。『私注』は、「平凡な作ではあるが、嫌味はない」とこれまでの家持歌に比べてやや高めの評価を下す。『増訂全註釈』も「（上二句は―引用者注）三句以下に対して、むだに置かれたものではないことになる」と『私注』同様、貶めるような評は下さない。

なお、このHについては、古く『万葉抄』が、

此歌は、久邇の都作るとき、家持なとも此所にありて、大和にある女郎をおもひてよめる也。（『万葉抄』）

と述べる。「今造る　恭仁の都に」という自分のいる場所をあえて表現していることからも、恭仁京から平城京に贈られたものと見てよいだろう。

以上、A～Hを見て来た。『万葉集』に残された恭仁京時代の相聞歌は、平城京との歌の往還といってよい。そして、この八群に一貫しているのは、恭仁京と平城京とにわかたれた嘆きである。その嘆きは平城京に残った人々に向けて発出されたものであった。そして、大嬢に贈られた歌は、極端に低い評価が下される一方で、他の女性への歌についてはそうした傾向はなかった。では、その表現の質に何らかの違いはあるのだろうか。

次に、その嘆きの内実を考えてみたい。

四　大嬢に贈る歌

『万葉集』に登場する自立語は、古典索引刊行会『万葉集電子総索引　CD－ROM版』（塙書房二〇〇九年）によれば、異なり語数七八七四、全語数四八四二五である。これに基づいて『万葉集』における自立語は、多い順に「見る」、「あり」、「君」、「妹」、「す（サ変動詞）」となるが、これは同索引の一語認定に基づいた結果である。たとえば、「恋ひ渡る」は同索引では一語として計算しており、「我《わ》が」、「我《あ》が」、「我《われ》」、「我《あれ》」、「我《わ》」、「我《あ》」は別語としている。(9)今、このデータを利用しつつ、私に「恋ひ渡る」を「恋ふ」、「渡る」に分割し、「我」をひとつにまとめるなどの処置を施した上で、あらためて『万葉集』における自立語を見ると、多い順に「我」、「見る」、「思ふ」、「あり」、「恋ふ」（動詞はその連用形が名詞化したものを含む）となる。

一方、『万葉集』にはいわゆる三大部立てと呼ばれる分類が存在している。そこで、このすべての自立語を三大部立てに属する歌々はそれぞれの部立てに、それ以外（巻五、巻十五以降）はその他に分類し、それぞれの分類項目の自立語数の違いに応じて、分類ごとに相対的に多く見られる自立語が何かを算出した。(10) 結果、相聞の部立における上位十位は、順に①「逢ふ」、②「恋ふ」、③「寝」、④「心」、⑤「妹」、⑥「子」、⑦「君」、⑧「言ふ」、⑨「思ふ」、⑩「我」となる。これらの自立語が含まれていれば、より相聞歌的ということができる。そして、恭仁京時代に家持が贈った相聞歌は、大嬢への九首と、大嬢以外の女性への八首に大別できるため、この十語がどのように登場するかを一覧にした（該当する単語をゴチックにした。また、冒頭に十語の合計数を、歌番号の下にその歌に見える十語の数を記した）。

①大嬢への九首　二十三語

都路を　遠みか**妹**が　このころは　うけひて**寝れ**ど　夢に見え来ぬ（4・七六七　2）
今知らす　久邇の都に　**妹**に**逢は**ず　久しくなりぬ　行きてはや見な（4・七六八　2）
人目多み　**逢は**なくのみそ　**心**さへ　**妹**を忘れて　**我が思は**なくに（4・七七〇　5）
偽りも　似付きてそする　現しくも　まこと**我妹子**　**我**に**恋ひ**めや（4・七七一　5）
夢にだに　見えむと**我**は　ほどけども　相し**思は**ねば　うべ見えざらむ（4・七七二　2）
言問はぬ　木すらあぢさゐ　諸弟らが　練りのむらとに　欺かれけり（4・七七三　0）
百千度　**恋ふ**と**言ふ**とも　諸弟らが　練りの言葉は　**我**は頼まじ（4・七七四　3）
春霞　たなびく山の　隔れれば　**妹**に**逢は**ずて　月そ経にける（8・一四六四　2）
あしひきの　山辺に居りて　秋風の　日に異に吹けば　**妹**をしそ**思ふ**（8・一六三二　2）

②他の女性への八首　十語

今造る　恭仁の都に　秋の夜の　長きにひとり　**寝る**が苦しさ（8・一六三一　1）
ひさかたの　雨の降る日を　ただひとり　山辺に居れば　いぶせかりけり（4・七六九　0）
鶉鳴く　古りにし里ゆ　**思へ**ども　なにそも**妹**に　**逢ふ**よしもなき（4・七七五　3）
我妹子が　やどのまがきを　見に行かば　けだし門より　帰してむかも（4・七七七　3）
うつたへに　まがきの姿　見まく欲り　行かむと**言へ**や　**君**を見にこそ（4・七七八　2）
板葺の　黒木の屋根は　山近し　明日の日取りて　持ちて参ゐ来む（4・七七九　0）
黒木取り　草《かや》も刈りつつ　仕へめど　いそしきわけと　褒めむともあらず（注略）（4・七八〇　0）
ぬばたまの　昨夜は帰しつ　今夜さへ　**我**を帰すな　道の長手を（4・七八一　1）

結果は一目瞭然である。明らかに大嬢への九首にはこの十語が多く、他の女性への八首に少ない。しかも、八首中の「君」（4・七七八）は、男性から女性に対しての呼称であり、極めて珍しい例である。

家持は大嬢に対して、相聞歌の王道ともいえる歌を贈る一方、他の女性には一般的とはいえない相聞歌を贈っていることになる。特に、他の女性への歌々には「恋ふ」は一例も登場しない。勿論、他の女性への歌に戯歌があることも影響しているだろうが、それは大嬢への歌も同じである。

たびたび触れて来た大嬢への歌に対する評価の低さは、類型性の高さやこうした歌ことばの傾向に起因するのだろう。けれども、一般的な相聞歌に対して、独創性がないからつまらないとか、類型性が高いことを根拠に評価できないといった言説はあたるまい。それをいってしまえば、『万葉集』の恋歌のほとんどがその範疇に収まってしまう。大浦誠士氏「万葉和歌の表現と〈心〉」（『万葉集の様式と表現―伝達可能な造形としての〈心〉』笠間書院二〇〇八年）が、

歌が一回的な「作品」としてではなく、繰り返し歌われ、伝承されることでこそ意味を持っていた時代には、

現代ほどオリジナリティーを尊重する意識は無かったのではないかと思われ、「……の系譜に属する」という認識も、研究者の側の通時的な――しかも万葉集の中だけで見た――認識でしかない可能性が高い。万葉和歌に見られる類同的表現は、もっと緩やかな作者観念の中で捉えられるべきなのではないかと思われる。（大浦論文）

と述べるように、類型性という評価基準は現代人の感覚でしかない。古く鈴木日出男氏「古代和歌における心物対応構造―万葉から平安和歌へ―」（『国語と国文学』第四十七巻四号・一九七〇年四月／「和歌の表現における心物対応構造」の題にて『古代和歌史論』東京大学出版会一九九〇年所収）が、万葉短歌における心情表現の類歌性を取りあげ、

それじたい心情表現の言葉としては決して個的ではないが、対応形式の構造によってそれぞれの歌々が独自なイメージをもつであろう。こうして自然物象が歌中にひきよせられたとき、それはもはや単なる外在的な自然なのでなく、心象的自然にほかならない。（鈴木論文）

と述べたように、恋歌における本旨部分（心情表現）に高い類型性が見られるのが通常である。大嬢への恋歌の意匠は、大嬢と離れてひとり山辺の恭仁京にいる点にこそ求めるべきである。「都路を　遠みか」（B）、「今知らす恭仁の都に」（B）、「あしひきの　山辺に居りて」（E）といった恭仁京時代ならではの「景」に導かれた類型的な表現は恋情伝達として有効に機能したと考えたい。

大嬢へ歌に見られる類型性の高さは、これらの歌の話者が他の女性への歌の話者に比べて生身の家持に近いことを示していよう。

五　むすび

見て来たように、恭仁京時代の相聞歌を読むことは、事実上家持の相聞歌を読むことであり、それは平城京との歌の往還の表現性を読むことでもあった。家持は大嬢とのやりとりにあっては類型性は高いものの、より気持ちの通じやすい表現を選んでいた。それはありきたりの相聞歌の枠組みを脱するものではないが、意志伝達のツールとして歌が有効に利用されていた証しでもあろう。一方、大嬢以外の女性との間の相聞は、紀女郎との戯歌のやりとりに典型的に見えるように恭仁京と平城京とにわかたれた特殊事情を背景にしつつ歌に遊ぶものであった。

注

（1）恭仁京時代の家持の独詠歌には、巻十七に「十六年四月五日に独り奈良の故宅に居りて作る歌六首」の題詞を持つ、17・三九一六〜三九二一番歌があるが、恋歌ではない。

（2）鈴木日出男氏「家持の相聞歌」（『論集上代文学』第九冊・一九七九年四月／「相聞歌の展開」の題にて『古代和歌史論』東京大学出版会一九九〇年所収）、影山尚之氏「巻八の相聞贈答―一六三三〜一六三五歌を中心に―」（『美夫君志』第八十一号・二〇一〇年十二月／『歌のおこない』和泉書院二〇一七年所収）。なお、鈴木論文は巻二、三、四、八の相聞歌について題詞に着目して組単位で数値化しているが、本論と結論に大きな違いはない。

（3）本論と読みの方向性は違うが、鈴木武晴氏「大伴家持・坂上大嬢と藤原郎女―万葉集巻四・七六五〜七六八番歌の論―」（『美夫君志』第四十七号・一九九三年十一月）がこの立場を取る。

（4）影山尚之氏「額田王三輪山歌と井戸王即和歌」（『万葉集研究』第三十二集・二〇一一年十月／『歌のおこない』和泉書院二〇一七年所収）も、同様の立場を取る。

（5）2・一二八題詞、3・四〇五題詞、4・六一〇左注、4・七四一題詞、4・七七七題詞、5・八五五題詞、17・三

九二九題詞、17・三九六九題詞、18・四一三二題詞。なお、「更に～贈る」は他に16・三八一〇左注があるが、意味が違うため用例としていない。

(6) この「直」は氏の名称。

(7) 巻八には、D、E、Hの三首が存在し、いずれも歌中に「春」か「秋」を含む。そうした点から巻八に収載されている可能性が高い。ただ、家持の歌ではないが、先に触れた石川広成の相聞歌（4・六九六）には「かはづ」、家持のCの一首（4・七七三）には「あぢさゐ」もあり、季節を示す語が巻四と巻八とで排他的だとまではいえない。

(8) 多田一臣氏「紀女郎への贈歌―戯れの世界の構築―」（『国文学　解釈と教材の研究』第四十二巻八号・一九九七年七月）も紀女郎が平城京にいたとするが、「女郎は、むろん平城京にいた」と記すのみでその根拠は示されない。

(9) 念のために記せば、これは、同索引の瑕疵ではなく、索引としてもっとも適切な一語認定をしたものであり、たとえば「我《われ》」を引くと参照語句として「我《あれ》」なども引けるようになっている。同索引は本論で行うような解析を目的としていないため、記したような結果になるに過ぎない。

(10) 三大部立てに属さない歌については、恣意を避けるためにひとまとめにしている。また、具体的な数値は煩雑なため省略した。

第二節　書持との贈答

一　はじめに

第一章第二節、第一章第三節では、天平十三年（七四一）四月に書持と家持との間で交わされた贈答の本文校訂と訓について述べた。論証の詳細はそちらに譲り、結論として、当該贈答は以下のようになると考える。なお、通説と異なる点には傍線を付した。

霍公鳥を詠む歌二首

橘は　常花にもが　ほととぎす　住むと来鳴かば　聞かぬ日なけむ（17・三九〇九）

玉に貫く　楝を家に　植ゑたらば　山ほととぎす　離れず来むかも（17・三九一〇）

右、四月二日に大伴宿祢書持、奈良の宅より兄家持に贈る。

和歌三首

橙橘初めて咲き、霍鳥飜り嚶く。

この時候に対ひ、詎志を暢べざらめや。

因りて三首の短歌を作り、以て欝結の緒を散らさまくのみ。

あしひきの　山辺に居れば　ほととぎす　木の間立ち潜き　鳴かぬ日はなし（17・三九一一）

ほととぎす　何の心そ　橘の　玉貫く月と　来鳴きとよむる（17・三九一二）

ほととぎす　棟の枝に　行きて居ば　花は散らむな　玉と見るまで（17・三九一三）

右、四月三日に内舎人大伴宿祢家持、久迩の京より弟書持に報へ送る。

本節では、この結論に基づき当該贈答の表現について述べる。

当該五首の贈答性について的確な指摘をしたのは清水克彦氏「家持作中の即和歌をめぐって」（『京都女子大学女子大国文』第一〇八号・一九九〇年十二月／『万葉論集』世界思想社二〇〇五年所収）である。以下の通り。

書持の贈歌二首に対して、家持の報送歌は三首であるが、家持の第一首（三九一一）は、～中略～総括的な和歌である。そして、以下の二首は、それぞれ書持の各首に対応する和歌と見るべきものである。（清水論文）

これを簡潔に記すと、

家持和歌第一首（三九一一）＝総括的

書持贈歌第一首（三九〇九）↔家持和歌第二首（三九一二）

書持贈歌第二首（三九一〇）↔家持和歌第三首（三九一三）

となる。しかし、当該贈答は日本語韻文のやりとりだけではなく、家持による序文も付され、家持和歌第二首の訓も清水論文と本論とでは違う。この点もあわせて、あらためて当該贈答について考えて行く。

二　書持贈歌

贈歌第一首は以下の通り。

橘は　常花にもが　ほととぎす　住むと来鳴かば　聞かぬ日なけむ（17・三九〇九）

この歌は、橘が「常花」であることを願い、そうであれば、ほととぎすの常住が実現し、その声を聞かない日はないだろうと歌う。歌の前提としてあるのは、橘は「常花」ではないこと、また、橘が咲かなければほととぎすの訪れもないという認識である。多くの先行研究が指摘するように、書持のいる「奈良宅」では、橘の開花こそはっきりしないものの、ほととぎすは鳴いていない。贈歌第一首は、橘が「常花」であることを仮想し、まだ見ぬほととぎすの常住を願う歌である。続いて、贈歌第二首、

玉に貫く　楝を家に　植ゑたらば　山ほととぎす　離れず来むかも（17・三九一〇）

は、第二句の「楝」について多くの論がある。鈴木武晴氏「家持と書持の贈報」（『山梨英和短期大学紀要』第二十一号・一九八八年一月）はここに「逢ふ」を読み取り、鉄野昌弘氏「詠物歌の方法―家持と書持―」（『万葉』第一六三号・一九九七年九月／『大伴家持「歌日誌」論考』塙書房二〇〇七年所収）、花井しおり氏「「橘」と「あふち」―家持と書持「ほととぎす」をめぐる贈答―」（『奈良女子大学文学部研究年報』第四十七号・二〇〇三年十二月）、松田聡氏「家持と書持の贈答―「橘の玉貫く月」をめぐって―」（『万葉』第二二二号・二〇一六年五月／『家持歌日記の研究』塙書房二〇一七年所収）も従う。この点は、

我妹子に　楝の花は　散り過ぎず　今咲けるごと　ありこせぬかも（10・一九七三）

を見ても首肯できよう。ただし、『万葉集』に「楝」が四例しかない状況にあって、「玉に貫く楝」が珍しいものかどうかの判断は下すべきではあるまい。次頁の表1は、『万葉集』中の「貫く」と歌われる対象物の用例数の一覧である（「梶」、「竹玉」なども参考のために記している）。これを見る限り、橘が圧倒的に多く、過半数を占めている。しかし、上段の三十二例中、家持歌が二十一例を占める点は見過ごせない。試みに家持歌を除くと表2となる。橘の優位性は残るものの、「楝」は「卯の花」や「あやめ草」などとともにあり、そこに特異性は見出せまい。これは表の下段の括弧で記した用例（「梶」～「矢」）が家持歌を除いても大きな変化の見られないこととも対照的である。しかし、こうした偏りが発生するのは、何も「玉に（を）貫く」に限ったことではない。家持歌が全体の一割

表1

対象物	用例数
橘	17
あやめ草	8
声	5
楝	1
卯花	1
小計	32
（梶）	22
（竹玉）	5
（緒）	4
（露）	3
（不明）	1
（矢）	1
小計	36
総計	68

表2

対象物	用例数
橘	6
声	2
楝	1
あやめ草	1
卯花	1
小計	11
（梶）	19
（竹玉）	5
（緒）	4
（露）	2
（不明）	1
（矢）	1
小計	32
総計	43

を占める『万葉集』自体の持つ偏差であり、『万葉集』が奈良時代の韻文の一部でしかない以上、やむをえないことである。逆に、

ほととぎす　いたくな鳴きそ　汝が声を　五月の玉に　あへ貫くまでに（8・一四六五）

ほととぎす　汝が初声は　我にこせ　五月の玉に　交へて貫かむ（10・一九三九）

のように、ほととぎすの声を玉に貫くという極めて修辞的な表現が成り立っていることを考えれば、その背後にはさまざまな植物を玉に貫いていたと理解する方が妥当なのではないだろうか。

また、多くの注釈書の現代語訳が「楝を家に植えたならば」となっているが、「植ゑば」ではなく、「植ゑたらば」である点に注意が必要である。ここは植えるという行為を詠んでいるのではなく、『新大系』が「植えてあったら」と訳出しているのが正しい。現在自邸に存在しない楝を想像し、楝が存在していれば山ほととぎすの常住が期待できるというのである。事態の解決を図り自ら植えようとする歌ではなく、楝のない現況を嘆いていると理解すべきであろう。贈歌第二首は、自宅に存在しない楝の存在を仮想し、「離れず来むかも」と、こちらもほととぎすの常住を願う歌である。

このように見て来ると、書持の贈歌は、二首ともに現実にはありえないことを承知の上で提示し、それが解決さ

れることによってほととぎすの常住が果たされると歌っていることになる。現況の是正は果たされないという諦念でもあり、寂しさの裏返しの表現といってもよいはずである。

しかし、実際にはその表現性にも関わらず、この二首から諦念や寂しさは感じられない。それは当該二首が四月二日詠であることに起因しよう。三月尽の翌々日にほととぎすが鳴いていないのは、それほど不思議なことではあるまい。それをことさら大袈裟に表現しているのである。それは前掲鉄野論文が当該二首に詠物歌のありようを見出したことにも通じる。当該二首は、夏四月を迎え恭仁京にいる家持の起居を問う、いわば平信として理解すべきであろう。

三　家持和歌（一）――背景と時代状況――

書持の二首に対して、家持の和歌三首は、題詞、序文、歌という三部からなる。このように題詞＋序文＋歌の形式を取るものは、集中に次に掲げる十九例を数える。(1)

①報凶問歌（5・七九三）
②日本挽歌（5・七九四～七九九）＊序文と題詞とは逆
③令反或情歌（5・八〇〇～八〇一）
④子等を思ふ歌（5・八〇二～八〇三）
⑤哀世間難住歌一首（5・八〇四～八〇五）
⑥歌詞両首（5・八〇六～八〇七）
⑦梧桐日本琴の歌（5・八一〇～八一一）

⑧梅花歌三十二首（5・八一五～八四六）（「員外思故郷歌」は除いた）
⑨松浦河に遊ぶ序（5・八五三～八六三）
⑩熊凝哀悼歌（5・八八六～八九一）
⑪天平八年十二月十二日、葛井広成宅の宴席歌（6・一〇一一～一〇一二）
⑫天平十九年二月二十九日、家持、池主に贈る悲歌（17・三九六五～三九六六）
⑬天平十九年三月三日、家持、池主に更に贈る歌（17・三九六九～三九七二）
⑭天平十九年三月四日、七言晩春三日遊覧一首（17・三九七三前の漢詩）
⑮天平二十年三月十五日、池主から贈られて来た歌（18・四〇七三～四〇七五）
⑯天平感宝元年五月十五日、尾張少咋を教喩する歌（18・四一〇六～四一〇九）
⑰天平勝宝元年十一月十二日、池主から贈られて来た戯歌（18・四一二八～四一三一）
⑱天平勝宝元年十二月十五日、池主から更に贈られて来た歌（18・四一三二～四一三三）
⑲天平勝宝三年七月十七日、久米朝臣廣縄の舘での悲別歌（19・四二四八～四二四九）

これらの多くは、書簡によって知己に送られたものである。この点が明瞭でないものは⑪（6・一〇一一～一〇一二）、⑯（18・四一〇六～四一〇九）の二例のみであり、当該家持和歌も書持に送られている。そして、ここに掲げた巻十七以降の用例（⑫以降）は当該贈答よりも後のものであり、当該歌以前の用例は、巻五に極端に偏る。巻五の前半部が大宰府にあった大伴旅人を中心とした書簡集であったことは以前述べたことがあるが、(2)家持和歌は父のそうした営為を襲っている。勿論、現存しない歌々に類例が多く存在していた可能性は否めないが、家持が巻五を読んでいたことは、作者についての議論があるものの、(3)「大宰の時の梅花に追和する新しき歌六首」（17・三九〇一題詞）に明らかである。

また、恭仁京と平城京との距離は、大宰府と平城京とのそれとは比べるべくもないけれども、

都路を　遠みか妹が　このころは　うけひて寝れど　夢に見え来ぬ（4・七六七　大伴家持）

故郷は　遠くもあらず　一重山　越ゆるがからに　思ひそ我がせし（6・一〇三八　高丘河内）

といった恭仁京時代の歌から、平城京との心的懸隔を想定させる。東国行幸から恭仁京遷都という慌ただしさによってもたらされた不安定性の終焉―それが平城京への還都なのか、恭仁京の永続なのかも含めて―が、当時の人々にとっては全く未知の状態であったことを勘案すれば、長くても五年と踏んで赴任した旅人の大宰府下向以上に、不安だったろう。前掲鈴木論文も述べるように、家持和歌が大宰府における父・旅人の書簡のありようを襲っていることは認めてもよい。

ただし、北山茂夫氏『大伴家持』（平凡社一九七一年）が、

広嗣の叛乱、伊勢行幸、それにつぐ遷都は、若い内舎人にとっては、重大な事件として、外からかれに迫ったにはちがいないが、家持は、時の流れにただおし流されて忙しく動いた。しかし、政局への憂慮といえないにしても、晴れやらぬ気分がかれの胸裡にひろがっていた。（北山著）

と述べるような、大状況からの把握は慎むべきである。まだ五位にすらなっていない家持は、内舎人ではあっても当時の政治状況とは縁遠い存在だったろう。

一方、伊藤博氏「大伴家持―その歌論をめぐって―」（『国文学　解釈と教材の研究』第十四巻九号・一九六九年七月／「家持の文芸観」の題にて『万葉集の表現と方法　下』塙書房一九七六年所収）は、

この家持に訪れた第二の転機、それが、天平の争乱に迷わされつつ本郷を離れ、草深い久迩の都に転住したことであった。「鬱結の緒」とは、青年の何知れぬ詩心の氾濫であっただろう。ただし、その歌は、詞が先走って、後年の絶唱のごとくではない。観念・思考の先走りというべきか。

と、個人的な人生から論じる。しかし、どこまでいっても「何知れぬ詩心の氾濫」の内実は勿論、その有無を知ることさえ不可能である。どちらも、研究者の側が作り上げた家持像を表現に再適用しているに過ぎない。あらためて、当時の貴族たちに共有可能な状況を見てみたい。

当該贈答は左注にあるように天平十三年（七四一）四月二日～三日のやりとりである。『続日本紀』には、この年の元旦に「宮垣」が未完成であった記事が載る。また、二月に制作された境部老麻呂の恭仁京讃歌にはまだ架橋されていない状況が詠み込まれている（第二章第一節参照）。三月九日にようやく平城京の兵器が運び込まれ、閏三月十五日に、以下の詔勅が発せられた。

留守の従三位大養徳国守大野朝臣東人、兵部卿正四位下藤原朝臣豊成らに詔して曰はく、「今より以後、五位以上は、意に任せて平城に住むこと得じ。如し事の故有りて退り帰るべくは、官符を賜はりて、然して後に聴せ。其れ、平城に見在る者は、今日の内を限りて、悉く皆催し発て。自余りの、他所に散在れたる者も亦、急ぎ追ふべし」とのたまふ。（天平十三年〈七四一〉閏三月十五日条）

そして、太上天皇（元正）の入京は、当該贈答の約三ヶ月後の七月十日、恭仁京の架橋記事の初出はさらに三ヶ月を経た、同年十月十六日条である。

元正上皇はいまだ平城京にあり、木津川に橋のない状況下、恭仁京への強制移住の詔勅が下る。そうした中、当該贈答は成された。この詔勅は明らかに恭仁京の永続性を志向し、平城京への還都は遠のく。大伴家に関していえば、この時五位以上で死亡記事を持たない人は次頁の表の通り（参考までに家持も記した）。ただ、備考欄にも記したように、逝去している者もいるため、確実なのは、傍線を施した牛養、兄麻呂、古慈悲の三人だろう。

他に、外位を含めてよいのであれば、首麻呂、御助、小室、麻呂、老人、三中、百代、犬養が加わる。外位の人々はともかく、少なく見積もっても大伴氏には三人の強制移住該当者がいることになる。恭仁京にいる家持は大伴氏の若者として多忙を極めたことだろう。なお、実際に大伴氏の面々が移住したか否かはさほど問題ではない。詔勅からわずか半月、その詔勅の実効性の有無に関わらず、家持のみならず、恭仁京にいる人々にとって、この頃は災厄にも似た状況だったろう。そうした中、当該贈答が交わされた。以下、家持和歌について順に述べて行く。

名前	五位の初出	七四一年の位階（昇叙年）	備考
大沼田	七〇五年	従五位下？（七〇五年）	既に卒去？
男人	七〇三年	従四位下？（七一七年）	既に卒去？
道足	七〇四年	正四位下（七二九年）	七四一年卒去？（『公卿補任』）
宿奈麻呂	七〇八年	従四位下？（七二四年）	既に卒去？
牛養	七〇九年	従四位下（七三八年）	七四三年に従四位上
山守	七一四年	正五位上（七一九年）	？
祖父麻呂	七一六年	従四位下（七三一年）	？
首	七一八年	従五位上（七二九年）	？
兄麻呂	七三一年	正五位下（七四一年）	七四六年に従四位下
古慈悲	七三九年	従五位上（七四〇年）	七四二年に正五位下
（家持）	七四五年	内舎人（七四〇年？）	（七四五年に従五位下）

「和歌三首」という題詞は、当該三首の読みを規定する。橋本四郎氏「幇間歌人佐伯赤麻呂と娘子の歌」（境田教授喜寿記念『上代の文学と言語』前田書店一九七四年／『橋本四郎論文集　万葉集編』角川書店一九八六年所収）によれば、「和歌」は「報歌」と違い、贈歌に寄り添うという。当該贈答に適用すれば、書簡による返事そのものが贈られて来た歌に寄り添う性質があると考えるべきだろう。そもそも当該贈答には対立するような場面の想定は難しい。ただし、芳賀紀雄氏「万葉集における『報』と『和』の問題―詩題・書簡との関連をめぐって―」（『吉井巖先生古稀記念論集　日本古典の眺望』おうふう一九九一年／『万葉集における中国文学の受容』塙書房二〇〇三年所収）が述べるように、「和歌」と「報歌」との差異は前掲橋本論文が述べるほど明確ではないだろう。しかし、それでも当該贈答に何らかの対立を見出すべきではあるまい。序文について述べる前にこの点を確認しておく。

四　家持和歌（二）――題詞と序文――

序文は、「霍公鳥」の「公」の文字を略して四字の対句を志向する（第一章第二節参照）。この序文によれば、書持贈歌が届いた頃、恭仁京は「橙橘初めて咲く」「霍鳥飜り嘤く」状況であったことが知られる。勿論、文学作品である以上、こうした記述も虚構の産物である可能性を否定できないが、弟・書持からの「平城京ではまだ咲いていないし、鳴いていない」という贈歌への応答であることを考えれば、あえて疑う必要もないだろう。つまり、つい数ヶ月前まで都であった平城京では橘の花も咲かず、ほととぎすの声もまだ訪れていないという状況に対して、新都恭仁京ではその両方が実現していることが記されているのである。しかし、そうした、いわば理想的な状況であるにも関わらず、家持は「この時候に対ひ、詎志を暢べざらめや」[4]、「欝結の緒を散らさまくのみ」（以下、上の二点に記された心情を「欝結」とまとめ記す）と嘆く。この点について、前掲鉄野論文は、要するに、「欝（鬱）結」とは、孤独感と閉塞感の謂である。それは、周囲の自然が、開放されたものであるほど、際立つだろう。（鉄野論文）

とまとめるが、その孤独感や閉塞感は、最終的には生身の家持の問題に収斂してしまうだろう。たとえば、前掲鈴木論文が、この「鬱結」を平城京に残っている坂上大嬢への恋慕と捉えるのはその典型である。この点を「欝結」の内実から積極的に排除する必要はないだろうが、先に述べた当時の状況も視野に入れるべきではあるまいか。工事中の恭仁京と迫りつつある強制移住こそが、恭仁京にいる官人たちに共通する「欝結」の最大要因だったであろう。その中に、どれほどの個人的な「欝結」が配分されているかは知りようがない。重要なのは、この題詞と序文は、書持贈歌に寄り添いつつも、「和歌三首」を「暢レ志」、「散二欝結之緒一」の歌として読むことを書持に要求している点である。以下、家持和歌について論を進める。

五　家持和歌（三）——第一首——

和歌第一首、

あしひきの　山辺に居れば　ほととぎす　木の間立ち潜き　鳴かぬ日はなし（17・三九一一）

は、「山辺」でほととぎすが鳴いていることを歌う。いうまでもなく、結句の「鳴かぬ日はなし」は書持贈歌第一首の「聞かぬ日なけむ」を受けている。やはり恭仁京では既にほととぎすが鳴いている。序文の「橙橘初めて咲き」とともに、書持贈歌第一首とは全く違う状況を歌っているといってよい。

しかも、「〜ぬ（打ち消し）＋日＋なし」（十一例—当該歌を除く）から、願望や仮定表現を除くと、いずれもその日が既に何日も続いている状況を示していることがわかる。

なでしこが　その花にもが　朝な朝な　手に取り持ちて　恋ひぬ日なけむ（3・四〇八）願望
佐保山に　たなびく霞　見るごとに　妹を思ひ出で　泣かぬ日はなし（3・四七三）
春日山　朝立つ雲の　居ぬ日なく　見まくの欲しき　君にもあるかも（4・五八四）願望
我がやどに　もみつかへるて　見るごとに　妹をかけつつ　恋ひぬ日はなし（8・一六二三）
夜並べて　君を来ませと　ちはやぶる　神の社を　祈まぬ日はなし（11・二六六〇）
我妹子に　またも逢はむと　ちはやぶる　神の社を　祈まぬ日はなし（11・二六六二）
草枕　旅にし居れば　刈り薦の　乱れて妹に　恋ひぬ日はなし（12・三一七六）
住吉の　岸に向かへる　淡路島　あはれと君を　言はぬ日はなし（12・三一九七）
韓亭　能許の浦波　立たぬ日は　あれども家に　恋ひぬ日はなし（15・三六七〇）
橘は　常花にもが　ほととぎす　住むと来鳴かば　聞かぬ日なけむ（17・三九〇九）仮定
かくばかり　恋しくしあらば　まそ鏡　見ぬ日時なく　あらましものを（19・四二二一）仮定

「橙橘」が咲き始めた恭仁京では、以前よりほととぎすの声が聞こえていた。ほととぎすをこよなく愛したといわれる家持（この贈答の時点に適用してよいかは疑問もあるが）から見れば、それは好ましい状況だったはずである。これは、序文の「欝結」とうちあわないようにも見えるが、当該歌のほととぎすはあくまでも「山辺」で聞くほととぎすである。集中に「山（の）辺」は、三十三例を数えるが、(5)

春日野の　山辺の道を　恐りなく　通ひし君が　見えぬころかも（4・五一八）
玉梓の　妹は玉かも　あしひきの　清き山辺に　撒けば散りぬる（7・一四一五）
山の辺に　い行く猟雄は　多かれど　山にも野にも　さ雄鹿鳴くも（10・二一四七）
～雲離れ　遠き国辺の　露霜の　寒き山辺に　宿りせるらむ（15・三六九一）

のように、人里を離れた空間や、墓所の用例が見える。家持自身が自宅のある佐保を、

卯の花も　いまだ咲かねば　ほととぎす　佐保の山辺に　来鳴きとよもす（8・一四七七）

と歌った例もあるが、これは平城京内での山辺であり、人里離れたといった意は認められない。そして、恭仁京時代の家持の「山（の）辺」を見ると、

ひさかたの　雨の降る日を　ただひとり　山辺に居れば　いぶせかりけり（4・七六九）

山彦の　相とよむまで　つま恋に　鹿鳴く山辺に　ひとりのみして（8・一六〇二）

あしひきの　山辺に居りて　秋風の　日に異に吹けば　妹をしぞ思ふ（8・一六三二）

と、恭仁京でのひとり暮らしを嘆く歌に集中する（第一章第一節参照）。中には、天平十六年（七四四）の「安積皇子挽歌」の、

〜大日本　久邇の都は　うちなびく　春さりぬれば　山辺には　花咲きををり　川瀬には　鮎子さ走り〜（3・四七五）

もあるが、この部分は安積皇子薨去の時期を示しており、単なる恭仁京讃美として理解できるわけではない。仮にこの歌を例外としても、前掲鈴木論文も指摘するように家持にとって恭仁京は「山辺」だったのだろう。

平城京ならぬ「山辺」では、ほととぎすがしばらく前からさえずり、「橙橘」が咲いている。前掲清水論文はこれを総括的と捉えた。それ自体を否定する必要はないけれど、書持贈歌第一首の「聞かぬ日なけむ」との違いを際立たせている点を見逃してはなるまい。

和歌第一首は、平城京とは異なる恭仁京の現況を知らせるとともに、たとえそれが理想的な景であったとしても、所詮「山辺」の情景でしかないことを歌っているものであった。

六　家持和歌（四）——第二首——

和歌第二首、

ほととぎす　何の心そ　橘の　玉貫く月し　来鳴きとよむる（17・三九一二）

は、第一章第三節に記したように、四月であるにも関わらず橘の玉貫く月として鳴き立てるほととぎすに対する難詰である。やはり、和歌第一首で構築された景は、決して理想的なものではなかった。序文において示された「橙橘」の開花は時期尚早であり、ほととぎすの声は季節外れだったのである。勿論、根底にあるのは「橙橘」やほととぎすに対する愛情であろうが、いいがかりとさえ思える当該歌の難詰は、序文に記された「欝結の緒を散らさまくのみ」と呼応しよう。

家持和歌の第一首、第二首は、ともに書持贈歌第一首を受けている。書持歌の仮定条件を確定条件として歌い直しているといってもよい。そして、二首ともに恭仁京の現実に基づき、「欝結」を散らす歌として理解できる。序文の枠組みからも外れていない。この点において前掲清水論文の把握は若干の変更が必要になろう。

七　家持和歌（五）——第三首——

最後の和歌第三首、

ほととぎす　楝の枝に　行きて居ば　花は散らむな　玉と見るまで（17・三九一三）

は、書持贈歌第二首と対応する。書持歌は自宅に「楝」のあることを想定したが、この歌は、それを既定のこととして、その上にもうひとつ仮定条件を重ねる。そして、その枝にほととぎすが行けば花は玉のように散るだろうと歌う。

この歌について『窪田評釈』は「その美観を心に置いてのもの」とするが、散ることを美とする歌はほとんど見られない。集中に「花」と「散る」とが共起する歌は一〇九首あるものの、多くは、

梅の花　散らまく惜しみ　我が園の　竹の林に　うぐひす鳴くも（5・八二四）
うぐひすの　待ちかてにせし　梅が花　散らずありこそ　思ふ児がため（5・八四五）
残りたる　雪に交じれる　梅の花　早くな散りそ　雪は消ぬとも（5・八四九）
足代過ぎて　糸鹿の山の　桜花　散らずもあらなむ　帰り来るまで（7・一二一二）
霞立つ　春日の里の　梅の花　山のあらしに　散りこすなゆめ（8・一四三七）
五月の　花橘を　君がため　玉にこそ貫け　散らまく惜しみ（8・一五〇二）
我が行きは　七日は過ぎじ　龍田彦　ゆめこの花を　風にな散らし（9・一七四八）
春雨は　いたくな降りそ　桜花　いまだ見なくに　散らまく惜しも（10・一八七〇）
春されば　散らまく惜しき　梅の花　しましは咲かず　含みてもがも（10・一八七一）
梅の花　我は散らさじ　あをによし　奈良なる人も　来つつ見るがね（10・一九〇六）
卯の花の　散らまく惜しみ　ほととぎす　野に出で山に入り　来鳴きとよもす（10・一九五七）
秋風は　とくとく吹き来　萩の花　散らまく惜しみ　競ひ立たむ見む（10・二一〇八）
我がやどに　咲けるなでしこ　賂はせむ　ゆめ花散るな　いやをちに咲け（20・四四四六）

のように、散らずにあることを理想とする歌々である。この点は、「散らまく惜し」を含む歌が二十例にも及ぶ点からも明らかである。やはり、花が散ることへの興趣を歌うものは少ない。旅人の、

我が園に　梅の花散る　ひさかたの　天より雪の　流れ来るかも（5・八二二）

は有名だが、他には、

誰が園の　梅の花そも　ひさかたの　清き月夜に　ここだ散り来る（10・二三二五）

み園生の　百木の梅の　散る花し　天に飛び上がり　雪と降りけむ（17・三九〇六）

くらいしか見当たらない。(6) しかも、17・三九〇六番歌は旅人歌の直接の影響下にあることはまちがいなく、当該和歌第三首をそのまま落花讃美の歌と理解することには躊躇せざるをえない。

そして、集中には、次に掲げるような歌々が存在する。

我がやどの　花橘を　ほととぎす　来鳴かず地に　散らしてむとか（8・一四八六）

我がやどの　花橘を　ほととぎす　来鳴きとよめて　本に散らしつ（8・一四九三）

～うれたきや　醜ほととぎす　暁の　うら悲しきに　追へど追へど　なほし来鳴きて　いたづらに　地に散らさば　すべをなみ　攀ぢて手折りつ　見ませ我妹子（8・一五〇七）

妹が見て　後も鳴かなむ　ほととぎす　花橘を　地に散らしつ（8・一五〇九）

うぐひすの　卵の中に　ほととぎす　ひとり生まれて～来鳴きとよもし　橘の　花を居散らし～（9・一七五五）

ほととぎす　花橘の　枝に居て　鳴きとよもせば　花は散りつつ（10・一九五〇）

ほととぎす　来居も鳴かぬか　我がやどの　花橘の　地に散らむ見む（10・一九五四）

明日の日の　布勢の浦回の　藤波に　けだし来鳴かず　散らしてむかも〈一に頭に云ふ「ほととぎす」〉（18・四〇四三）

ほととぎす　いとねたけくは　橘の　花散る時に　来鳴きとよむる（18・四〇九二）

これらの歌々は、それが現実かどうかは別にしても、ほととぎすが花を散らす、ほととぎすは落花の頃に訪れるという類型に収まると理解できる。そして、これらの歌にあってほととぎすは、どちらかといえば花を散らしてしまう無粋なものと表現されている。勿論、この第三首は、書持贈歌の「玉に貫く」を受け「玉と見るまで」と散った花を玉に貫くことを歌う点において、落花を讃えてはいるのだが、前掲松田論文も指摘しているように、それはまだ一ヶ月近く先の五月の情景であって、平城京の現況への讃美ではない。

和歌第三首は、贈歌と呼応しつつも、開花の景を飛び越して落花を歌う。そもそも家持の和歌に開花は歌われていない。やはりこの和歌第三首も序文にのっとった形で読むべきであり、三首ともに書持に共感を促すものなのだろう。

八　むすび

以上述べて来た二人のやりとりを、以下簡単にまとめる。書持贈歌は、二首ともに「住むと来鳴かば」、「植ゑたらば」と仮定条件句を備えて仮想的な理想の景を歌う。それは贈歌の機能としては平信に近いものであった。これに対し、家持は序文において、「橙橘」の開花とほととぎすの鳴き声という書持が望む理想の景が現時点で出現していることに述べた上で、なおも「薔結の緒」を歌によって散らすとする。書持贈歌で示された理想の景は、「薔結の緒」を惹起させるものであった。

家持和歌三首はその序文通りに展開する。第一首では書持第一首の「聞かぬ日なけむ」を受け「鳴かぬ日はなし」と返す。第二首も第一首同様、書持第一首を受ける。「住むと来鳴かば」という仮想は「玉貫く月と来鳴きとよむる」と現実の景として歌われる。しかし、その声は山辺でのものであり、玉貫かざる月のものであった。そして第三首は書持第二首が仮想した「楝」の存在を前提にして「玉と見るまで」散ることを想定するが、そもそもこれはありえない想定でしかない。家持の三首はいずれも「欝結の緒を散らさまくのみ」という序文の範疇に収まるものである。勿論、この二人は気持ちの通じあった兄弟同士だったのだという、我々が一方的に想定した二人の関係を前提にしてよいのであれば、「こっちではもう鳴いているよ」(第一首)、「鳴いているけれど、ほととぎすのやつ、勘違いしているんだ」(第二首)、「楝があったとして、ほととぎすは玉に貫くのに丁度よいように散らしてくれるよ」(第三首)と、柔らかい諧謔に落とし込んだ上で、「心を許しあう弟ならば、この気持ちを理解してくれるだろう」という理解も成り立つだろう。

しかし、こうした「兄弟だから成り立つ」といった一般的尺度に基づいた類推や、「この二人ならでは」といった研究者の勝手な想定に基づいて理解してはなるまい。家持歌が書持歌に対立することなく、かつ「欝結」を散らす歌としての理解へと書持を導くのは「和歌三首」という題詞だろう。前掲芳賀論文もこうした理解を妨げるものではない。そして、『万葉集』には二年前のこの二人のやりとりとして、

十一年己卯の夏六月、大伴宿祢家持、亡ぎにし妾を悲傷びて作る歌一首

今よりは　秋風寒く　吹きなむを　いかにかひとり　長き夜を寝む（3・四六二）

弟大伴宿祢書持即和歌一首

長き夜を　ひとりや寝むと　君が言へば　過ぎにし人の　思ほゆらくに（3・四六三）

が残る。

当該贈答は、平信ともいえる書持贈歌に触発された家持の応答であり、その表現は「欝結の緒」を散らす範囲内に収まりつつ、書持に対しては「和歌」としての読みを要求するものであった。

注

（1）それぞれの作品名は通称を基本にしたが、私に記したものもある。
（2）拙稿「『万葉集』巻五の前半部の性質について」（『万葉集研究』第三十四集・二〇一三年十月）
（3）「大宰の時の梅花に追和する新歌」の作者については、暫定的に通説に従った。なお、第一章第三節にも少し触れた。
（4）「詎志を暢べざらめや」については、小野寛氏「あに志を暢べざらめや―家持の歌を作る意識―」（『武蔵野文学』第三十集・一九八二年十一月／『万葉集歌人摘草』若草書房一九九九年所収）、『和歌大系』、『新大系』に詳しい。
（5）「山（の）上」とは上代特殊仮名遣いで区別したが、なお、不分明な例もある。ただし、それらの例を入れても行論に支障はない。
（6）落花の美しさを詠む歌と考えられるものをあえてあげれば、他に、

沫雪か　はだれに降ると　見るまでに　流らへ散るは　何の花そも（8・一四二〇　駿河采女）
ほととぎす　花橘の　枝に居て　鳴きとよもせば　花は散りつつ（10・一九五〇）

があるが、どちらも確実ではない。

第三節　紀女郎との贈答

一　はじめに

恭仁京時代のある日、「苗代水」が歌われているので春のことだったろうか、恭仁京にいた家持は、平城京の紀女郎に歌を贈った。(1) その後、紀女郎から報贈歌が届いた。この歌は『万葉集』に載る限りにおいて、恭仁京時代の家持に届いた唯一の歌である。(2) それに対して、家持はさらに五首の歌を贈った。計七首の贈答は、恭仁京時代最大の相聞歌群である。次の通り。

大伴宿祢家持、紀女郎に贈る歌一首

鶉鳴く　古りにし里ゆ　思へども　なにそも妹に　逢ふよしもなき（4・七七五）

紀女郎、家持に報へ贈る歌一首

言出しは　誰が言なるか　小山田の　苗代水の　中淀にして（4・七七六）

大伴宿祢家持、更に紀女郎に贈る歌五首

我妹子が　やどの籬を　見に行かば　けだし門より　帰してむかも（4・七七七）
うつたへに　籬の姿　見まく欲り　行かむと言へや　君を見にこそ（4・七七八）
板葺の　黒木の屋根は　山近し　明日の日取りて　持ちて参ゐ来む（4・七七九）
黒木取り　草《かや》も刈りつつ　仕へめど　いそしきわけと　褒めむともあらず 一に云ふ「仕ふとも」（4・七八〇）

ぬばたまの　昨夜は帰しつ　今夜さへ　我を帰すな　道の長手を（4・七八一）

この贈答は、戯笑歌のやりとりである。本節では、この贈答を表現の面から論じる。

二　先行研究

当該歌群全体についての専論はないが、長い研究史にあって、家持と紀女郎との間に現実的な恋愛関係を見る論が多かった。たとえば、山崎馨氏「紀女郎小鹿考」（『論集上代文学』第八冊・一九七七年十一月／「紀女郎」の題にて『万葉歌人群像』和泉書院一九八六年所収）は冒頭の二首を捉えて、

二人の関係が中途半端で煮え切らないことを相手の責任としながら、しかも相手を誘ふ巧みさがある。（山崎論文）

と述べる。こうした現実還元は山崎論文に限ったことではなく、万葉歌の一般的な受容方法として、無前提に存在していたものだろう。この冒頭二首について、そうした前提を打ち破ったのは、上野誠氏「小山田の苗代水の中淀にして（『万葉集』巻四の七七六）—紀女郎の意趣返し—」（『森永道夫先生古稀記念論集　芸能と信仰の民族芸術』和泉書院二〇〇三年／「小山田の苗代水」という歌表現」の題にて『万葉文化論』ミネルヴァ書房二〇一八年所収）であろう。同論は、

贈答された歌の表現を見る限り、恋心を訴えるというよりも、恋歌に遊ぶものであると考える。〜中略〜歌表現から実際の関係を想定することは、鑑賞者の印象批評によるほかない、と考える。（上野論文、傍点同論）

とする。『万葉集』の贈答のありようとして認められるものであろう。

本節は、この上野論文に依拠しつつ、七首全体について論じるものである。

三　最初の贈答

家持が紀女郎に贈った歌は、

鶉鳴く　古りにし里ゆ　思へども　なにそも妹に　逢ふよしもなき（4・七七五）

である。「鶉鳴く」は、集中に、以下の三例（当該例含まず）。

鶉鳴く　古りにし里の　秋萩を　思ふ人どち　相見つるかも（8・一五五八）

人言を　繁みと君を　鶉鳴く　人の古家に　相言ひて遣りつ（11・二七九九）

鶉鳴く　古しと人は　思へれど　花橘の　にほふこのやど（17・三九二〇）

いずれも「古し」と連合表現を形成するが、その「古し」は、

古人の　飲へしめたる　吉備の酒　病まばすべなし　貫簀賜らむ（4・五五四）

のように古いことに価値を見出すものではなく、前掲上野論文が、

すなわち、〈古い〉という価値をマイナスにとらえた時に使うのが「フリニシサト」といえよう。（上野論文）

と述べるように、古くて価値のないものという意味を備える。[3]「鶉鳴く　古りにし里」は平城京のことである。この表現は容赦なく平城京を貶めている。

また、「逢ふよし」は集中に十四例（当該例含まず）見える。以下の通り。

①～恋ふれども　逢ふよしをなみ　大鳥の　羽易の山に　我が恋ふる　妹はいますと　人の言へば　岩根さくみて　なづみ来し～（2・二一〇　死）

②～恋ふれども　逢ふよしをなみ　大鳥の　羽易の山に　汝が恋ふる　妹はいますと　人の言へば　岩根さくみ

て　なづみ来し～（2・二一二三　死）
③朝鳥の　音のみや泣かむ　我妹子に　今また更に　逢ふよしをなみ（3・四八三　死）
④衣手の　別る今夜ゆ　妹も我も　いたく恋ひむな　逢ふよしをなみ（4・五〇八　旅）
⑤現には　逢ふよしもなし　ぬばたまの　夜の夢にを　継ぎて見えこそ（5・八〇七　旅）
⑥降る雪の　空に消ぬべく　恋ふれども　逢ふよしなしに　月そ経にける（10・二三三三）
⑦妹があたり　遠くも見れば　怪しくも　我はそ恋ふる　逢ふよしをなみ（11・二四〇二　旅）
⑧現には　逢ふよしもなし　夢にだに　間なく見え君　恋に死ぬべし（11・二五四四）
⑨我妹子に　逢ふよしをなみ　駿河なる　富士の高嶺の　燃えつつかあらむ（11・二六九五）
⑩青山の　磐垣沼の　水隠りに　恋ひや渡らむ　逢ふよしをなみ（11・二七〇七）
⑪人言を　繁み言痛み　我が背子を　目には見れども　逢ふよしもなし（12・二九三八）
⑫紫の　我が下紐の　色に出でず　恋ひかも痩せむ　逢ふよしをなみ（12・二九七六）
⑬逢ふよしの　出で来るまでは　畳み薦　隔て編む数　夢にし見えむ（12・二九九五）
⑭我妹子に　逢坂山を　越えて来て　泣きつつ居れど　逢ふよしもなし（15・三七六二　旅）

このうち、⑬を除き、全例が「逢ふよしなし」と歌う。⑬もまた「逢ふよし」のないことには変わりない。そして、十四例中七例が外的状況が要因で逢うことのかなわない状況であることがわかる例である（歌番号の下に、その理由を記した）。残る七例についても、逢会の障害を乗り越えられないものとして話者が判断していることがわかる。つまり、「逢ふよしもなし」は、それ自体が、逢えないという諦念に基づいているといってよい。当該歌も同様である。歌表現がどれほど現実に基づくかは明確ではないが、先にも述べたように家持は恭仁京に、紀女郎は平城京にいたと理解すべきである。少なくとも、逢う手段が存在しないという諦念を歌っていることはまちがいない。

この家持歌に対して紀女郎は、

言出しは　誰が言なるか　小山田の　苗代水の　中淀にして（4・七七六）

と報贈する。「中淀」についていえば、集中ここのみの用例だが、『うつほ物語』に、帝の愛を確かめる俊蔭娘が、「『言出しは』といふことのあれば、えなむ」とて、

淵瀬をも分かじと思へど飛鳥川そなたの水や中淀みせむ

とのみなむ。（『新編日本古典文学全集　うつほ物語②』「内侍のかみ」二六三頁）

と、引き歌と和歌とに当該歌が見えることもからも、「中淀」が男女の間の疎遠を示していることは明らかである。また、下の句については、前掲上野論文に詳細な検討がある。ただ、「中淀」の序詞として「小山田の　苗代水の」は、家持歌に対する報贈歌としては、唐突の感を否めない。もう一度表現から考えてみたい。

「中淀」になっているのは「小山田の　苗代水」である。「小山田」は他に二例（当該例含まず）。

①心合へば　相寝るものを　小山田の　しし田守るごと　母し守らすも（注略）（12・三〇〇〇）
②小山田の　池の堤に　挿す柳　なりもならずも　汝と二人はも（14・三四九二）

東歌の例（②）ははっきりしないけれども、①の小山田は明らかに山中の田である。もう少し範囲を広げて、「山田」は五例、以下の通り（当該例含まず）。

①君がため　山田の沢に　ゑぐ摘むと　雪消の水に　裳の裾濡れぬ（10・一八三九）
②あしひきの　山の常陰に　鳴く鹿の　声聞かすやも　山田守らす児（10・二一五六）
③あしひきの　山田作る児　秀でずとも　縄だに延へよ　守ると知るがね（10・二二一九）
④あしひきの　山田守る翁　置く蚊火の　下焦がれのみ　我が恋ひ居らく（11・二六四九）
⑤松反り　しひにてあれかも　さ山田の　翁がその日に　求めあはずけむ（17・四〇一四）

こちらも「守る」、「作る」などが歌われ、山中の田である様子がうかがえる。前掲上野論文が「山間の苗代」と指摘した点、十分に首肯できる。

上にも述べたところだが、この時紀女郎は平城京にいたはずで、彼女の居住圏に「小山田の　苗代水」はない。一方、家持は、第三章第二節にも書いたように、自分の起居する恭仁京を一貫して「山辺」と表現している。当該歌との先後関係は不明だが、

大伴宿祢家持、紀女郎に報へ贈る歌一首

ひさかたの　雨の降る日を　ただひとり　山辺に居れば　いぶせかりけり（4・七六九）

も残る。紀女郎は、家持の居所を守り人が必要なほどの「小山田」と貶めたのではないか。それは家持贈歌の「鶉鳴く　古りにし里」に反応したものだろう。当該贈答は、お互いに相手の現在の居所を「古りにし里」、「小山田」と揶揄しあっているのである。

勿論、平城京は恭仁京に遷都したとはいえ、当時の最大の都市であり「鶉鳴く　古りにし里」ではないし、恭仁京は造営が着々と進んでいたはずで「小山田」ではありえない。そうした現実があるからこそ、当該二首は成り立つ。この、相手の居所をめぐる歌はさらに続く。

四　更に贈る歌五首

家持がさらに贈った五首は、次の一首から始まる。

我妹子が　やどの籬を　見に行かば　けだし門より　帰してむかも（4・七七七）

籬は当該贈答に見える以外には、他に、

奈良山の　峰なほ霧らふ　うべしこそ　籬のもとの　雪は消ずけれ（10・二三一六）

の一例を数えるのみである。その籬について『時代別』は、

マは形状言。第一例（10・二三一六―引用者注）「前垣」の表記は門口の垣をマガキといったことを示すものか。竹や柴で作ったものというが、材料や形状の詳細は不明。（『時代別』）

とする。「前垣」の文字列は第二首にもあり、一種の義訓ではあろうが、『時代別』にもあるように漢字の意味するところは不分明である。当該歌の原文は「籬」であり、こちらは、

籬　力支反。枯也、垣也、竹柴等類垣曰レ籬。志波加支。又竹加支。（『新撰字鏡』巻八・7オ）

とあり、柴や竹などで作った垣であることがわかる。また、『正倉院文書』には、

久例十四枚　直銭二百十文〈別十五文〉
右籬料
（写経司雑受書幷進書案及返書、天平十一年六月二十日、第七巻一七二頁　続々修第十七帙第一巻⑨）

とあり、「久例十四枚」を用いて籬を作った例が見える。「久例」は丸太であり、そのまま使用するのは扱いづらいであろうから、適切な処置を施して垣根にしたのだろう。大海人皇子が吉野から東国へ向かう途中でも、

大野に到りて日落れぬ。山暗くして進行むこと能はず。則ち当邑の家の籬を壊ち取りて燭とす。（天武紀元年〈六七二〉六月二十四日条）

という記事があり、籬は分解すれば「燭」にできる程度の部材からできていたことがわかる。さらに、允恭紀には、

初め皇后（忍坂大中姫―引用者注）、母に随ひて家に在しまし、独り苑中に遊びたまふ。時に闘鶏国造、傍の径より行く。馬に乗りて籬に莅み、皇后に謂りて、嘲りて曰く、「能く園を作るか、汝や」といふ。（允恭紀二年二月十四日条）

とあり、籬は苑（園）と外部との境界を成している。よく知られているように苑（園）は菜園である。[4] ここの苑（園）は道路に面しており、馬に乗れば容易に苑（園）の様子を見て取れることがわかる。籬の高さがうかがわれる。他にも、

　垣。謂㆓宮殿及府廨垣墻㆒。籬。謂㆑不㆑築㆓墻垣㆒。（「名例律」下四三の本注）

　縦无㆓垣墻㆒。唯有㆓柵籬㆒亦是。（「衛禁律」二四の疏）

とあって、籬は簡易な垣でまちがいない。[5] つまり、「籬」の文字であらわされる垣根はいずれも簡易なものであり、当該歌に「籬」とある垣もやはり簡易なものである。『旧全集』に「柴や竹で粗く編んだ垣根。」とあるのが適切な注であろう。

　とすれば、そもそも紀女郎の邸宅の「籬」とは何なのだろうか。仮に歴史的事実としての紀氏の邸宅を考えれば、当時の紀氏の氏上は、天平十五年（七四三）五月五日に参議に任じられた紀麻路と思われ、その邸宅は築地塀などで囲まれた大邸宅であったろう。外部と「籬」で仕切られるような粗末な家ではない。その紀氏の邸宅に籬があるとすれば、築地塀内にあった召使いなどの住む家の周りの垣だろう。しかしこうした現実還元はあまり意味があるとは思えない。ここは、紀女郎の家を外部とは「籬」でしか区切られていないような家だと表現しているのだろう。そう理解してこそ、「籬を見に行ったら中にも入れてもらえず門から追い返されることでしょう」の意が理解されるのではなかろうか。それは、当該歌群第一首「鶉鳴く　古りにし里」と響きあうだろう。古びた里の粗末な籬を見に行ったら、門から追い返すことでしょうねとからかっているのが当該歌なのだろう。

　そして、結句「帰してむかも」の原文は「将返却可聞」であり、「返却」は集中ここのみの用例である。上代文献では、他に『続日本紀』に六例を数える。[6]

①新羅国、輒く本の号を改めて王城国と曰ふ。茲に因りてその使を返却す。（天平七年〈七三五〉二月二十七日条）

②夫れ、臣と為る道は、君命に違はず。是を以て封函を誤らず。輙ち用て奉進る。今、違例として表函を返却さる。（新羅からの使いである―引用者注）万福ら実に深く憂へ慄づ。（宝亀三年〈七七二〉正月十六日条）

③（新羅からの―引用者注）上れる表の文、常の例を乖けるに縁りて、表函并せて信物を返却され訖りぬ。（宝亀三年〈七七二〉二月二日条）

④而るに今、能登国司言さく、「渤海国使烏須弗らが進れる表函、例に違ひて无礼し。」とまをせり。是に由りて、朝庭に召さずして、本郷に返却す。（宝亀四年〈七七三〉六月二十四日条）

⑤所以に、頃年、彼の使（新羅からの使い―引用者注）を返却けて接遇を加へざりき。（宝亀十一年〈七八〇〉正月五日条）

⑥若しこの制に拠らず、未納の者有らば、税帳を返却して、事に随ひて罪に科せむ。（延暦九年〈七九〇〉十一月三日条）

これらの中で⑥以外は無礼のあった外国の使いに対して上表文を突き返したり使者を本国に帰す例であり、⑥も税未納の者に対してのものである。当該歌の表記のまま紀女郎のもとに届いたかどうかは不明だが、門前払いの様子がよくうかがえる用字である。

第二首、

うつたへに　籬の姿　見まく欲り　行かむと言へや　君を見にこそ（4・七七八）

は、籬の正体を歌う。『全注』（木下正俊氏）も指摘するように集中の「姿」（当該歌を含めて三十二例）は、当該歌を除きすべて人間の姿の例であり、「籬の姿」という表現自体が人を想起させる。結句への伏線にもなっていよう。前歌からのつながりで見ると、「やどの籬」→「籬の姿」→「君」と徐々に「君」向かって焦点が絞られていることがわかる。

しかし、この第二首は、その意味だけを取れば一種の贅言である。第一首で籬を見に行くといって、本当に籬だけを見に行く歌と理解する者はいまい。わかりきったことを作者自らが二首めで種明かししているのである。とすれば、この第二首にとってもっとも重要な点はその種明かし以外には考えられない。初〜四句は、結句「君を見にこそ」を持ち出す装置と考えられる。第一首の「我妹子」が「君」に変更され、二人の上下関係がここに確定する。よく言及されるように女性に対する「君」は極めて珍しい。ただし、その「君」は、「古りにし里」の「籬の姿」から想起される「君」であり、あくまでも戯歌の一部でしかない。

上下関係が明確化された第三首では、一転して恭仁京の建築中の邸宅のことが歌われる。

板葺の　黒木の屋根は　山近し　明日の日取りて　持ちて参ゐ来む（4・七七九）

この「屋根」[7]（建物）は、平城京にある既存の邸宅ではありえず、畢竟、恭仁京に建築中の紀女郎の邸宅を意味する。「山近し」もそのことを裏付けよう。先にも触れたように家持にとって恭仁京は「山辺」である。そして、第一章第四節でも述べたように、その紀女郎の邸宅は「板葺」のルーフを持った「黒木」の建築物として描き出される。この建築物は、

その板屋草舎は、中古の遺制にして、営み難く破れ易くして、空しく民の財を殫す。請はくは、有司に仰せて、五位已上と庶人の営に堪ふる者とをして、瓦舎を構へ立て、塗りて赤白と為さしめむことを。（神亀元年〈七二四〉十一月十一日条）

にあらわれているように、「中古の遺制」であり、新築の紀女郎の邸宅に対しては揶揄でしかない。しかも第四首では、

黒木取り　草《かや》も刈りつつ　仕へめど　いそしきわけと　褒めむともあらず　一に云ふ「仕ふとも」（4・七八〇）

と「草《かや》」さえ建築用の材料にあげる。ただし、「草」がルーフを葺く材なのか、壁材なのかは、はっきりしない。

新室の　壁草《くさ》刈りに（壁草苅迩）　いましたまはね　草《くさ》のごと（草如）　寄り合ふ娘子は　君がまにまに（11・二三五一）

～天御中主神より以下、日子波限建鵜草葺不合命より以前～（『古事記』序文）

を見ても、「草」字は「くさ」、「かや」の両方に用いられるためである。ただし、先掲の『続日本紀』の「板屋草舎」を見ると、板葺、草《かや》葺の家が「中古の遺制」と把握されており、ここもルーフのことを示しているように思える（ために、ここでは「草《かや》」と訓んだ）。第三首で「板葺」といい、ここで「草葺」と歌うのも戯歌のひとつの方法として把握されるべきだろう。

そして、当該第三首の最大の特徴は諸注指摘する通り、一人称の「わけ」である。集中に「わけ」は、当該歌以外に、四例、以下のように分布する。

①我が君は　わけをば死ねと　思へかも　逢ふ夜逢はぬ夜　二走るらむ（4・五五二　大伴三依）
②わけがため　我が手もすまに　春の野に　抜ける茅花そ　召して肥えませ（8・一四六〇　紀女郎→大伴家持）
③昼は咲き　夜は恋ひ寝る　合歓木の花　君のみ見めや　わけさへに見よ（8・一四六一　紀女郎→大伴家持）
④我が君に　わけは恋ふらし　賜りたる　茅花を食めど　いや痩せに痩す（8・一四六二　大伴家持→紀女郎）

このうち、①以外は家持と紀女郎との贈答の例である。また、①の大伴三依の歌は前後に大宰府関係歌のあるところから当該歌群よりも以前の成立とみられている。①でも男性が女性を「君」と呼び、「わけ」と「君」とが対照的な呼称関係にあったことを示す。当該歌群と巻八の歌群（②③④）との先後関係は不明だが、どちらが先であってもこういう呼称を許容する間柄であったことはまちがいない。そして、この歌で一人称が「わけ」と確定することにより、「君」の下位にいるのは、宮人などではなく「わけ」であることも確定する。当時の「わけ」が持つ語感は、他に用例がないため明確にはできないが、相対的な上下関係ではなく絶対的なそれであることはまちがいないだろう。そうした絶対的な上下関係を示す表現を持ちながらも、相手の居所については「鶉鳴く　古りにし里」、「籬」、「黒木」、「屋根」、「草《かや》」と徹底的に貶めている点に当該歌群における家持歌の眼目を見出すべきであろう。

そして、最後に伏線は回収される。

第五首、

ぬばたまの　昨夜は帰しつ　今夜さへ　我を帰すな　道の長手を（4・七八一）

は、たとえば、

連作二組の次にある此の一首は、別の時に贈られたものと思ふ。歌の調子といひ、詠みぶりといひ全然違つたものである。（『総釈』石井庄司氏）

恐らくこの一首は、家持が紀女郎に熱意をもつてゐた以前の作であるのを、便宜上ここに纏めて収載したのであらう。（『佐佐木評釈』）

のように、この五首の歌群から外そうとする方向の注釈もある。こうした理解が生まれるのは、第一首の「帰してむかも」と当該第五首の「昨夜は帰しつ」との間に起きる違和感なのだろう。けれども、題詞には「大伴宿祢家持、更に紀女郎に贈る歌五首」とあり、当該五首はこの歌順に従って読まれることが期待されていたはずである。とすれば、「もしも行ったら門前払いされるのだろうか」から始まり、第二首から第四首で紀女郎の家をなじりながらも、二人の上下関係を、家の主と奴婢に見立てるという、いわばいいたい放題の歌が展開する。そして、最終歌に至り、実は夕べ門前払いをくらったのだと明かす。奴婢が家の主人に逢いに行ったところで、逢えるどころか、門より「返却」されるのは当然である。だから、こうして歌を送った今夜は、「わけ」ではない「我」を帰すなと歌う。「我を帰すな」は、『時代別』が、ナ～（ソ）という表現は、同じく禁止を表わす終止形下接の助詞ナと比べて、～しないでください・～しないでおくれというような、いくぶん哀願・懇請の気持を持つものであったといわれている。（『時代別』）と述べるように、「な帰しそ」ではない点において、奴婢の主に対する発話ではなく、対等以上の関係性を明示する。『総釈』が、「歌の調子といひ、詠みぶりといひ全然違つたものである。」と評したのは、こうした点を捉えてのことだろう。

この五首を受け取った側からすれば、来訪を知らされずに帰してしまったことを最後の歌で初めて知ることになる。ただし、前夜に家持が紀女郎を訪ねたかどうかは問題ではあるまい。そもそも、恭仁京と平城京との間では、来訪自体がありえないという可能性もある。重要なのは、これだけの戯歌を送りながらも、最終的にはこれからの逢瀬を約束する点にある。勿論、それとて現実的な恋愛とは思えないけれども。

五　むすび

以上、七首を順に見て来た。恭仁京にいた家持は、紀女郎のいる平城京を「鶉鳴く　古りにし里」と貶めたのに対し、紀女郎は「小山田」を持ち出し暗に恭仁京を揶揄する。勿論、現実状況とはかけ離れたやりとりである。これに対して、家持は、紀女郎の平城京の邸宅を「籬」に囲まれた空間として歌い、建築中の恭仁京の邸宅を「屋根」と表現する。その一方で、自分が奴婢であり紀女郎を主として待遇する。最終歌では、昨夜訪れたと種明かしをして、今夜の再訪を誓って歌群は閉じられる。紀女郎の返歌は掲載されていないが、平城京と恭仁京とが併存している状況でなければ成立しない贈答であった。

注

（1）紀女郎が平城京にいたことについては、第三章第一節参照。
（2）「大伴宿祢家持、紀女郎に報へ贈る歌一首」（4・七六九題詞）があり、紀女郎から届いたものが歌と理解してよいのであれば、もう一首以上家持のもとに届いていたことになる。
（3）専論としては、上野誠氏「万葉語「フルサト」の位相―大伴家関係歌を手がかりとして―」（『奈良大学総合研究所所報』第四号・一九九六年三月／『古代日本の文芸空間―万葉挽歌と葬送儀礼―』雄山閣出版一九九七年所収）がある。
（4）「拙稿」「『万葉集』の「やど」・「には」・「その」・「しま」」（『日本言語文化の内と外』遊文舎二〇二三年）参照。
（5）「名例律」下の本注は『故唐律疏議』による。
（6）「返却」は『遊仙窟』にも一例見えるが自動詞であり、当該歌とは関係しないだろう。
（7）「屋根」が建物を意味することについては、第一章第四節参照。

第四章　廃都へ

第一節　安積皇子挽歌

一　はじめに――安積親王――

安積親王についての情報は少ない。『続日本紀』には二度しか登場しない。初出は、

> 是の日、安積親王、脚の病に縁りて桜井頓宮より還る。丁丑、薨しぬ。時に年十七。従四位下大市王・紀朝臣飯麻呂らを遣して葬の事を監護らしむ。親王は天皇の皇子なり。母は夫人正三位県犬養宿祢広刀自、従五位下唐が女なり。（天平十六年〈七四四〉閏正月十一日条、及び十三日条）

であり、親王の薨去に関わるものである。もう一例は、生母・県犬養広刀自の薨去記事である。

> 夫人正三位県犬養宿祢広刀自薨しぬ。絁百疋、糸三百絇、布三百端、米九十石を賻る。夫人は讃岐守従五位下唐が女なり。聖武皇帝、儲弐とありし日、納れて夫人としたまふ。安積親王を生めり。年弱冠ならずして、天平十三年[1]に薨しぬ。また、井上内親王・不破内親王を生めり。（天平宝字六年〈七六二〉十月十四日条）

事実上、薨去に関わる記事しか残っていないといってよい。この無個性ともいえる記述は、皇太子ではない親王の十七歳での薨去を考えてもやむをえまい。『続日本紀』を参看すれば明らかだが、神亀五（七二八）閏九月十三日条に見える皇太子の薨去記事を横におく時、それはさらに顕著になる。

安積親王の記事は他に『万葉集』に二例。一例は本節で扱う「安積皇子挽歌」[2]の題詞、

> （天平）十六年甲申春二月、安積皇子の薨ずる時に、内舎人大伴宿祢家持が作る歌六首

である。この「安積皇子挽歌」はふたつの歌群から成る（以下、先行歌群をA群、後行歌群をB群とする）。A群左注に「右の三首、二月三日に作る歌」とあり、B群左注に「右の三首は、三月二十四日に作る歌」とあり、当然ながら薨去後のものではあるものの、安積親王に関わる貴重な情報である。今ひとつの例は、

（天平十五年）安積親王の、左少弁藤原八束朝臣の家に宴する日に、内舎人大伴宿祢家持が作る歌一首

ひさかたの　雨は降りしけ　思ふ児が　やどに今夜は　明かして行かむ（6・一〇四〇）

である。

以上の四例が上代文献を通じて知ることのできる安積親王の全情報である。[3] これらから安積親王について簡潔にまとめる。以下の通り。


神亀五年（七二八）　誕生。

天平十五年（七四三）　藤原八束宅で宴。

天平十六年（七四四）閏正月十一日　難波行幸の途中、脚の病に縁りて桜井頓宮より恭仁京に還る。

天平十六年（七四四）閏正月十三日　薨去（十七歳）。

天平十六年（七四四）二月三日　安積皇子挽歌A群成立。

天平十六年（七四四）三月二十四日　安積皇子挽歌B群成立。


安積親王は、薨去時に聖武天皇の唯一の男子であった。ここから将来的に即位を属望されていたとする理解が一般的であり、かつては橘氏の対抗勢力である藤原仲麻呂による暗殺説すら存在した。[4] しかし、天平十年（七三八）正月十三日条に阿倍内親王の立太子記事があることも考慮する必要がある。たとえば、渡辺晃宏氏『日本の歴史4平城京と木簡の世紀』（講談社二〇〇九年）は、

そもそも安積親王に即位の可能性はあったのだろうか。安積親王の母は県犬養広刀自である。藤原宮子を母と

する聖武が即位するのに、どれだけの手続きを踏まなければならなかったか。それを考えると、広刀自所生の安積親王の即位が容易に実現するとは思われない。阿倍内親王に万一のことがある時は、むしろ光明皇后の即位の方がより現実性があるかもしれない。逆に、仲麻呂が独断で暗殺に走れば、光明子にその反動が及ぶ可能性が充分あり、安積親王暗殺にはあまり実利が認められない。（渡辺著）

と述べ、仁藤敦史氏『藤原仲麻呂』（中公新書二〇二一年）は、

暗殺説の前提には、阿倍皇太子よりも安積親王が皇位継承では支持されるはずという暗黙の男子優先の観念があるが、聖武天皇は明らかに光明皇后の娘である阿倍皇太子を次期天皇として予定しており、藤原氏四子が病死し、橘諸兄の政権期になってもこれは動揺していない。安積親王の葬儀も光明皇后の子某王と比較すれば簡単なものであった。藤原氏を母とする王系が優先されるという流れは、すでに聖武天皇の母、宮子のときから一貫している。（仁藤著）

とする。聖武の直系男子であることを過大評価してはなるまい。直系男子ではあるが、十七歳でも皇太子となっていない親王であり、そうした親王の薨去と把握すべきである。それが当時の政治情勢に起因するのか、生来の病弱（仮にそうだったとして）に起因するのかは問題ではない。暗殺説については、河内祥輔氏『古代政治史における天皇制の論理』（吉川弘文館一九八六年）が「〝藤原氏の権力闘争〟史観」による産物でしかないと明瞭に否定したように、暗殺説を基本に論を構築することはできまい。(5)

ただし、安積親王の薨去が宮廷にとって衝撃的であったことはまちがいない。それは喪事の監護にあたった大市王と紀飯麻呂からもうかがえる。すなわち、当時、大市王は従四位下の刑部卿（正四位下相当官）であり、紀飯麻呂も従四位下で右大弁（従四位上相当官）であった。これに対して、「喪葬令」では、

凡そ百官職に在りて薨卒せば、当司分番して喪にせよ。親王、及び太政大臣、散一位は、治部の大輔喪の事を

監護せよ。（「喪葬令」二）

とあり、治部省の上席次官である治部大輔（正五位下相当官）が監護にあたることになっており、(6)安積親王の場合は、いわば破格の扱いを受けている。結局、安積親王については、非皇太子である聖武直系の親王の薨去であることを確認するに留めるべきである。

さらに、当時の家持の政治的立場についても、注(5)に引いた仁藤論文が次のように述べる。やや長いが重要な指摘なので引用する。

これまでの議論は、宴会への参加者をだれが歌をつくったかということから推定して、それらが政治的な、当時でいえば反権力的、当時の政権に対して批判的な者たちの集まりであるという位置づけがなされてきました。ただ、こうした位置づけは、宴会をすべて政治的な集まりであるということを前提にするものですが、奈良時代においては儀式を含めて多様な宴会があるのです。政治史的には都合の悪い人同士が同席するという宴会もままあるわけで、つまみ食い的な議論はやはり慎むべきだろうと思うのです。

さらに重要な論拠とされる奈良麻呂と家持などの集まりも、年齢を計算してみますと、橘奈良麻呂は当時十八歳、家持は内舎人に任官したのが二十一、二ぐらいであったとすると—これについても議論が若干あるようですが、養老の初期に生まれたと考えますと家持は大体二十一、二歳という年齢になるわけで、極めて若いわけです。奈良麻呂はまだ無位無官の時で、家持はようやく役人として出仕したという状況です。そのような場で高度な反権力的な謀議がはかられたと考えるのはやはり無理があるのではないかと思います。（仁藤論文）

『万葉集』に残る宴席歌は、当時の宴席歌を母集団とする時、極わずかなものでしかないことは自明であり、残された歌に政治的な状況を見出すことの危険性を十分に把握する必要がある。

本論も、如上の歴史学からの発言にのっとり、可能な限り歌表現から「安積皇子挽歌」について論じる。

二　先行研究と訓

「安積皇子挽歌」研究の画期が青木生子氏「宮廷挽歌の終焉―大伴家持と安積皇子挽歌―」（『文学』第四十三巻四号・一九七五年四月／『万葉挽歌論』塙書房一九八四年所収）、身﨑壽氏「安積皇子挽歌試論」（『万葉』第九十号・一九七五年十二月／『宮廷挽歌の世界―古代王権と万葉和歌―』塙書房一九九四年所収）の両論にあることは、これまでもよく指摘されている。(7) その画期性は、当該歌の誦詠の場を想定した点にある。これに対し、神野志隆光氏「安積皇子挽歌」（『セミナー　万葉の歌人と作品』第八巻・二〇〇二年五月）は、そうした歌の場への還元を批判する。その流れを受けて鉄野昌弘氏「安積皇子挽歌論―家持作歌の政治性―」（『万葉』第二一九号・二〇一五年四月）は、当時の政治的状況と家持の心情から本作品を読み解こうとしている。こうした先行研究を受けつつ、本節では、誦詠の場や家持という作者とは別に歌の表現に即して論を進める。歌の場の問題にも論が及ぶが、それはあくまでも論理の結果でしかない。

また、当該六首の訓は多少の揺れを見せながらも、意味に関わる異訓はほとんどない。唯一B群第二反歌（3・四八〇）に問題があるため、本論に入る前にこの点に触れておく。B群第二反歌の原文と通訓とは以下の通り。

大伴之　名負靭帯而　万代尓　憑之心　何所可将寄

大伴の　名に負ふ靫帯びて　万代に　頼みし心　いづくか寄せむ

問題になるのは、傍線を付した次の二点。

A第二句「名負靭帯而」の訓を「名に負ふ靫帯びて」とするか「名負ふ靫帯びて」とするか。

B結句「何所可将寄」を「いづくにか寄せむ」とするか「いづくか寄せむ」とするか。

まず、Aであるが、「に」を訓み添えず「名負ふ」とするのは『集成』に始まり（『釈注』には、この訓が橋本四郎氏の考案である旨記される）、以下のように分布する（念のため、『旧大系』以降を記している）。

名負ふ―『集成』、『全注』（西宮一民氏）、『釈注』／前掲青木論文、前掲身﨑論文、注（7）の廣川論文、

名に負ふ―『旧大系』、『澤瀉注釈』、『旧全集』、『全訳注』、『新編全集』、『新大系』、『和歌大系』、『全歌講義』、『全解』／『おうふう』、『塙CD』、『新校注』／前掲神野志論文、前掲鉄野論文

「名負ふ」については『全注』の次の発言がわかりやすい。

ここでは「靫を負ふ（帯ぶ）」大伴、すなわち天孫降臨以来武を以て朝廷に仕え「天靫負部」と呼ばれていたその名を負う大伴というので、「名（ヲ）負ふ」略して古典集成に「名負ふ」と訓むのがよい。（『全注』）

無標のヲ格は可能性として認められよう。しかし、前掲神野志論文は、「名負ふ」だと「大伴の名を靫が負う」意となってしまうことを指摘して「名に負ふ」とした。集中に「名（を）負ふ」の確例はなく、「名に負ふ」は当該例以外に以下の十例。

①これやこの　大和にしては　我が恋ふる　紀路にありといふ　名に負ふ背の山（名二負勢能山）（1・三五）
②古ゆ　人の言ひける　老人の　をつといふ水そ　名に負ふ瀧の瀬（名尓負瀧之瀬）（6・一〇三四）
③～山おろしの　風な吹きそと　うち越えて　名に負へる社に（名二負有社尓）　風祭りせな（9・一七五一）
④いかならむ　名に負ふ神に（名負神）　手向せば　我が思ふ妹を　夢にだに見む（11・二四一八）
⑤あしひきの　名に負ふ山菅（名負山菅）　押し伏せて　君し結ばば　逢はざらめやも（11・二四七七）
⑥隼人の　名に負ふ夜声（名負夜音）　いちしろく　我が名は告りつ　妻と頼ませ（11・二四九七）
⑦これやこの　名に負ふ鳴門の（名尓於布奈流門能）　渦潮に　玉藻刈るとふ　海人娘子ども（15・三六三八）
⑧大君の　遠の朝廷そ　み雪降る　越と名に負へる（越登名尓於敝流）～（17・四〇一一）

⑨〜空言も　祖の名絶つな　大伴の　氏と名に負へる（宇治等名尓於敝流）　ますらをの伴（20・四四六五）

⑩磯城島の　大和の国に　明らけき　名に負ふ伴の緒（名尓於布等毛能乎）　心努めよ（20・四四六六）

④⑤⑥は「名に」の確例ではないが、逆に「名に負ふ」が成句のような形であるからこそ「に」の無表記が許容されるのだろう。また、記紀の〈ウタ〉にも、

〜斯くの如　名に負はむと（那爾於波牟登）　そらみつ　倭の国を　蜻蛉島とふ（記九六）

〜かくのごと　名に負はむと（難爾於婆武登）　そらみつ　倭国を　蜻蛉島といふ（紀七五異伝）

と「名に負ふ」の形で存在する。用例から推しても当該歌は「名に負ふ」と訓むべきである。[8] また、仮に「名負ふ」と訓んだとしても、この訓を基に論理を組むべきではあるまい。本論にあっても「名に負ふ」の訓に基づく論は最小限に留めることとする。

次に、B「いづく（に）かよせむ」について。「いづくにか」と訓み添える訓は『攷證』に始まる。ただし、『攷證』は本文の左に「ニ」が存在するのみで、注でもその根拠に触れられていない。また、『私注』は、「イヅクカと訓む説もあるが、他動詞の補語の場合であるからニがある方が自然であらう。」とし、『塙CD』が従った。しかし、「いづくにかよせむ」だと単独母音を含まない字余り句になる上、古く『講義』が、

我が背子は　いづく行くらむ（何所行良武）　沖つ藻の　名張の山を　今日か越ゆらむ（1・四三）

我が背子を　いづち行かめと（何處行目跡）　さき竹の　そがひに寝しく　今し悔しも（7・一四一二）

鶴がねの　今朝鳴くなへに　雁がねは　いづくさしてか（何處指香）　雲隠るらむ（10・二一三八）

を例歌として引き、

「イヅクニカ」といふべきを「イヅクカ」といへるは、この頃の語法に「ヲ」「ニ」といふ助詞を略して、たとへば〜（右に掲げた例歌を引く―引用者注）〜などその例なり。されば「イヅクカヨセム」とよむべきなり。

（『講義』）

と述べている。結句は「いづくか寄せむ」でよい。

本論では、B群第二反歌の訓を、

大伴の　名に負ふ靫帯びて　万代に　頼みし心　いづくか寄せむ

として、論を進める。

三　A群

「安積皇子挽歌」A群は、その左注から天平十六年（七四四）二月三日に作歌したことが知られる。以下の通り。

十六年甲申春二月、安積皇子の薨ずる時に、内舎人大伴宿祢家持が作る歌六首

かけまくも　あやに恐し　言はまくも　ゆゆしきかも　我が大君　皇子の尊　万代に　めしたまはまし　大日本　恭仁の都は　うちなびく　春さりぬれば　山辺には　花咲きをり　川瀬には　鮎子さ走り　いや日異に　栄ゆる時に　逆言の　狂言とかも　白たへに　舎人装ひて　和束山　御輿立たして　ひさかたの　天知らしぬれ　臥いまろび　ひづち泣けども　せむすべもなし（3・四七五）

反歌

我が大君　天知らさむと　思はねば　おほにそ見ける　和束杣山（3・四七六）

あしひきの　山さへ光り　咲く花の　散りぬるごとき　我が大君かも（3・四七七）

右の三首、二月三日に作る歌

「二月三日」という日付が安積皇子の三七日にあたることは、夙に『講義』に、

安積皇子の薨去は閏正月十三日なりしなれば、それよりかぞへて（閏正月は大なれば三十日なり）二十一日目なり。この時既に、和束山に葬り奉れるものと見えたり。（『講義』）

と指摘されている。次に引く天平七年（七三五）十月五日条を見ても、二月三日に何らかの斎会が行われたと見てよいだろう。

親王薨すれば七日毎に供斎るに、僧一百人を以て限りとせよ。七七日の斎訖らば停めよ。今より以後、例として行へ。（天平七年〈七三五〉十月五日条）

しかし、当該A群には仏教的な色彩を帯びた表現は皆無であり、そうした斎会との関係を知るすべはない。その表現を追うことからはじめたい。

A群長歌には多くの先行歌の影響が指摘されている。『増訂全註釈』に簡潔なまとめがあるので、引用し、下にゴチックで本論のコメントを記した。

かけまくもあやに畏し	かけまくもゆゆしきかも	
言はまくもゆゆしきかも	言はまくもあやに畏き（巻二、一九九）	**他にもあり、後述。**
わが大君皇子の命	わが大君皇子の命の（同、一六七）	**わが思ふ皇子の尊は（13・三三二四）**
万代に食し賜はまし	万代に国知らさまし（同、一七一）	**影響あり？**
大日本久邇の京は	山城の久邇の京は（巻十七、三九〇七）	**影響あり？**
うち靡く春さりぬれば	うち靡く春さりくれば（巻三、二六〇）	**影響あり？**
山辺には花咲きををり	春されば花咲きををり（巻十七、三九〇七）	**影響あり？**
河瀬には年魚子さ走り	河門には年魚子さ走る（巻五、八五九）	**影響あり？**
いや日けに栄ゆる時に	木綿花の栄ゆる時に（巻二、一九九）	

逆言の狂言とかも　　逆言の狂言とかも（巻三、四二一）　**他にもあり、後述。**
白拷に舎人装ひて　　白拷の麻衣著て（巻二、一九九）　**宮の舎人も～麻衣着れば（13・三三二四）**
和束山御輿立たして　　**舎人の子らは～群がりて待ち（13・三三二六）**
ひさかたの天知らしぬれ　　ひさかたの天知らしぬる（巻二、二〇〇）
こいまろびひづち泣けども　　こいまろびひづち泣けども（巻十三、三三二六）
せむすべもなし　　せむすべもなし（巻五、八〇四）　**影響あり？**

『増訂全註釈』が三～四句の下に2・一九九番歌を引いているのは、初～四句に対してのものと思われる。『増訂全註釈』に従えば、「和束山　御輿立たして」のみがA群長歌の独自句となる。しかし、途中「影響あり？」と記した部分は、『増訂全註釈』が示した歌の直接的な影響というよりも、もっと大きな枠組みの中における表現類似と理解すべきである。たとえば、恭仁京の名称の韻文化はそれほどバリアントがあるとは思えないし、恭仁京讃美における山川対比はそれ以外の方法がほとんど見えないからである。勿論、だからといって、それが家持の独自性をあらわしているわけではない。あらためて、冒頭部から読み進める。

歌い起こしの「かけまくも　あやに恐し　言はまくも　ゆゆしきかも」が、我々に高市皇子挽歌の長歌（2・一九九）の冒頭である、

かけまくも　ゆゆしきかも一に云ふ「ゆゆしけれども」　言はまくも　あやに恐き　明日香の　真神の原に～（2・一九九）

を想起させることはまちがいない。しかし、「かけまくも　あやに恐し（ゆゆし）」は、当該歌と高市皇子挽歌以外にも次の八例を数える。

①かけまくは　あやに恐し　足日女　神の尊～（5・八一三）

②～かけまくも　あやに恐く　言はまくも　ゆゆしくあらむと　あらかじめ　かねて知りせば～（6・九四八）
③～かけまくも　ゆゆし恐し　住吉の　現人神～（6・一〇二〇）
④～かけまくも　あやに恐き　山辺の　五十師の原に～（13・三二三四）
⑤～かけまくも　あやに恐し　藤原の　都しみみに　人はしも　満ちてあれども～（13・三三二四）
⑥かけまくも　あやに恐し　天皇の　神の大御代に～（18・四一一一）
⑦～かけまくの　ゆゆし恐き　住吉の　我が大御神～（19・四二四五）
⑧～かけまくも　あやに恐し　神ながら　わご大君の～（20・四三六〇）

これらの例のうち①「鎮懐石歌」—天平元年（七二九）の作だろう—、②「諸の王・諸の臣子等に勅して、授刀寮に散禁せしむる時に作る歌」—天平四年（七三二）の作—、③「石上乙麻呂卿、土左国に配さるる時の歌」—天平十年（七三八）の作[9]—は、明らかに当該歌に先行する。そして、②③は戯歌である[10]。さらに⑤某皇子挽歌は、曽倉岑氏「巻十三皇子挽歌と人麻呂—第一挽歌の長歌について—」（『万葉集研究』第十九集・一九九二年十一月）は「後代の人が、人麻呂の作に倣ってもしくは模して作った」とし、上野誠氏「万葉史における巻第十三—擬古の文芸として位置づける—」（『万葉史を問う』新典社一九九九年）は「擬古の挽歌」とする。また、拙稿「万葉集巻十三・三三二四番歌の位置」（『大阪女子大学女子大文学国文篇』第五十四号・二〇〇三年三月）では磯城皇子挽歌の可能性を論じた。どれであっても、今、大きな違いはない。当該歌の冒頭部分は、「高市皇子挽歌」（2・一九九～二〇一）の直接的な影響下にあるとばかりはいえまい。②③⑤の用例を参看すれば、「高市皇子挽歌」以外にも多くの歌に使用されていたことが想定できる。「かけまくも　恐し」が『続日本紀宣命』に二十七例、「出雲国造神賀詞」（『延喜式』）に一例存在していることも傍証になる。当該長歌の歌い起こしは、たしかに儀礼的な表現を背景に持つものであるが、それは時として戯歌にも利用されるような句であり、特定の挽歌を志向するものではあるまい。

勿論、これもよく指摘されることだが、当該歌の題詞が「安積親王」ではなく「安積皇子」とある点は重要視されるべきであり、当該挽歌が大宝律令以前の皇子挽歌を襲っていることを否定する必要はない。しかし、この歌い起こしから「高市皇子挽歌」の強い影響を見出すべきではない。「高市皇子挽歌」の強い影響を考えるならば、家持は、卑母であったために皇位継承とは無関係に終わった高市皇子と安積親王とを二重写しにしている可能性すら浮かんで来る。たしかに安積親王の母は県犬養広刀自であり臣下であることはまちがいないし、前掲渡辺論文が指摘するように皇位継承という面から考えれば、即位の可能性は極めて低い。家持がそうした冷たい現実を見つめていたと理解することも一応は可能ではあろう。しかし、続く「皇子の尊」は、他に、

日並　皇子の尊の（皇子命乃）　馬並めて　み狩立たしし　時は来向かふ（1・四九）

～我が大君　皇子の尊の（皇子之命乃）　天の下　知らしめす世ば　春花の　貴からむと～（2・一六七）

～いつしかも　日足らしまして　望月の　たたはしけむと　我が思ふ　皇子の尊は（皇子命者）～（13・三三二四）

の三例しかなく、うち二例は日並皇子を指す。こちらを重要視すれば、安積親王を皇位継承者として遇していたことになる。前掲鉄野論文は、この両方を成り立たせるべく、

家持は、卑母のために立太子されなかった高市皇子の挽歌に準拠しつつ、皇太子のまま薨去した草壁皇子挽歌に倣って、安積皇子を「吾王、皇子の命」と呼んだのである。聖武天皇の唯一の皇子として、皇太子になって然るべきにもかかわらず、それを血統の論理によって阻まれたままで亡くなった存在を表わすのに、それが最も相応しかったのである。（鉄野論文）

とする。しかし、このように理解するためには先に示した②③⑤が障害になる。②について同論は「落雷時に春日野で遊んでいて勅勘が下ったことを大仰に述べたもので、一種のパロディと言えよう。」と述べるが、パロディに

使われるような表現でしかないともいえてしまう。③も同様である。そして、「皇子の尊」は⑤にも使われている。同論はこの例について「皇位に就くべくして亡くなった皇子を指す。」とするが、先に示した曽倉論文、上野論文、また、拙稿とも抵触する。題詞の「安積皇子」は、歌のありようとして大宝律令制定以前の挽歌を襲った書式といった程度に捉えるべきであろう。

たとえば、高市皇子薨去後、安積親王以前の期間における皇子（親王）と皇太子の薨去記事を『続日本紀』に拾うと、

①弓削皇子　文武三年（六九九）七月二十一日〇
②忍壁親王　慶雲二年（七〇五）五月七日
③長親王　霊亀元年（七一五）六月四日
④穂積親王　霊亀元年（七一五）七月二十七日
⑤志貴親王　霊亀二年（七一六）八月十一日〇
⑥皇太子　神亀五年（七二八）九月十三日（某王のこと）(11)
⑦新田部親王　天平七年（七三五）九月三十日
⑧舎人親王　天平七年（七三五）十一月十四日

の八名を数える（『万葉集』に挽歌のある場合、下に「〇」を記した）。『万葉集』に残っていない可能性を視野に入れれば、高市皇子薨去後、最低八回は皇子（皇太子、親王）挽歌の誦詠機会があったことになる。やはり、当該歌の歌い起こしを特定の皇子挽歌の直接的影響とするのは難しい。当該歌の歌い起こしはこれまでの皇子挽歌受容の結果として見るべきである。

続く「我が大君　皇子の尊」の格は不明瞭である。諸注の現代語訳を見ると、

わが大君　安積皇子が　万代までも　君臨されるはずの　大日本　久邇の都は（うちなびく）春ともなれば（『新編全集』）

我が大君、安積皇子が、万代までも御治めになるはずであった、大日本の久迩の都は、（うちなびく）春が来ると（『新大系』）

わが大君、安積皇子が万代の後までお治めになるはずであった大日本の久迩の都は、草木も靡く春になって（『全歌講義』）

と「めしたまはまし」の主格としつつ、その「めしたまはまし」を「恭仁の都」にかかる連体格と見る。しかし、「皇子の尊の」とあれば、理解可能だが、無標で主格とする理解は困難である。「めしたまはまし」を終止形とすれば、一応文としては成り立つけれども、「大日本」以下とのつながりはいかにも悪い。しかも「大日本　恭仁の都は」の「は」の述部は、下の「栄ゆる時に」によって流れてしまう。つまり、当該長歌の「栄ゆる時に」までは文法的にはどこかに破綻を認めざるをえない形になっているのである。稚拙といってしまえばそれまでだが、こうした文法的破綻が許容される背景には、蓋然性の域を出るものではないが、誦詠を考えるべきではないか。

また、「めしたまはまし」は、先に引いた注釈書のみならず、多くの先行研究が「めす」を支配するの意と取る。見落としがあるやもしれないが、唯一、『攷證』のみが、

めし、は見しと同言にて、めしたまふとは、見し給ふといふ言なる事、上（攷證一下廿七丁―1・五〇番歌の「めしたまはむと」の注―引用者注。ただし、特段の論があるわけではない）にいへるが如く、こゝは、たゞ、見たまはんといふ意なり。（『攷證』）

と、「見る」の敬語として理解すべきと述べる。そこであらためて、古典索引刊行会『万葉集電子総索引　CD-ROM版』（塙書房二〇〇九年）によって、補助動詞も含めて集中の「めす」を一覧にすると以下の通り（漢字も同

索引による）。

見す―二十二例
召す―十三例
喫す―一例
食す―一例
めす―一例（当該歌）
知らしめす―十一例
思ほしめす―七例
聞こしめす―二例

本動詞「めす」が「支配する」の意を持つものは一例もない。『時代別』の「めす」の項目にも「支配する」意は記されていない。「万代に」、「知らしめす」、原文「食」の牽引、及び安積親王が皇太子に遇されるような立場であったという先入見がこうした理解を導いてしまったのではないだろうか。

表現に即して読めば、これからもずっとご覧になるはずだった恭仁京という意になるはずである。『攷證』の説にあらためて耳を傾けるべきである。従って、先に『増訂全註釈』が「万代にめしたまはまし」と舎人慟傷歌群の内の一首である「万代に国知らさまし」（2・一七一）とを関連付けた点も見直しが必要になる。ただし、A群全体が先行する皇子挽歌の影響下にある点は変わらない。

長歌は続いて「恭仁の都」の春の景の描写へと移る。恭仁京の讃美表現中、鮎を詠むものはこの一例だけだが、山と川とによる讃美は多く、類型的といわざるをえない。ただし、これもよく指摘されるところであるが、前年の十二月には、是に至りて更に紫香楽宮を造る。仍て恭仁宮の造作を停む。（天平十五年〈七四三〉十二月二十六日条）と恭仁宮造営は停止されており、前掲鉄野論文も述べる通り、「いや日異に　栄ゆる」状況とは到底いえない。家持が当時まだ下級官人であったとはいえ、恭仁宮の造営停止を知らなかったとは思えず、「いや日異に　栄ゆる時」は文学的修辞としてしか理解できない。さらに、全き状況を示すこの部分に安積親王の個性は皆無である。このまま恭仁京讃歌として通用してしまうし、死者が安積親王以外でも同じ表現で通じてしまう。こうした、話者が作り出す全き作品世界と現実世界の落差はいかんともしがたいが、作品世界は「恭仁の都」がもっとも栄えた状態の時に、「逆言の　狂言とかも」と暗転する。

集中に「逆言」と「狂言」とが共起する例は、当該歌を含めて六例、すべて挽歌。以下の通り。

①～こもりくの　泊瀬の山に　神さびに　斎きいますと　玉梓の　人そ言ひつる　逆言か　我が聞きつる　狂言か　我が聞きつるも～（3・四二〇　石田王挽歌）

②逆言の　狂言とかも　高山の　巌の上に　君が臥やせる（3・四二一　石田王挽歌）

③狂言か　逆言か　こもりくの　泊瀬の山に　廬りせりといふ（7・一四〇八　挽歌）

④～玉梓の　使ひの来れば　嬉しみと　我が待ち問ふに　逆言の　狂言とかも　はしきよし　汝弟の命～白雲に立ちたなびくと　我に告げつる（17・三九五七　書持挽歌）

⑤～行く水の　留めかねつと　狂言か　人の言ひつる　逆言か　人の告げつる～（19・四二一四　藤原二郎母挽歌）

また、「逆言」の単独例は、次の三例（「狂言」の単独例はない）。

⑥あづきなく　何の狂言　今更に　童言する　老人にして（11・二五八二　相聞歌）

⑦～狂言か　人の言ひつる　我が心　筑紫の山の　もみち葉の　散り過ぎにきと　君がただかを（13・三三三三　挽歌）

⑧狂言か　人の言ひつる　玉の緒の　長くと君は　言ひてしものを（13・三三三四　挽歌）

さらに宝亀二年（七七一）二月二十二日条に載る藤原永手を弔う宣命には、

⑨～天皇が朝を置きて罷り退すと聞し看しておもほさく、逆言かも（於与豆礼加母）、狂言をかも（多波許止乎加母）云ふ。（第五十一詔）

とある。用例は⑥を除き挽歌（弔う宣命を含む）に集中し、その⑥は自嘲の「狂言」であり、他例と同日に論じられまい。そして、他の「逆言」、「狂言」は人から告げられるものである。この点、

オヨヅレとともに人の死などの思いがけない知らせに驚く場合に使われることが多い。（『旧全集』３・四二〇番歌の注）

オヨヅレと共に人の訃報など思いがけない知らせに驚く場合に用いられることが多い。（『新編全集』３・四二〇番歌の注）

下の「たはこと」とともに思いがけない死の知らせに対する驚きを示す語として、多く挽歌に用いられる。（『釈注』３・四二〇番歌の注）

と、「逆言」、「狂言」の集中における初出である３・四二〇番歌の注にあっては正確な把握がされているにも関わらず、当該歌についてこうした点に触れるものは、

家持は難波の宮にあつて皇子の薨去を聞き、余りの意外さに真と出来なかつた心。（『窪田評釈』）

「およづれ」と共に、思いがけず、人の死の知らせを聞いたときの常套表現。（『全歌講義』）

くらいしか見当たらない。想像でしかないが、A群の話者が安積親王の死去を知らないはずがないという思いこみが、こうした状況を生んでいるようにも思える。いずれにしても、「逆言の　狂言とかも」は、凶事を知らなかった話者に凶事がもたらされた際の発話でしかない。つまり、当該歌の話者は、「皇子の尊」の死を知らずにいた者

として措定されているのである。こうした話者は、殯宮挽歌には見られない。なお、現実世界を考えれば、死の床に居あわせた者（あるいは死者を発見した者）以外は、常に他者から死の報せを受け取る。従って人の死はほとんどの場合「逆言の　狂言とかも」という状況にあるのだが、問題なのは殯宮挽歌ではそうした話者が擁立されていないという点である。当該A群長歌は単に日並皇子、高市皇子の両挽歌の焼き直しといった類のものではない。

そこで、あらためて「逆言」、「狂言」を擁する挽歌を見ると、特定の状況が浮かび上がる。①②「石田王挽歌」の長歌では、話者が「〜我がやどに　みもろを立てて　枕辺に　斎瓮《いはひべ》を据ゑ　竹玉を　間なく貫き垂れ　木綿だすき　かひなに掛けて〜」と儀礼を類型的に歌っている。かつて論じたことがあるが、こうした表現は祈る対象が旅に出ていることが圧倒的に多い。「石田王挽歌」は、家で待っていた女性が夫の客死を聞いたという歌である蓋然性が高い[12]。③は短歌なので何もわからないが、④「書持挽歌」、⑤「藤原二郎母挽歌」はともに、死去の報が届いた越中での家持の作である。⑦⑧は難波から出港した男の訃報を聞いた歌、そして宣命の用例は天皇が永手の死去を知った際のものである。いずれも、現実世界において訃報に接した時の表現と理解してよいだろう。当該歌をこの例外にする必然性はない。親王の薨去を知らされた時の驚きが「逆言の　狂言とかも」である。

当該歌にあって、話者は死者とは別の場所にいて、その死を突然聞かされた。少なくとも作りはそうなっている。みだりに文学表現を現実世界に還元することは慎まねばならないが、あらためて『窪田評釈』の「家持は難波の宮にあつて皇子の薨去を聞き」を想起せざるをえまい。内舎人である家持は聖武に付き従って難波にあって、安積親王の訃報に接した可能性が高いだろう[13]。

続いて、長歌は喪服姿の舎人と和束山[14]への葬送が描かれる。「ひさかたの　天知らしぬれ」は、これも多くの先行研究が指摘するように、

ひさかたの　天知らしぬる　君故に　日月も知らず　恋ひ渡るかも（2・二〇〇）

の「高市皇子挽歌」を引き受けたものなのだろう。それはそれとして認められようが、結解部の「臥いまろび　ひづち泣けども　せむすべもなし」について、

〜臥いまろび　ひづち泣けども　飽き足らぬかも（13・三三二六）

との関係を積極的に述べる論は、

終りの「展転び沾ち泣けどもせむすべもなし」は、高市皇子を悼んだと思はれる作者未詳の長歌（三三二六）の終句「展転びひづち哭けども飽き足らぬかも」から、借り用ゐたものと思はれる。（『佐佐木評釈』）

くらいしか見当たらない。あらためて巻十三の皇子挽歌を視野に入れるべきである。13・三三二四番歌と13・三三二六番歌には、

かけまくも　あやに恐し（13・三三二四）
我が思ふ　皇子の尊は（13・三三二四）
うちひさす　宮の舎人も（注略）　たへのほに　麻衣着れば（13・三三二四）
使はしし　舎人の子らは　行く鳥の　群がりて待ち（13・三三二六）
臥いまろび　ひづち泣けども　飽き足らぬかも（13・三三二六）

と、当該歌と共通する句が存在する。舎人を歌う点を見ても、この二首と当該歌との関係は無視できまい。そもそも、舎人が歌われる例は、皇子挽歌以外には竹取翁歌の、

〜うちひさす　宮女　さすだけの　舎人壮士も〜（16・三七九一）

しかない。「安積皇子挽歌」に影響を及ぼした作品は人麻呂の殯宮挽歌に留まらず、既存の皇子挽歌だったと見るべきだろう。また、成立順序を逆に考えて、巻十三の二作品が当該歌よりも後の成立だとすると、「安積皇子挽歌」における舎人の描写は皇子挽歌における一般的な方法だったということになるであろうから、実質的な違いはない。

当該長歌は、儀礼を想定させるような歌い起こしを持ち、現実とはうちあわない恭仁京時代の盛時に、突然薨去した皇子の死を知らなかった話者によって歌われ、それを知った時の驚きを経て、舎人たちによる葬送を契機にいかんともしがたい嘆きに至る様子が歌われていた。

こうした、死を知らない話者と葬列とが歌われる挽歌に「志貴親王挽歌」（2・二三〇〜二三四）がある。当該長歌に影響を与えた作品のひとつだろう。(15)やはり、当該長歌は特定の皇子挽歌を襲うというよりも、それまであった多くの皇子挽歌摂取の上に成り立っていると見るべきである。

続く第一反歌、

我が大君　天知らさむと　思はねば　おほにそ見ける　和束杣山（3・四七六）

では、葬地である和束が自分とは無関係だと思っていたことを歌う。『釈注』の、「おほにぞ見ける云々」は、2一六七の「つれもなき真弓の岡に」などと同じ発想。四七四の「昔こそ外にも見しか」も本質は同じ。哀傷を深めるための挽歌の手法である。（『釈注』）

という把握が正しい。ただし、「見＋けり」は集中にここのみの表現で注意が必要である。ぼんやりと見ていたことに気づいた瞬間をあらわしており、葬地が和束になったことへの驚きである。ここでも話者は安積親王の死について詳しくない者として措定されている。

そして、第二反歌、

あしひきの　山さへ光り　咲く花の　散りぬるごとき　我が大君かも（3・四七七）

は、長歌前半部の自然表現を受けつつ、その花が山さえも照らすような輝かしいものだったことを歌い、散ってしまう様を安積親王に直喩する。話者の性質は特段示されず、一人称の挽歌として十分に機能している。

以上、A群が、当該歌に先行する皇子挽歌をさまざまな形で取り入れた作品であることを述べて来た。「亡妾悲傷歌」（3・四六二〜四七四）が書持歌に触発されながら、先行する亡妻挽歌を取り入れて成立した作品であるのと同様、当該歌は若い家持による方法模索の結果と見るべきではないか。

そして何よりも重要視されるべきは、A群の長反歌の結解部は「臥いまろび　ひづち泣けども　せむすべもなし」、「おほにそ見ける　和束杣山」、「散りぬるごとき　我が大君かも」と、その部分だけ取り出せば、いわゆる「代表的感動」[16]として機能する表現が現出している点である。生身の作者である家持がどのような方法論的冒険を試みたかは不明というしかない。しかし、閉じめの表現を見る限り、話者にとっても受容者にも適切な悲しみの表現である。先にA群には誦詠の場の存在が想定できると述べたが、そうした場を裏切らない歌だったといえるだろう。

続いてB群に論を進める。

四　B群

B群は、A群成立後五十日を経た同年三月二十四日の作である。以下の通り。

かけまくも　あやに恐し　我が大君　皇子の尊　もののふの　八十伴の緒を　召し集へ　率ひたまひ　朝狩にしし踏み起こし　夕狩に　とり踏み立て　大御馬の　口抑へとめ　御心を　見し明らめし　活道山　木立の繁に　咲く花も　うつろひにけり　世間は　かくのみならし　ますらをの　心振り起こし　剣大刀　腰に取り佩き　梓弓　靫取り負ひて　天地と　いや遠長に　万代に　かくしもがもと　頼めりし　皇子の御門の　五月蠅なす　騒く舎人は　白たへに　衣取り着て　常なりし　笑まひ振舞　いや日異に　変はらふ見れば　悲しきろかも（3・四七八）

反歌

愛しきかも　皇子の尊の　あり通ひ　見しし活道の　道は荒れにけり（3・四七九）
大伴の　名に負ふ靫帯びて　万代に　頼みし心　いづくか寄せむ（3・四八〇）

右の三首は、三月二十四日に作る歌

まず、A群と同様に、先行歌の受容状況を一覧にすると次の通り。なお、後の例も目立つものは記した。

かけまくも　あやに恐し　　かけまくも　あやに恐し（A群）
我が大君　皇子の尊　　我が大君　皇子の尊（A群）
もののふの　八十伴の緒を
召し集へ　率ひたまひ
朝狩に　しし踏み起こし　　朝狩に　しし踏み起こし（6・九二六　赤人「吉野讃歌」）
夕狩に　とり踏み立て　　夕狩に　とり踏み立て（6・九二六　赤人「吉野讃歌」）
大御馬の　口抑へとめ
御心を　見し明らめし
活道山　木立の繁に
咲く花も　うつろひにけり　　咲く花の　うつろひにけり（5・八〇四異伝　憶良「哀世間難住歌」）
世間は　かくのみならし　　世間は　かくのみならし（5・八〇四異伝　憶良「哀世間難住歌」）
ますらをの　心振り起こし　　ますらをの　心振り起こし（17・三九六二　家持）→後の用例
剣大刀　腰に取り佩き　　剣大刀　腰に取り佩き（5・八〇四　憶良「哀世間難住歌」）
梓弓　靫取り負ひて

天地と　いや遠長に
万代に　かくしもがもと
頼めりし　皇子の御門の
五月蝿なす　騒く舎人は
白たへに　衣取り着て
常なりし　笑まひ振舞
いや日異に　変はらふ見れば
悲しきろかも

天地の　いや遠長に（2・一九六　人麻呂「明日香皇女挽歌」）
万代に　かくしもがもと（6・九二〇　金村「吉野讃歌」）
白たへに　舎人装ひて（A群）
常なりし　笑まひ眉引き（5・八〇四異伝　憶良「哀世間難住歌」）

一見して明らかなのはA群に比べて指摘すべき先行表現が少ない一方、二句にわたり完全に同一（あるいはほぼ同一）という例が見られる点である。そして、それは憶良の「哀世間難住歌」（5・八〇四〜八〇五）に偏り、八句（全四十三句の約二割）に及ぶ。ところが、先行研究の多くは「哀世間難住歌」からの表現摂取に触れるけれども、単なる指摘に留まる。A群のような微に入り細を穿つような論は構築されない。皇太子挽歌（「日並皇子挽歌」）と太政大臣挽歌（「高市皇子挽歌」）を襲っているように見えるという外的状況を表現に優先させてしまった結果ではないだろうか。

また、A群に豊富に見られた先行挽歌からの摂取は影をひそめる。次に述べるようにA群と歌い起こしが同一であるものの、他には「明日香皇女挽歌」（2・一九六〜一九八）の例を見るばかりである。ただし後述するようにこの点は注意が必要である。

さて、今述べたように、B群長歌の歌い起こしの構成はA群と同一である。次に記すように「皇子の尊」が助詞を伴わずに連体形にかかる点も同じであり、文法的な破綻は否めない。こちらも誦詠による享受を考えるべきであろう。

　A群　かけまくも　あやに恐し　言はまくも　ゆゆしきかも
　　我が大君　皇子の尊　万代に　めしたまはまし　大日本　恭仁の都は

　B群　かけまくも　あやに恐し
　　我が大君　皇子の尊　〜中略〜御心を　見し明らめし　活道山　木立の繁に

ただし、A群が安積親王の個性がほぼ描かれていなかったのに対し、B群では活道山における狩の様子が活写される。その狩の部分「朝狩に　しし踏み起こし　夕狩に　とり踏み立て」こそ赤人の吉野讃歌（6・九二六）と同一だが、「もののふの　八十伴の緒を　召し集へ　率ひたまひ」と「八十伴の緒」を率いる姿は、他の「八十伴の緒」を視野に入れる時、その雄々しさは際やかである。つまり、「もののふの　八十伴の緒」は、拙稿[17]に記したように「官人を総体として描き出」すことばであり、「多数性を前提とした文武百官」を意味しており、

　大君の　行幸のまにま　もののふの　八十伴の緒と　出でて行きし　うるはし夫は〜（4・五四三）

　〜沖つ鳥　味経の原に　もののふの　八十伴の緒は　廬りして　都なしたり　旅にはあれども（6・九二八）

を見ても、ここには安積親王の晴れがましい姿が描かれているといってよい。その狩の姿は「活道山」という地名とともに、A群の無個性性とは一線を画している。

その「活道山」の花咲く景は「咲く花も　うつろひにけり　世間は　かくのみならし」によって暗転する。ただし、この四句は憶良の「哀世間難住歌」の異伝とほぼ同一であり、そちらでは女性の容色の衰えを嘆く表現として使用されている。さらに、家持は後に「藤原二郎母挽歌」（19・四二一四〜四二一六）においても、

　〜世間の　憂けく辛けく　咲く花も　時にうつろふ　うつせみも　常なくありけり〜（19・四二一四）

と、類似する表現を用いている。けれども、ここは二郎母の死を述べる前段のいわば一般的な世間無常の表現であ

り、二郎母の死は、

～立つ霧の　失せぬるごとく　置く露の　消ぬるがごとく　玉藻なす　なびき臥い伏し　行く水の　留めかねつと～（19・四二一四）

と別途表現されている。さらに「世間は　かくのみならし」の類似表現は、

～咲く花の　うつろひにけり　世間は　かくのみならし（5・八〇四　憶良「哀世間難住歌」異伝）

～かく行けば　人に憎まえ　老よし男は　かくのみならし～（5・八〇四　憶良「哀世間難住歌」）

～世間は　かくのみならし　犬じもの　道に伏してや　命過ぎなむ（5・八八六　憶良「熊凝挽歌」）

～秋付けば　露霜負ひて　風交じり　黄葉散りけり　うつせみも　かくのみならし～（19・四一六〇　家持「世間の無常を悲しぶる歌」）

と憶良と家持に集中し、いずれもいわゆる世間無常をあらわす表現の範疇に含まれる。長歌のこの部分が安積親王の死去をあらわしていないと主張したいのではない。B群の話者は安積親王の死を世間無常の表象のひとつとして表現しているのである。安積親王の死に対して客観的な立場を保持しているといってもよい。また、これほどまでに憶良の「哀世間難住歌」を受容する点は、日本における挽歌と仏教思想との文化接触である。これも家持における方法模索の結果といってよいのではないか。

長歌は続いて「ますらをの　心振り起こし」から安積親王に仕えていた舎人たちの描写に移る。前段は「八十伴の緒」の描写だったが、ここは「ますらを」の描写である。「ますらを」は、『澤瀉注釈』が、

「ますらを」とは弓矢を取り、靭をつけ、剣大刀を身に帯び、雄々しく勇ましく、剛毅に、岩をもわけて行きす丶むべき大丈夫の事である。（『澤瀉注釈』3・四四三の注）

とし、稲岡耕二氏「軍王作歌の論―「遠神」「大夫」の意識を中心に―」（『国語と国文学』第五十巻五号・一九七三年

五月／『万葉集の作品と方法』岩波書店一九八五年所収）が、律令官人としての自我意識をあらわすとともに優れた男子の意を持つとしたように、[18] 安積親王に仕える舎人の描写として適切である。よく知られるように、「選叙令」には、

凡そ帳内資人等、本主亡しなば、朞年の後に、皆式部省に送れ。（「選叙令」一七）

とあり、一年後の解散が確実である安積親王の舎人たちの「万代に　かくしもがも」という思いは十分に理解できる。また、この「ますらを」は長歌前半の「八十伴の緒」とは決定的に相違する。「八十伴の緒」はその多数性に特徴があるように舎人とは限らない。安積親王主催の狩に扈従した人々すべてを含み込む。そこには当然「ますらを」たる舎人たちも含まれていた。「八十伴の緒」が集った「活道山」の花のうつろいが親王の死を間接的にあらわし、話者はそれを無常として表現しており、今、「ますらを」たちの「常なりし笑まひ振舞」の変化を「悲し」と表現しているのである。

ただし、古く青木生子氏「大伴家持の安積皇子挽歌」（『日本女子大学紀要文学部』二十四号・一九七五年三月／「安積皇子挽歌の表現」の題にて『万葉挽歌論』塙書房一九八四年所収）が、

いまここに注目すべきは、かかる舎人たちの「変らふ見れば　悲しきろかも」といっている点である。つまり舎人を対象化して、作者はその外側から「見」ている位置が確保されているという点である。人麻呂やこれと類似の例の無名挽歌が、舎人の世界に依拠して歌いながら、しかも舎人の外側にいる視点を保持しているのと、これは全く同じである。（青木論文）

と指摘するように、その「悲しみ」は「見れば」によって外化されている。青木論文は他の皇子挽歌との共通性を述べる。正しい指摘ではあるが、「見れば」と具体的な表現を伴っている点は重視されねばなるまい。

つまり、B群の話者は変わり行く舎人を眺めやる位置にあることを自ら宣言しているのである。話者は安積親王の死を嘆くのではなく、舎人たちの変容を見ることによって「悲しきろかも」と嘆く存在としてある。こうした、

残された者を見ることによって悲しむ方法は、「明日香皇女挽歌」（2・一九六〜一九八）によって果たされている。

〜通はす君が　夏草の　思ひしなえて　夕星の　か行きかく行き　大舟の　たゆたふ見れば　慰もる　心もあらず　そこ故に　せむすべ知れや〜（2・一九六）

「明日香皇女挽歌」にあっても、残された夫君と話者とは見る・見られるの関係性しか持たない。当該歌も同断であろう。そもそも残された者を見て嘆く歌は、集中他に存在しない。B群長歌の話者は舎人たちを見ることによって悲しむ主体である。

その感情は、結句「悲しきろかも」と表現される。「ろかも（む）」は次の七例。[19]

①藤原の　大宮仕へ　生れつくや　娘子がともは　ともしきろかも（1・五三）

②〜神ながら　神さびいます　くすしみ魂　今の現に　貴きろかむ（5・八一三）

③〜すくすくと　我がいませばや　木幡の道に　遇はしし嬢子　後姿は　小楯ろかも〜（記四二）

④〜葉広　斎つ真椿　其が花の　照り坐し　其が葉の　広り坐すは　大君ろかも（記五七）

⑤日下江の　入江の蓮　花蓮　身の盛り人　ともしきろかも（記九四）

⑥衣こそ　二重も良き　さ夜床を　並べむ君は　畏きろかも（紀四七）

⑦〜河隈に　立ち栄ゆる　百足らず　八十葉の木は　大君ろかも（紀五三）

記四二（③）を除き、全例結句に用いられており、かつ、記紀の〈ウタ〉が五例を占める。記紀の〈ウタ〉が万葉歌に先行するとは限らないが、ここに見られる用例は基本的に讃美の詞章を形成している。確言できないものの、古い讃美の方法を挽歌に援用したのではないか。前掲鉄野論文が指摘するように擬古的な使用と理解できよう。

B群長歌は、A群を受け継ぎながら、安積親王が「八十伴の緒」を率いて「活道山」に狩をする雄姿から歌い起こされ、「哀世間難住歌」を摂取した仏教的な無常観の表現によって薨去が間接的に歌われていた。後段は「ますらを」である「舎人」に焦点が絞られ、喪服の「舎人」の変化を見ることによって惹起される話者の悲しみが描かれる。A群の悲しみのありようと大きく違うものの、ここでも話者は、安積親王の薨去を直接的に悼まない。
勿論、話者は安積親王の死を悲しんでいよう。「八十伴の緒」という不特定多数から「ますらを＝舎人」という特定多数に絞り込まれた人々は見られる主体として、話者に大きな影響を与え、話者自らも悲しみに沈む。B群も誦詠されたと考えてよいのであれば、その悲しみはA群同様、その場に参集した人々の間で共有されたであろう。作品内の人物が、不特定多数→特定多数→特定少数へと絞り込まれ、最終的には全体の悲しみとして機能するのだろう。

続いて、第一反歌、

愛しきかも　皇子の尊の　あり通ひ　見しし活道の　道は荒れにけり（3・四七九）

では、皇子の通った道が荒れたことが歌われる。類例として、

①三笠山　野辺ゆ行く道　こきだくも　荒れにけるかも　久にあらなくに（2・二三四　金村「志貴親王挽歌」）
②〜大宮人の　踏み平し　通ひし道は　馬も行かず　人も行かねば　荒れにけるかも（6・一〇四七　福麻呂歌集「奈良の故郷を悲しびて作る歌」）
③甕原　久邇の都は　荒れにけり　大宮人の　うつろひぬれば（6・一〇六〇　福麻呂歌集「甕原荒墟歌」）
④高円の　野の上の宮は　荒れにけり　立たしし君の　御代遠そけば（20・四五〇六　家持「高円離宮処を思ひて作る歌」）

が掲げられようが、当該歌に先行することがまちがいないのは①のみである。諸注、①の影響を述べるのも無理はあるまい。そして、ここでも、志貴親王挽歌同様、嘆きの中心は話者にあると見てよい。

そして、歌い収めの第二反歌、

大伴の　名に負ふ靫帯びて　万代に　頼みし心　いづくか寄せむ（3・四八〇）

では、「もののふ」、「ますらを」、「舎人」とは全く種類の違う「大伴」が詠み込まれる。第二句の訓に関わらず、初〜二句は家持を含む大伴氏をあらわしているとしか理解できない。ここには古くからいわれているように、大伴氏と安積親王との関係を見出すべきである。注(7)に引いた廣川論文は、この第二反歌とB群長歌の「靫取り負ひて」「万代に　かくしもがもと　頼めりし」とを関連付けて第二反歌の話者が舎人の立場に立とうとしているとする。これまで何度か指摘して来たように、安積親王の舎人と内舎人とを同一視することはできないが、安積親王の舎人だけでなく、内舎人である大伴家持もまた、同じ気持ちであるという感覚であれば、理解可能である。つまり、第二反歌の悲しみは、大伴氏を代表しての悲しみであり、安積親王の舎人たちと共有可能な悲しみの表出なのだろう。

ただし、長歌の話者が舎人たちを見ることによって悲しみの感情が生起していた点を考えると、それを家持という個人と安積親王との関係性から捉えることには躊躇を覚える。たとえば、後の作品であるが、「陸奥国出金詔書を賀く歌」（18・四〇九四〜四〇九七）や「喩族歌」（20・四四六五〜四四六七）を見ても、家持が「大伴」と歌う時、その背後にあるのは大伴氏全体である。[20] ここも「大伴の　名に負ふ靫帯びて」とあり、大伴氏の氏族伝承である、

天忍日命・天津久米命の二人、天の石靫を取り負ひ、頭椎の大刀を取り佩き、天のはじ弓を取り持ち、天の真鹿児矢を手挟み、御前に立ちて仕へ奉りき。（『古事記』上巻）

時に大伴連が遠祖天忍日命、来目部が遠祖天槵津大来目を帥ゐ、背には天磐靫を負ひ、臂には稜威の高鞆を著け、手には天梔弓・天羽羽矢を捉り、及八目鳴鏑を副へ持ち、又頭槌剣を帯きて、天孫の前に立つ。（『神代紀下』第九段、第四の一書）

を受けていることはまちがいあるまい。また、

則ち是の宮に居しまして、靫部を以ちて大伴連が遠祖武日に賜ふ。（景行紀四十年是歳条）

といった記事や、後のものながら、「大来目部を以て天靫部と為しき。靫負の号此より起れり。」（『新撰姓氏録』左京神別中、天神　大伴宿祢条）の記事も、大伴氏と靫とのつながりを示す。そして、「靫」は「負ふ」ものであることからも「名に負ふ」と関係づけられたのであろう。

そして、結句「いづくか寄せむ」は、大伴氏の今後を憂うとする理解が一般的である。しかし、この「大伴」は「もののふ」、「ますらを」、「舎人」といった当該長歌に詠み込まれたさまざまな共同体と同様なのではないか。すなわち、他の氏族（たとえば藤原氏）と大伴氏とを峻別するようなものではなく、安積親王の薨去を悲しむ宮廷の一部としての「大伴」として理解すべきであろう。

ただし、集中に「心を寄す」という表現は他にない点には注意が必要である。『万葉集』に見えるのは、次に掲げるような「心が寄る」という自動詞の用例ばかりである。

今更に　何をか思はむ　うちなびき　心は君に　寄りにしものを（4・五〇五）
天雲の　よそに見しより　我妹子に　心も身さへ　寄りにしものを（4・五四七）
秋の野の　尾花が末の　生ひなびき　心は妹に　寄りにけるかも（10・二二四二）
水底に　生ふる玉藻の　うちなびく　心は寄りて　恋ふるこのころ（11・二四八二）
秋風の　千江の浦回の　こつみなす　心は寄りぬ　後は知らねど（11・二七二四）
紫の　名高の浦の　なびき藻の　心は妹に　寄りにしものを（11・二七八〇）
梓弓　末のたづきは　知らねども　心は君に　寄りにしものを（12・二九八五異伝）
梓弓　引きみ緩へみ　思ひ見て　すでに心は　寄りにしものを（12・二九八六）
～早き瀬に　生ふる玉藻の　うちなびく　心は寄りて～（13・三二六六）

明日香川　瀬々の玉藻の　うちなびく　心は妹に　寄りにけるかも（13・三二六七）

我が身こそ　関山越えて　ここにあらめ　心は妹に　寄りにしものを（15・三七五七）

つまり、「心」は寄せようとする意識的なものではなく、自ずから寄ってしまうものとしてある。それをここでは能動的に「どこに寄せるべきか」と歌っている。直接的には大伴氏の将来をどこに寄せるべきかという内容だが、前述のように、それは安積親王の舎人たちと同期した悲しみであった。ここもそれは有効だろう。

反藤原で結ばれた橘、大伴両氏は安積皇子に期待を寄せていたようである。その皇子が急に薨じたことは家持にとっては大打撃であった。その悲嘆がこの一連の歌となったのである。（『旧全集』）

というような理解は正しくあるまい。舎人たち、ひいては宮廷全体の心が寄っていた安積皇子が薨去してしまい、寄る辺なくなってしまったことを歌っていると理解すべきである。

勿論、その中心が大伴氏であることを否定する必要はない。

五　むすび

ふたつの長反歌群から成る「安積皇子挽歌」が二十代の家持の力作であることは、ことさらにいうまでもない。しかし、「日並皇子挽歌」、「高市皇子挽歌」の両挽歌を襲いながら家持自身の悲しみを歌うというような歌ではなかった。親王の死を知らない話者を擁するA群長歌は「志貴親王挽歌」と通底する。第一反歌にもそうした親王の死を知らなかった話者が見え隠れする。第二反歌は一転してひたすらに死を悲しむ歌であった。

B群長歌は、憶良の哀世間難住歌を直接引き受けながら世間無常を歌う一方、安積親王に仕える舎人たちという嘆きの装置を見ることによって悲しみが惹起される話者が設定されていた。これは「明日香皇女挽歌」の方法利用である。第一反歌は「志貴親王挽歌」と同じ方法で悲しみが表現され、そして、第二長歌では大伴氏の悲しみが表出されていた。

本節では、あえて方法模索という用語を使用した。我々は残された万葉歌からしか論理を構築できない。その中にあって、これほど依拠した挽歌を多く指摘できる当該作品は、模倣の域を越えていると考えた結果である。ただし、それを生身の作者である家持の意図的な方法論上の冒険なのかどうかについては、留保する。

最後に、あえて現実還元すれば、A群は三七日に開催された法会に関係する場で披露され、B群は、成立のわずか十二日後の四月五日に家持が平城京にいること（17・三九一六題詞）と、大伴氏が歌われていることを考慮すれば、平城京における大伴氏の集まりに提供された可能性が高いと思われるが、これらはいずれも推測の域を出ないものであることはいうまでもない。

注

（1）『新大系　続日本紀』の注（第三巻四一四頁）にもあるように天平十六年の誤りである。

（2）「安積皇子挽歌」については、題詞を尊重して安積親王ではなく安積皇子と記す。

（3）正倉院文書に用例はなく、木簡庫にも二〇二四年九月十五日現在、検索には出て来ない。

（4）横田健一氏「安積親王の死とその前後」（『南都仏教』第六号・一九五九年六月／『白鳳天平の世界』創元社一九七三年所収）が著名だが、同論はそれまでの暗殺説にも触れている。

（5）非暗殺説には、他に木本好信氏「橘諸兄政権の惆悵」（『山形県立米沢女子短期大学付属生活文化研究所報告』第十六号・一九八九年十二月／「橘諸兄政権の実体」の題にて『大伴旅人・家持とその時代―大伴氏の凋落の政治史的考察―』桜楓社一九九三年所収）、瀧浪貞子氏『最後の女帝　孝謙天皇』（吉川弘文館一九九八年）、同氏『帝王聖武―天平の勁き皇帝―』（講談社二〇〇〇年、二〇二二年に『聖武天皇―「天平の皇帝」とその時代―』として法蔵館文庫となる）、仁藤敦史氏「聖武朝の政治と王族―安積親王を中心として―」（『高岡市万葉歴史館叢書　十四　家持の争点Ⅱ』同館二〇〇二年）などがある。

(6) 当時の治部大輔は正五位下の紀清人。

(7) 廣川晶輝氏「安積皇子挽歌論」（『北海道大学大学院文学研究科紀要』第一〇七号・二〇〇二年八月／「安積皇子挽歌」の題にて『万葉歌人大伴家持―作品とその方法―』北海道大学出版会二〇〇三年所収）

(8) 第二句については、「靭帯而」を漢語「帯靫」の翻訳語とし、靫を負う意と解し「靫負ふ」と訓む説もある（『窪田評釈』、『旧大系』）。しかし、漢語「帯靫」を見つけられなかったため、暫定的に「靫帯びて」と訓じておく。なお、仮に「靫負ひて」と訓んだ場合でも行論に支障はない。

(9) 石上乙麻呂の配流については『続日本紀』に天平十一年（七三九）のこととしているが、今は『万葉集』に従った。

(10) 拙稿「神亀四年正月の雷電」（『大阪府立大学百舌鳥国文』第二十号・二〇〇九年三月）、「石上乙麻呂歌群の文学史的位置について」（『関西大学国文学』第一〇二号・二〇一八年三月）を参照されたい。

(11) 「基王」ともいうが、今は暫定的に「某王」としておく。

(12) 拙稿「万葉集の中の祭神歌（3・三七九〜三八〇）」（『仏教大学京都語文』第二十二号・二〇一五年十一月）

(13) なお、贅言を付せば、歌の作品内で初めて安積親王の死を知ったと歌うことと、A群が恭仁京において誦詠されたということとは排他的ではない。

(14) 現在、宮内庁は太鼓山古墳（古墳の名称は『和束町史編さん事業　資料調査報告書』第三号・二〇二三年三月による）を安積親王墓に治定しているが、古墳であり時代はあわない。

(15) 「志貴親王挽歌」については拙稿「志貴親王挽歌論―その文学史的位置―」（『大阪女子大学女子大文学国文篇』第五十六号・二〇〇五年三月）を参照されたい。

(16) 挽歌における「代表的感動」については、伊藤博氏「挽歌の誦詠―人麻呂殯宮挽歌の特異性―」（『国語国文』第二十六巻二号・一九五七年二月／「人麻呂殯宮挽歌の特異性」の題にて『万葉集の歌人と作品　上』塙書房一九七五年所収）に詳しい。

(17) 拙稿「丈部龍麻呂挽歌の冒頭部について―訓釈を中心に―」（『大阪府立大学言語文化学研究』第六号・二〇一一年三月）

（18）この点、注（17）に記した拙稿にも述べた。
（19）この他に「つのさはふ　磐余の山に　白たへに　かかれる雲は　皇可聞」（13・三三二五）の結句を「おほきみろかも」と訓めばもう一例増える。しかし、この句は『旧大系』以降に限っても、「わがおほきみかも」（『旧大系』、『全歌講義』）、「おほきみにかも」（『澤瀉注釈』、『集成』、『全注』（曽倉岑氏）、『全訳注』、『釈注』、『和歌大系』、『全解』／『新校注』）、「おほきみろかも」（『おうふう』）、「すめらみこかも」（『旧全集』、『新編全集』、『新大系』／『塙CD』）と訓が割れているため、例としなかった。
（20）「名」については、鉄野昌弘氏「古代のナをめぐって―家持の「祖の名」を中心に―」（『万葉集研究』第二十一集・一九九七年三月／『大伴家持「歌日誌」論考』塙書房二〇〇七年所収）に詳しい。

第二節　独り奈良の故宅に居りて作る歌

一　はじめに

安積皇子挽歌B群（3・四七八～四八〇）成立の十二日後、家持は平城京の自宅にいた。この時、聖武天皇は紫香楽宮にあったが、内舎人だった家持が同道していない理由は不明である。[1]この日、家持は次の六首を作った。天平十六年（七四四）四月五日（太陽暦、五月二十一日頃）のことである。

　十六年四月五日に独り奈良の故宅に居りて作る歌六首

橘の　にほへる香かも　ほととぎす　鳴く夜の雨に　うつろひぬらむ（17・三九一六）
ほととぎす　夜声なつかし　網ささば　花は過ぐとも　離れずか鳴かむ（17・三九一七）
橘の　にほへる園に　ほととぎす　鳴くと人告ぐ　網ささましを（17・三九一八）
あをによし　奈良の都は　古りぬれど　もとほととぎす　鳴かずあらなくに（17・三九一九）
鶉鳴く　古しと人は　思へれど　花橘の　にほふこのやど（17・三九二〇）
かきつはた　衣に摺り付け　ますらをの　着襲ひ狩する　月は来にけり（17・三九二一）

　右の六首の歌、天平十六年四月五日に独り奈良の故郷の旧宅に居りて大伴宿祢家持作る。[2]

この頃の状況を、『続日本紀』から簡単にまとめる。以下の通り。

天平十五年十二月二十六日　恭仁京造営停止。

天平十六年正月一日　廃朝（恭仁京造営停止と関係あるか──『新大系　続日本紀』）。
正月十五日　難波行幸の準備。
閏正月一日　官人に恭仁京と難波京を選ばせる。恭仁京やや優勢。
閏正月四日　民意を問う。市の人々のほとんどが恭仁京を選ぶ。
閏正月九日　恭仁京に寺社や人々の家を作らせる。
閏正月十一日　難波宮行幸。
閏正月十三日　安積親王薨去。
二月一日　駅鈴、御璽、太政官印を恭仁宮から難波宮に移す（翌日到着）。
二月三日　安積皇子挽歌A群。
二月二十日　恭仁宮の高御座、大楯、武器を難波宮に移す。
二月二十一日　恭仁京から難波宮に人々が自由に移動することを許す。
二月二十四日　紫香楽宮行幸。
二月二十六日　橘諸兄、難波宮を皇都とすることを宣言。人々の往来を許す。
三月十一日　大楯と大桙を難波宮の中門と外門に立てる。
三月十四日　後の東大寺から大般若経を紫香楽宮に運ぶ。
三月二十四日　安積皇子挽歌B群。
四月五日　当該歌。
四月十三日　紫香楽宮の西北で山火事発生。

閏正月九日条には、造営中止となったはずの恭仁宮をかかえる恭仁京に寺社・居宅建築の記事が見える。一方、その翌々日に聖武天皇は恭仁京から難波宮へと遷り、難波宮を皇都とする準備が進められる。けれども、二月二十四日に聖武天皇は紫香楽宮へと向かってしまう。聖武天皇や、難波宮に残った元正太上天皇の意志がどこにあったかはわからないが、混乱が起きていることはまちがいない。特に平城京の記事はほとんどなく、わずかに後の東大寺から大般若経が紫香楽宮に運ばれた（三月十四日条）ことが残る程度である。この記事にしても、平城京が衰退方向にあることを示している。当該六首は、聖武天皇が紫香楽宮にあり、元正上皇は難波宮にある、そうした混乱の中での作である。

下級官人である家持の立場からすれば、恭仁宮の造営停止と難波宮の皇都宣言は、彼に恭仁復興や平城還都を諦めさせるに十分であったろう。一方、難波宮にせよ紫香楽宮にせよ、その広さが、平城京は勿論、恭仁京にも及ばないことは、仮に家持が紫香楽宮に行ったことがなかったとしても、人づてに聞いていたはずである。自分たちの居宅が最終的にどこになるかは非常に大きな関心事であったろうから。

天平十六年（七四四）四月五日時点で、滞在している平城京の居宅の今後について家持が知る由もないが、題詞に「故宅」、左注に「故郷の旧宅」と記している点を勘案すれば、既に平城還都を完全に諦めているようにさえ見える。少なくともこの題詞と左注は、平城還都以降に記されたものとは考えられない。恭仁京造営停止から安積親王の薨去を経て平城京を「故宅」と表現するに至る期間は、家持に限らず当時の官人たちに大きな混乱をもたらしたことであろう。大状況からの歌の読みは慎重を期さねばならないが、以上述べて来た点については、特段無理な推測をしていまい。この点を前提に論を進める。

本節では、結果的に『万葉集』に残る恭仁京時代最後の家持作歌となるこの六首の表現性について述べる。

二　校異と先行研究

当該歌群の左注は本文の問題をかかえる。巻十七は非仙覚本に恵まれないが、ここは以下のように分布している。代表的な写本を掲げる。

元　右　　　　　　　　　　　　　　　　　大伴宿祢家持作（空白は私に補った）
廣　右六首歌者天平十六年四月五日独居於平城故郷旧宅作大伴宿祢家持作
宮　右六首歌者天平十六年四月五日独居於平城故郷旧宅　大伴宿祢家持作（空白は私に補った）
西　右六首歌者天平十六年四月五日独居於平城故郷旧宅　大伴宿祢家持作（空白は私に補った）
類　家持独於平城故郷花宅作（歌の前行にこの文字列がある）

元暦校本には「右大伴宿祢家持作」とのみあって、「六首歌者天平十六年四月五日独居於平城故郷旧宅」の二十二文字が存在しない。この元暦校本の本文を最初に採用したのは『略解』である。以後、元暦校本を採るか否かは安定しない。次に『旧大系』以降の注釈書などの状況を記す。

元暦校本を採るもの―『旧大系』、『澤瀉注釈』、『全訳注』、『全注』（橋本達雄氏）、『全歌講義』
西本願寺本を採るもの―『旧全集』、『集成』、『新編全集』、『釈注』、『和歌大系』、『新大系』、『全解』／『おうふう』、『塙CD』、『新校注』

巻十七の元暦校本は、これまでも多く指摘されているように（第一章第三節参照）、さまざまな問題を持つ。一方、顧みられることは少ないが、類聚古集には、前行に「家持独平城故郷花宅作」とある。「花」は誤字であろうが、左注にしか見えない「故郷」の二文字を持つ点は看過できない。また、廣瀬本は「右六首歌者天平十六年四月五日独居於平城故郷旧宅作大伴宿祢家持作」（傍線引用者）と「作」の字を持つ。この「作」字の存在をどう理解してよいかわからないが、左注にしか見えない「故郷」が類聚古集に存在していることは、類聚古集が依った本の左注が廣瀬本や仙覚本系の諸本と同様のものであったことを物語る。元暦校本を採ることはできまい。西本願寺本に従って、「右六首歌者天平十六年四月五日独居於平城故郷旧宅大伴宿祢家持作」の本文を採るべきである。

他は現行本文と訓に従う[3]。ただ、六首から成る歌群であるにも関わらず、当該歌群についての先行研究はそれほど多くはない。古く田辺爵氏「大伴家持の孤独―「独居平城故宅」の作の意味するもの―」（『金城大学金城国文』第三十八号・一九六七年八月）はこの六首に孤独感を見出した。橋本達雄氏「家持の連作二題」（『専修大学専修国文』第三十号・一九八二年一月／「連作二題」の題にて『大伴家持作品論攷』塙書房一九八五年所収）は、紫香楽宮行幸に同道しなかった点を題詞の「独り」に見出し、やはり孤独感について述べる。ただし、橋本論文は第六首を「宮廷生活に復帰する憧れを述べて全体を引きしめようとした」と理解する。一方、吉村誠氏「『万葉集』巻十七家持「独居平城故宅作歌」の意味」（『美夫君志』第三十三号・一九八六年九月／「「独居平城孤《ママ》宅作歌」の意味」の題にて『大伴家持と奈良朝和歌』おうふう二〇〇一年所収）は、恭仁京時代懐古が心情の中心であるとし、佐藤隆氏「家持の平城故宅歌―橘とホトトギスとますらを―」（『大伴家持作品論説』おうふう一九九三年）は、橘諸兄への讃仰を見ようとする。

このように、歌の読みは極めて不安定な状況にある。おそらく第六首の把握の仕方が、論を複雑にしているのだろう。本論では、あらためて六首全体を読み通すことによって、題詞に「六首」と括られた当該歌群の統一的な理解を試みる。

三　題詞

当該歌群の題詞「十六年四月五日に独り奈良の故宅に居りて作る歌六首」の「独り」に、前掲吉村論文では「欝結」を見出した。(4) 題詞や左注などに「独り〜作る（述ぶ）」などとあるのが家持に限られるため、そこから何らかの特徴を抽出しようとしたのである。(5) そして、理解の濃淡や方向性の違いはあるものの、家持の孤独感を述べるものが多い（たとえば、前掲田辺論文、前掲橋本論文も、「独り」に焦点を当てる）。あらためて家持歌の題詞・左注に見られる「独り」を通覧してみる。

該当する例は以下の通り。

①十年七月七日の夜に独り天漢を仰ぎて聊かに懐を述ぶる一首（17・三九〇〇題詞）
②十六年四月五日に独り奈良の故宅に居りて作る歌六首（17・三九一六題詞）
③右の六首の歌、天平十六年四月五日に独り奈良の故郷の旧宅に居りて大伴宿祢家持作る（17・三九二一左注）
④〜興に乗る感有れども、杖を策く労に耐へず。独り帷幄の裏に臥して、聊かに寸分の歌を作る。〜（17・三九六五序文　池主への書簡）
⑤独り幄の裏に居りて、遙かに霍公鳥の喧くを聞きて作る歌一首（18・四〇八九題詞）
⑥右、大伴宿祢家持独り天漢を仰ぎて作る。（20・四三一三左注）
⑦右の歌六首、兵部少輔大伴宿祢家持独り秋野を憶ひて、聊かに拙懐を述べて作る。（20・四三二〇左注）
⑧独り龍田山の桜花を惜しむ歌一首（20・四三九五題詞）
⑨独り江水に浮かび漂ふこつみを見、貝玉の寄らぬを怨恨みて作る歌一首（20・四三九六題詞）

②③は当該例なので後に触れる。まず、①⑥は七夕歌の例である。七夕歌は基本的に宴席で歌われたと考えられている。とすればこの「独り」はそうした宴席に提供することを考慮していない意となる。ここに宴席に参席していない孤独感を読もうとする向きもあるが、歌表現からそうした感覚は読み取れない。最終的に披露の機会があったか否かは不明だけれども、題詞に孤独感を見出してしまうと歌表現と乖離する。特に①は「聊かに」とあり、拙稿[6]にも記したようにちょっと作った程度の意でしかない。次に、④は池主への書簡であり、「寸分の歌を作る」とあるように謙遜の文章に登場する。本来ならばお見せするほどのものではないけれども、あえて贈るという文脈を構成する。⑦も「聊かに拙懐を述べて作る」とこちらも「聊か」とあり、かつ、少なくとも文面としては人に見せるようなものではないと宣言している。そして、⑨は『窪田評釈』が、

　「貝にありせば」といふ聯想は、その合理的なことを頼りとしてのもので、諧謔味の感ぜられるものである。多分それが作意で、作者自身微笑してのものであらう。（『窪田評釈』）

とするように戯笑歌として把握すべきだろう。⑧と⑨とは同じ日の作であり、いわゆる独詠歌として考えてよいだろう。残る⑤についての作歌事情は不明だが、⑤の反歌には、

　卯の花の　共にし鳴けば　ほととぎす　いやめづらしも　名告り鳴くなへ（18・四〇九一）

　ほととぎす　いとねたけくは　橘の　花散る時に　来鳴きとよむる（18・四〇九二）

とあり、孤独とはほど遠い内容である。

　このように見て来ると題詞に見える「独」は、特定の相手に送るものであったり、宴席などにおける披露の場を想定せずに制作したことを意味していると理解できる。本論は当該六首に特段孤独を見出そうとするものではないが、この題詞は、家持の心やりのために作られたことを示している点を確認しておきたい[7]。

　続いて、個別の歌の論に移る。

四　第一首〜第三首

第一首、

橘の　にほへる香かも　ほととぎす　鳴く夜の雨に　うつろひぬらむ（17・三九一六）

は「橘の　にほへる香かも」と匂いをあらわす「香」が歌われている珍しい例である。前掲橋本論文は、この点について、「和歌史的に見てきわめて新鮮な美を追求した歌として評価できる」と述べる。上代の韻文に嗅覚表現が極めて少ない点に照らしあわせてもうべなえる論である。「香」はこの第一首のみであるが、以下「橘の　にほへる園」（第三首）、「花橘の　にほふこのやど」（第五首）と同類の表現（以下「橘のにほひ」と記す）が続く。当該歌群の「橘のにほひ」は嗅覚を包摂していた可能性が高い。

そして、当該歌はその「香」が、いわゆる視界外推量の「らむ」によって表現されている点にも注意を払う必要がある。「ぬらむ」は当該歌以外に次の八例。

①白波の　浜松が枝の　手向くさ　幾代までにか　年の経ぬらむ（注略）（1・三四）
②いざ子ども　早く日本へ　大伴の　三津の浜松　待ち恋ひぬらむ（1・六三）
③ひさかたの　天の露霜　置きにけり　家なる人も　待ち恋ひぬらむ（4・六五一）
④息の緒に　思へる我を　山ぢさの　花にか君が　うつろひぬらむ（7・一三六〇）
⑤含めりと　言ひし梅が枝　今朝降りし　沫雪にあひて　咲きぬらむかも（8・一四三六）
⑥垣ほなす　人の横言　繁みかも　逢はぬ日まねく　月の経ぬらむ（9・一七九三）
⑦秋されば　置く露霜に　あへずして　都の山は　色付きぬらむ（15・三六九九）

⑧ぬばたまの　夜明かしも舟は　漕ぎ行かな　三津の浜松　待ち恋ひぬらむ（15・三七二一）

①⑥の「年・月の経ぬらむ」は時間表現なのでおくとしても、他はいずれも遠方からそういう状況になってしまっているだろうと推量している。特に、②（遣唐使歌）、⑦⑧（遣新羅使人歌）は極めて遠くから想像する例である。当該歌の「うつろひぬらむ」も同様に考えるべきであろう。ここは、『集成』が、

いま留守にしている久邇の都の橘が、その間に盛りを過ぎてしまうことを思いやった歌。（『集成』）

と指摘したように、平城京の「故宅」から恭仁京を想像していると理解すべきである。そして、わずか十二日前にも家持は、

〜活道山　木立の繁に　咲く花も　うつろひにけり　世間は　かくのみならし〜（3・四七八）

と、安積親王を悼んでいる。当該歌の主眼が安積親王追悼にあると主張したいのではない。けれども、「安積皇子挽歌」を背景に考えれば、その悲しみは同質である。恭仁京の現況を取り返しのつかない時の流れの中で捉えている。

また、家持には四月初旬の恭仁京を歌った例がある。三年前、恭仁京遷都から数ヶ月しか経過していない天平十三年（七四一）四月二日（太陽暦で五月二十一日頃）に作られた、書持への返歌、

あしひきの　山辺に居れば　ほととぎす　木の間立ち潜き　鳴かぬ日はなし（17・三九一一）

ほととぎす　何の心そ　橘の　玉貫く月と　来鳴きとよむる（17・三九一二）

ほととぎす　楝の枝に　行きて居ば　花は散らむな　玉と見るまで（17・三九一三）

である。天平十三年には閏三月があり、この年、天平十六年には閏一月があるため、季節もほぼ同じである。第三章第二節に述べたように、三年前のこの頃、恭仁京ではほととぎすが鳴き、橘が咲いていた（前置漢文）。その状況が三年間で大きく変わることはないであろう。しかし、三年後の今「うつろひぬらむ」と歌う。当該歌群は、三

年前とほぼ同じ日の作でありながら、全く逆の状況が表現されている点に注意が必要である。

三年前、遷都後間もない時期に交わされた書持とのやりとりは、多忙な中の「欝結の緒」を歌によって散らそうとするものであった。たしかに新京における生活は強制移住を伴うような環境ではあったけれども、恭仁京のこれからの繁栄と安泰を目指す感覚もあったろう。しかし、その恭仁宮造営は停止され、平城京の居宅も「故宅」、「故郷の旧宅」となった現在、「山辺」（恭仁京）で聞いた早すぎるほととぎすの声すらうつろってしまっただろうかと歌っているのである。

このように、三年前の書持との贈答を視野に入れると、当該歌群の第二首、

ほととぎす　夜声なつかし　網ささば　花は過ぐとも　離れずか鳴かむ（17・三九一七）

の「網ささば」の仮定と「離れずか鳴かむ」の結句が、

玉に貫く　楝を家に　植ゑたらば　山ほととぎす　離れず来むかも（17・三九一〇）

を受けていることは明瞭である。(8) この点、ほととぎすに対して「離れず」と歌う例が、この二例以外には、家持自身の後の作品である、

ほととぎす　聞けども飽かず　網取りに　取りてなつけな　離れず鳴くがね（19・四一八二）

の一例しかないことも傍証になる。これまでもたびたび指摘されていることだが、当該六首の表現基盤として、先に見た「安積皇子挽歌」とともに、三年前の書持との贈答が存在していたことは認めてよいだろう。

第一〜第二首は、恭仁京の三年前と現在との対比を描き出していた。そして第二首は、書持歌を踏まえながら、「網ささば」という極めて特徴的な表現を擁して、ほととぎすの声の永続を希求する。それは非現実的な想像という点において、書持歌の「楝を家に　植ゑたらば」と同趣である。

また、この第二首ではほととぎすの夜声を「なつかし」と表現する。集中に「なつかし」は「なつかしみ」、「な

つく」も含めて全二十二例（当該歌を含む）見えるが、このうち鳥の声に対するものは以下の七例。

①佐保渡り　我家の上に　鳴く鳥の　声なつかしき　愛しき妻の児（4・六六三　安都年足）

②〜三諸つく　鹿脊山のまに　咲く花の　色めづらしく　百鳥の　声なつかしき〜（6・一〇五九　福麻呂歌集）

③世の常に　聞けば苦しき　呼子鳥　声なつかしき　時にはなりぬ（8・一四四七　坂上郎女）

④ほととぎす　夜声なつかし　網ささば　花は過ぐとも　離れずか鳴かむ（17・三九一七当該歌）

⑤我が門ゆ　鳴き過ぎ渡る　ほととぎす　いやなつかしく　聞けど飽き足らず（注略）（19・四一七六　家持）

⑥〜さ夜中に　鳴くほととぎす　初声を　聞けばなつかし〜（19・四一八〇　家持）

⑦さ夜ふけて　暁月に　影見えて　鳴くほととぎす　聞けばなつかし（19・四一八一　家持）

一読、家持詠が多く偏差が激しいけれども特定の傾向は読み取れそうである。たとえば、②は題詞に「春日」とあり春になって鳥が鳴き始めたことを歌っていると思われ、③は結句が「時にはなりぬ」なので「呼子鳥」がやって来る季節になったことを示している。また、⑤の詠時は、前後の配列から三月末であることは動かず、ほととぎすの初音といってよい。そして⑥〜⑦は長反歌を構成しており、こちらも初音である。勿論、「なつかし」には①のように心が惹かれる意のものもあるけれど、「なつかし」は「なつく」からの派生（『時代別』）であり、表現として時間を内包している。鳥の声にもっとも注意が払われるのはその初音であることもまちがいない。当該歌も初音の可能性が高いだろう。そして、それは第三首で明らかになる。

第三首、

橘の　にほへる園に　ほととぎす　鳴くと人告ぐ　網ささましを（17・三九一八）

では、園にほととぎすがやって来たことを人（家人を想定すべきか）が告げ、再び「橘のにほひ」が歌われる。「橘のにほひ」が歌われるのは、当該歌群の三首以外には、

ほととぎす　来鳴く五月に　咲きにほふ　花橘の　かぐはしき　親の命〜（19・四一六九）

のみであり、それも「親の命」の比喩となっている。当該歌群における「橘のにほひ」の突出性を理解できる。

また、先に触れたようにこの第三首には「鳴くと人告ぐ」と第三者が登場する。題詞の「独り」とうちあわないように見えるけれども、題詞の「独り」は、先に述べた通りであり、左注に「内舎人」の文字もなく、極めて個人的な詠であることを示しているのだろう。

「人」が告げるほととぎすの声は「にほへる園」でのものである。「園」の意は畑に近く(9)、家持の邸宅に付属する「園」にほととぎすが鳴いたことが家持に知らされたのだろう。恭仁京のほととぎすと橘を推量することから始まった歌群は第三首に至り、「奈良の故宅」の現実が歌われる。

さらに、この第三首の自立語を見ると、

橘の　にほへる香かも　ほととぎす　鳴く夜の雨に　うつろひぬらむ（17・三九一六）
ほととぎす　夜声なつかし　網ささば　花は過ぐとも　離れずか鳴かむ（17・三九一七）
橘の　にほへる園に　ほととぎす　鳴くと人告ぐ　網ささましを（17・三九一八）

と「園」、「人」、「告ぐ」の三語以外は、すべて第一〜二首を受けている。この三首は一群を成し、恭仁京の橘の終わりと、「奈良の故宅」におけるほととぎすの初音が対照的に構成されている。ほととぎすの初音を歌いながらもなお、それを喜ぶ歌になっていないのは、「網さす」が非現実的な想定であり、実際にはほととぎすの時期が過ぎてしまうことへの予定調和的な悲しみが存在しているからである。

五　第四首〜第五首

第四首は、第三首で歌われた「奈良の故宅」を離れ「奈良の都」が歌われる。

あをによし　奈良の都は　古りぬれど　もとほととぎす　鳴かずあらなくに（17・三九一九）

「奈良の都」は集中に二十二首二十三例（当該歌を含む）。そのうち平城京で歌われているものは、多めに見ても四首に過ぎない（当該歌を含む）。当該例以外の三首は以下の通り。

〜玉桙の　道行き暮らし　あをによし　奈良の都の　佐保川に　い行き至りて〜（1・七九）

龍の馬を　我は求めむ　あをによし　奈良の都に　来む人のたに（5・八〇八）

〜あをによし　奈良の都に　万代に　国知らさむと　やすみしし　我が大君の　神ながら　思ほしめして〜（19・四二六六）

第一例は平城遷都以前の詠であり、平城京で歌われたか否かの不明な例である。そして第二例は旅人の、

龍の馬も　今も得てしか　あをによし　奈良の都に　行きて来むため（5・八〇六）

への返歌であり、例外とすべきである。結局、平城京で歌われたものは、第三例と当該歌のみとなってしまう。さらに、この「奈良の都」は、

紅に　深く染みにし　心かも　奈良の都に　年の経ぬべき（6・一〇四四）

世間を　常なきものと　今そ知る　奈良の都の　うつろふ見れば（6・一〇四五）

石つなの　またをち返り　あをによし　奈良の都を　またも見むかも（6・一〇四六）

なつきにし　奈良の都の　荒れ行けば　出で立つごとに　嘆きし増さる（6・一〇四九）

秋されば　春日の山の　黄葉見る　奈良の都の　荒るらく惜しも（8・一六〇四）

と、恭仁京時代の平城京の荒廃を惜しむ歌に多く見られる。『和歌大系』の当該歌の注には、

新京の造営が始められてから、同十六年二月難波宮が皇都と定められるまで、久迩京が都とされたので、平城京は旧都となったことを言う。（『和歌大系』）

とある。事実把握としてその通りであるが、平城京を離れて五年、既に還都が絶望的であった点を見ておく必要がある。先に引用した平城荒都歌を家持が知っていた可能性は高い。とすれば、「もとほととぎす　鳴かずあらなくに」という嘆きは、「奈良の都を　またも見むかも」という希望すら持てない、いかんともしがたい悲しみのあわれと見るべきである。繰り返しになるが、一般の官人たちにとって、この時点で平城還都が視野に入っていたとは思えない。

そして、第五首、

鶉鳴く　古しと人は　思へれど　花橘の　にほふこのやど（17・三九二〇）

においても平城京は「鶉鳴く　古し」と捉えられる。この句が、家持自身が紀女郎に送った、

鶉鳴く　古りにし里ゆ　思へども　なにそも妹に　逢ふよしもなき（4・七七五）

を想起させることはいうまでもない。恭仁京時代の戯歌の表現が現実となってしまった。戯歌の贈答は空しい記憶だろう。

六　第六首

ここまで第一首から第五首までを見て来た。そこに共通している感情は悲しみであった。ここまでの五首に悲し

みを見出すことは特段新しいことではないが、本論では、その悲しみの素地として存在していた恭仁京時代の歌々に重点を置いて述べた。第三首にはこれといった恭仁京時代の先行歌を見出すことはできないものの、第一首、第二首を受け、恭仁京と平城京との対象を浮き彫りにする機能を担っていた。

一方、第六首、

かきつはた　衣に摺り付け　ますらをの　着襲ひ狩する　月は来にけり（17・三九二一）

は、これまでの五首と違う扱いを受けている。たとえば、『全歌講義』は、

三九二一（第六首―引用者注）に至って、気を奮い立たせて、また宮廷生活へ帰って行こうと思い立った気持が反映されているようである。（『全歌講義』）

とする。この理解は、前掲橋本論文の、

孤独感をふり払うように気持を立て直し、公人としての自覚から、花やかな薬猟の楽しさに思いを馳せ、宮廷生活に復帰する憧れを述べて全体を引きしめようとしたものと考えられる。（橋本論文）

という指摘を受けてのものと思われる。このように、これまでの五首と対立するような読み方がされる一方、『釈注』は、

はなやかな薬猟に参加できず、独り平城の旧宅にこもる無念の思いが押し出されている。その点、題詞にいう「独り平城の故宅に居りて」の孤独感が最もあらわである。（『釈注』）

とする。ただし、この第六首のどこに孤独感を見出すかについての記述はない。このように、これまでの五首と対立する説と、五首の延長と見る説とがある。あらためて第六首の表現を考えてみる必要がある。

この第六首は、いわゆる感情表現を持たない。先のような対立が生じる一因でもある。かろうじて結句の「にけり」にその月が訪れたことへの感慨を読み取れる程度である。しかし、「月＋来」という表現は他に類例がほとん

どない。(10) 当該歌に近いものは、

①日並の　皇子の尊の　馬並めて　み狩立たしし　時は来向かふ（1・四九）

②帰るべく　時はなりけり　都にて　誰が手本をか　我が枕かむ（3・四三九）

③うぐひすの　木伝ふ梅の　うつろへば　桜の花の　時かたまけぬ（10・一八五四）

④天の川　水陰草の　秋風に　なびかふ見れば　時は来にけり（10・二〇一三）

⑤秋萩の　枝もとををに　露霜置き　寒くも時は　なりにけるかも（10・二一七〇）

⑥竹敷の　黄葉を見れば　我妹子が　待たむと言ひし　時そ来にける（15・三七〇一）

⑦玉くしげ　二上山に　鳴く鳥の　声の恋しき　時は来にけり（17・三九八七）

といった歌々である。⑤はさほど明瞭ではないが、他はすべて予定していた「時」が訪れることを歌っている。ただし、その「時」は②⑥のように悲しみを伴う場合もあるが、⑥の遣新羅使人歌は、これが妻と逢えない悲しみを歌ったものであることは、歌の外側の周辺状況を知らない限りわからない。また①のように過去と未来とが交錯する「時」であることもある。しかし、共通しているのは、話者がその「時」の具体とその訪れを知っている点である。当該歌についていえば、「着襲ひ狩する月」はあらかじめ決まっており、話者にとってその月の到来は既知のことであった。

このように見て来ると、「月は来にけり」があらわす感情は歌の外側から規定されており、歌そのものからは判別できないことになる。となれば、これまでの五首が一貫して悲しみを歌っていることが大きな手がかりになるだろう。当該歌のみがこれまでの五首と違う感情を歌っていると理解することはできまい。しかも、「ますらを」が参加する「着襲ひ狩」は、わずか十二日前に成った「安積皇子挽歌」B群長歌（3・四七八）の、狩の様子を想起させる。この点において前掲吉村論文が、家持歌にある「大夫の着襲ひ狩」は、家持にとって安積皇子を中心とする久邇京時代の宮廷人たちの薬狩を指しているということになろう。（吉村論文）

とする点に賛同したい。恭仁京時代の五月五日とその前後の記事を拾うと、天平十三年（七四一）五月六日条に、

天皇、河の南に幸したまひて校獦を観す。（天平十三年〈七四一〉五月六日条）

とある。また、天平十五年（七四三）五月五日条には、皇太子である阿倍内親王が五節舞を披露し、元正の宣命の中には三首の歌も残る。これらの記事は薬猟の可能性があるだろう。ただし、当該歌の「着襲ひ狩」をこうした具体に落とし込む必要はない。重要なのは、活道山の狩を思い出させる「着襲ひ狩」をする「月」がやって来たことが「月は来にけり」に内在している点である。「かきつはた　衣に摺り付け」るような華々しさの裏側に、取り戻せない安積親王の面影が宿っていると理解すべきである。それは、先に引いた①人麻呂の安騎野の歌の第四反歌（1・四九）にも通じる。ただし、①が来たるべき軽皇子の治世を胚胎していたのに対して、当該歌にそうした未来は望むべくもない。

本節の冒頭に記したように、当該歌が作られた天平十六年（七四四）四月五日時点で、聖武天皇は紫香楽宮にあり、還幸は翌年の五月五日である。「着襲ひ狩」が行われるべき月は到来したけれども、この月に「着襲ひ狩」が行われたとは思えない。

七　むすび

天平十六年（七四四）四月五日の家持作歌六首について、それらは恭仁京時代の歌を踏まえたものが多く、安積親王の影を色濃く残したものであった。簡単にまとめると以下のようになる。

橘の　にほへる香かも　ほととぎす　鳴く夜の雨に　うつろひぬらむ←「安積皇子挽歌」（3・四七八）
ほととぎす　夜声なつかし　網ささば　花は過ぐとも　離れずか鳴かむ←書持からの贈歌（17・三九一〇）
橘の　にほへる園に　ほととぎす　鳴くと人告ぐ　網ささましを←第一～二首
あをによし　奈良の都は　古りぬれど　もとほととぎす　鳴かずあらなくに←平城荒都歌（6・一〇四四など）
鶉鳴く　古しと人は　思へれど　花橘の　にほふこのやど←紀女郎への贈歌（4・七七五）
かきつはた　衣に摺り付け　ますらをの　着襲ひ狩する　月は来にけり←「安積皇子挽歌」（3・四七八）

この理解は当該六首が恭仁京時代の最後の家持作歌であることを考えれば当然かもしれない。しかし、作歌時点では当該歌群が恭仁京時代の総括になることを家持は知らない。にも関わらずこれほど濃厚に恭仁京時代の歌々の影響がある点は見逃してはなるまい。以下は推量するしかないけれども、家持は前年十二月の恭仁京造営停止を受け、恭仁京還都を諦めていたのだろう。一方、平城京還都すら見込めないこの頃、将来を見通せない状況だったろう。ただ、それは家持ひとりに限ったことではない。思い描けない未来が恭仁京を想起させたと考えたい。

一方、当該歌群は巻十七の一部を形成する。当該歌群の次に並ぶのは、天平十八年（七四六）正月の太上天皇の御在所における宴席歌である。巻十七にあって、結果的に当該歌群は恭仁京時代の総括となっている。

注

（1）家持が平城京にいた点について、安積親王に従っており、その服喪を想定する論もあるが、内舎人と親王の舎人とは別であり、従えない。第一章第一節参照。

（2）左注については後述。

（3）ただし、第三首（17・三九一九）の結句には問題がある。この句、諸本一致して「不鳴安良久尓」とあり、このままだと「鳴かずあらくに」と訓むことになる。しかし、元、西他の訓は、「なかずあらなくに」（西は「ナカス六本アラナクニ」）、廣、類「なかざらなくに」、西の左訓「ナカザラナクニ他本」とあり、「あらなくに」と等価の訓を有している。「あらくに」の訓を持つ写本は寛元本系のみである。これを「鳴かずあらくに」とすると、単独母音を含む非字余り句の結句となってしまう。そして、『拾穂抄』も本文こそ「不鳴」しか存在していないが（その原因は不明）、訓は「なかずあらなくに」である。今は、『代匠記』（初）が「良の字の下に奈の字などのをちたるへし」としたのに従った。

（4）小野寛氏「独詠述懐―家持の自然詠―」（『国語と国文学』第五十三巻五号・一九七六年五月／『大伴家持研究』笠間書院一九八〇年所収）、中川幸廣氏「天平十六年四月五日独居の歌」（『万葉集を学ぶ』第八集・一九七八年十二月／『万葉集の作品と基層』桜楓社一九九三年所収）なども同じ。

（5）文字列だけであれば、「ここに諸の命婦等、歌を作るに堪へずして、この石川命婦のみ独りこの歌を作りて奏す。」があるが、これは除外する。

（6）拙稿「万葉集の中の祭神歌（3・三七九～三八〇）」（『仏教大学京都語文』第二十二号・二〇一五年十一月）

（7）念のために記せば家持の歌表現に見える「ひとり」については別に考えるべきである。

（8）川口常孝氏「家持の〝あはれ〟―越中の一つの事例―」（『万葉集―人間・歴史・風土―』笠間書院一九七三年／『人麿・憶良と家持の論』桜楓社一九九一年所収）、村瀬憲夫氏「大伴家持とほととぎす」（『帝塚山短期大学青須我波良』第二十六号・一九八三年七月／『大伴家持論―作品と編纂―』塙書房二〇二一年所収）にも指摘がある。

（9）拙稿「『万葉集』の「やど」・「には」・「その」・「しま」」（『日本言語文化の内と外』遊文舎二〇二三年）。

（10）他には、「～波の上ゆ　なづさひ来にて　あらたまの　月日も来経ぬ～」（15・三六九一）があるにはあるが、当該歌とは相渉らない。

第三節　甕原荒墟歌

一　はじめに

本節で取りあげる福麻呂歌集所出歌は題詞に「春の日に、甕原の荒墟を悲しび傷みて作る歌一首」とあり、恭仁京時代の終焉を告げる。当該歌の制作時期をめぐっては、次の二説に分かれる。(1)

A天平十六年（七四四）の春説―『井上新考』、『私注』、『増訂全註釈』、『澤瀉注釈』、『全訳注』、『釈注』、『新大系』、『全解』、『和歌大系』

B天平十八年（七四六）の春説―『全注』（吉井巌氏）、『新編全集』、塩沢論文(2)

A説は、

「春の日」は、難波宮に遷都したのが天平十六年二月であるから、春三月の候であろう。（『新大系』）

というように天平十六年（七四四）の難波遷都直後の詠を想定するが、それ以上の積極的な論拠は示されない。一方、B説は、

天平十七年五月六日の続紀の記事に「車駕恭仁京の泉橋に到る。時に百姓遥かに車駕を望み道の左に拝謁して共に万歳を称す。」とあり、同月十日条に「この日、恭仁京の市人平城に徙る。暁夜争ひ行くこと相接して絶ゆることなし。」とある。これらの記述によって、春は天平十八年の春とすべきであろう。（『全注』）

と、天平十七年（七四五）五月段階での恭仁京の賑わいと、その後の人々の平城京への移動が記されている点から、

平城還都後の翌年の春とする。文学作品である以上、必ずしも現実を反映する必要はないが、多くの人々が恭仁京に住んでいる状況が確実な天平十六年（七四四）春とする必然性はないだろう。また、平城還都は、天平十七年（七四五）五月十一日条の、

是の日、平城へ行幸したまひ、中宮院を御在所とす。旧の皇后宮を宮寺とす。諸司の百官、各、本曹へ帰る。

（天平十七年〈七四五〉五月十一日条）

とするのが一般的である（『新大系　続日本紀』の当該条の注など）。B説が妥当である。(3)

二　訓について

当該長歌にはいくつか訓の不安定な箇所がある。本論に入る前にこの点を整理する。まず、第五句～八句の対句について、諸注の状況を見ると、

Aあり良しと　人は言へども　あり良しと　我は思へど

『拾穂抄』、『代匠記』、『童蒙抄』、『略解』、『攷證』、『折口口訳』、『井上新考』、『増訂全註釈』、『私注』／『おうふう』

Bあり良しと　人は言へども　住み良しと　我は思へど

『略解』引用宣長説、『古義』

C住み良しと　人は言へども　あり良しと　我は思へど

『全釈』、『総釈』（新村出氏）、『金子評釈』、『窪田評釈』、『全書』、『佐佐木評釈』、『旧大系』、『澤瀉注釈』、『旧全集』、『集成』、『全訳注』、『全注』、『新編全集』、『新大系』、『釈注』、『和歌大系』、『全歌講義』、『全解』／

『塙CD』、『新校注』

と分布する。この訓の分布には少しこみいった事情がある。

まず、旧訓「あり良し」の繰り返し（A説）だったものを、『略解』が、

宣長云、或人の説に、後の在吉の在は住の誤なるべし。末にありがほし住よき里とあれば也といへり。是然るべし。(4)（『略解』）

とした（B説。ただし、『略解』は旧訓のまま）。指摘の主体は曖昧だが、「或人」は長歌後半の「ありが欲し　住み良き里」を援用して「あり良し～住み良し」の順と考えたようである。この訓は特に顧みられなかったが、『古義』が『略解』に触れることなく「或説」として誤字説を提示して「あり良し～住み良し」とした。その後、『全釈』が『略解』を引用しつつも、「併し前の在を類聚古集に住に作つてゐるから、それに従ひたい。」と類聚古集の本文によって「住み良し～あり良し」の訓を提示した（C説）。これが通説化する。『増訂全註釈』は訳文では「あり良し～あり良し」としているが、注では、

在は、類聚古集には住に作つているが、その方がよさそうだ。下文にも在杲石住吉里と、在と住とになつている。（『増訂全註釈』）

としている。以下の諸注、類聚古集に触れるものも触れないものもあるが、ほぼ「住み良し～あり良し」とし、現在に至っている。この問題はひとえに類聚古集の独自異文を採用するか否かにかかっている。当該部分の写本状況は以下の通り。

元｜在吉迹《アリヨシト》　人者《ヒトハ》雖云《イヘトモ》　在吉跡《アリヨシト》　吾者《ワレハ》雖念《オモヘト》（一文字目の「在」、及び訓は赭の書入）

紀｜在吉迹《ヨシト》　人者《ヒトハ》雖云《イヘトモ》　在吉跡《アリヨシト》　吾者《ワレハ》雖念《オモヘト》（一文字目の「在」無訓）

細｜在吉迹《アリヨシト》　人者《ヒトハ》雖云《イヘトモ》　在吉跡《アリヨシト》　吾者《ワレハ》雖念《オモヘト》

廣　在吉迹《アリヨシト》　人者《ヒトハ》雖云《イヘトモ》　在吉跡《アリヨシト》　吾者《ワレハ》雖念《オモフト》（最後の「念《フト》」の訓を朱で「ヘド」とする）
類　住吉遠　人者雖云　在吉跡《アリヨシ》　吾者雖念（三文字目「遠」の右に「迹」あり）
西　在吉迹《アリヨシト》　人者《ヒトハ》雖云《イヘトモ》　在吉跡《アリヨシト》　吾者《ワレハ》雖念《オモヘト》（西以下の諸本、本文、訓ともに大きな校異なし）

元暦校本の一文字目の「在」が赭の書入であることと紀州本の訓の脱落は何か関係あるかもしれないが、非仙覚本の元暦校本、紀州本、細井本、廣瀬本、及び仙覚本系諸本が「あり良し〜あり良し」とある中で、類聚古集の「住」を採用することは難しい。宣長所引の「或人」が根拠にしていたのは長歌後半の「ありが欲し　住み良き里」だが、「住み良し〜あり良し」だと逆になってしまう。注釈書の多くが「住み良し〜あり良し」とするのは、対句の二つの五音句が同一句であることへの違和感なのかもしれない。けれども、そうした用例は、

〜よしゑやし　浦はなくとも　よしゑやし　潟は（注略）なくとも〜（2・一三一）
〜よしゑやし　浦はなくとも　よしゑやし　潟はなくとも〜（2・一三八）
〜離れ居て　朝嘆く君　離れ居て　我が恋ふる君〜（2・一五〇　異訓あり）
〜片手には　木綿取り持ち　片手には　和たへ奉り〜（3・四四三）
〜よしゑやし　浦はなくとも　よしゑやし　磯はなくとも〜（13・三二二五）
〜うべなうべな　母は知らじ　うべなうべな　父は知らじ〜（13・三二九五）
〜我のみかも　君に恋ふらむ　我のみかも　君に恋ふれば〜（13・三三二九）
〜こと放けば　国に放けなむ　こと放けば　家に放けなむ〜（13・三三四六）

と、集中に八例（2・一三一と2・一三八を同一と見れば七例）見られる。また、記紀の〈ウタ〉にも、

〜汝を除て　夫《を》は無し　汝を除て　夫《つま》は無し〜（記五）
〜人多に　来入り居り　人多に　入り居りとも〜（記一〇、紀九）

〜汝こそは　世の遠人　汝こそは　国の長人〜（紀六二）

と見える。当該長歌には「古りにし」、「はしけや」（こちらは後に述べる）という四音句も存在する。古い様式の長歌を目指したか否かは不明だが、当該対句は「あり良し〜あり良し」として理解すべきである。

次に第十五句「波之異耶」は『金子評釈』と『おうふう』が「はしけや」とするのみで他はすべて「はしけやし」と訓む。その根拠に、

原文に波之異耶とあるが、恐らく耶の下に思・志などのしの仮字が落ちたのであらう。（『総釈』）

という脱字説を持ち出す注釈もあるが、この部分、諸本間に異同がない上、尊経閣文庫本『釈日本紀』（巻二十四9ウ）には、

家《イヘモ》 荒《アレ》有《タリ》波《ハ》之《シ》異《キ》耶《ヤシ》如此《カク》在《アリ》家《ケ》留《ル》可《カ》同第六（引用中の「同」は『万葉集』を示している—引用者注）

と記された付箋が貼られてある。いかなる写本かはわからないが、『釈日本紀』の付箋の書記者の見た当該歌の本文にも「波之異耶」とあったことはまちがいない（訓については、後に述べるように仙覚の改訓したものだろう）。

さらに、非仙覚本の諸本には、元暦校本（赭のカタカナ訓）、紀州本、細井本、廣瀬本は「家裳荒有　波之異耶」の本文に対して「イヘモアルレ　ハコノコトヤ」の訓が見える（廣瀬本は朱の訂正があり、「イヘモアレタリ　ハシケヤシ」という現行訓を示しているように見える）。また、類聚古集は「家裳荒有《タリ》・波《ハ》之《シ》異《キ》耶《ヤシ》」と部分的に傍訓を記す。そして、仙覚文永本系には青やモト青で「（アレ）タリハシケヤシ」が存在し、現行訓への改訓が仙覚によるものであることがわかる。「波之異耶」は原文そのまま理解すべきである。

こうした状況下、『澤瀉注釈』は、

これは「耶」一字でヤシと訓んだ例と認むべき事、前（一〇二〇）に述べた如く、全註釋にも「下のシは強意の助詞だから、それに相當する文字が無くても讀み添へる例はある」と云はれてゐるのが正しいと思ふ。（『澤

瀉注釈』）

と、6・一〇二〇番歌を援用した。以後、この考え方が一般化した（『旧全集』、『新編全集』、『新大系』、『釈注』が採用している）。しかし、6・一〇二〇番歌の当該部は諸本に「刺並国尓出座耶吾背乃公矣」とあり、特に「出座耶」の部分が訓めない状況にあったものを、『古義』が、

耶は、或ル説に、ハシキ耶シと有て、五言一句なりけむが、其ノ字脱たるなるべしと云り、信にさることなり、

（『古義』）

としたのを受けて『澤瀉注釈』が、「このハシキヤシの原文は「愛耶」の二字で、「愛」の一字が落ちたのではなからうか。」と訓をそのままに「愛」字の脱落を想定した箇所である。[5] そして、「耶」を「ヤシ」と訓む点については、

「耶」はヤの音であつて、ヤシと訓むのは無理のやうに思はれるかと考へるが、「耶」や「哉」をヤとのみ訓み馴れたのは後世の人の訓みくせであつて、これは疑問の辞として用ゐられたのでヤともカとも訓み得ると共に、またヤモともカモとも訓讀し得るものだと考へる。さうすればまた「し」の語を添へてヤシとも訓めるのではないか。現に「吉恵《ヨシエ》哉《ヤシ》」（十一・二三七八）、「吉《ヨシエ》哉《ヤシ》」（十・二〇三二）と「哉」一字をヤシと訓んでゐる例があるのである。だとすれば「哉」と同じく疑問の辞として「耶」をヤともカとも訓むやうに、またヤシとも訓んだと認められるのではなからうか。否この巻に「波《ハ》之《シ》異《ケ》耶《ヤシ》」（一〇五九）と「耶」をヤシと訓ませたと思はれる例が既にあるのである。（『澤瀉注釈』）

としており、相互依存の論理になってしまっている。仮に用例として掲げられている、

吉哉　直ならずとも　ぬえ鳥の　うら嘆け居りと　告げむ子もがも（10・二〇三二　柿本人麻呂歌集歌）
吉恵哉　来まさぬ君を　なにせむに　厭はず我は　恋ひつつ居らむ（11・二三七八　柿本人麻呂歌集歌）

を「よしゑやし」と訓んでも、「哉」は訓字の文字列の一部であり、「耶」を「やし」と訓む根拠にはならない。ま

た、この二首はいわゆる略体歌である。そもそも一字一音の仮名（音仮名、訓仮名を問わず）のみから成る一句に訓み添えのある例は寡聞にして知らない。二合仮名まで範囲を広げて、音仮名のみから成る句で訓み添えのあるものでも、

かにかくに（千各）　人は言ふとも　織り継がむ　我が機物の　白き麻衣（7・一二九八　柿本人麻呂歌集歌）

しか発見できなかった。この歌もいわゆる略体歌であり、しかも本文は『古義』の誤字説によるものである。さらに範囲を広げて借訓と思われる文字からのみ成る句における訓み添えも、

春されば　しだり柳の　とををにも（十緒）　妹は心に　乗りにけるかも（10・一八九六　柿本人麻呂歌集歌）

たまさかに（玉坂）　我が見し人を　いかにあらむ　よしをもちてか　また一目見む（11・二三九六　柿本人麻呂歌集歌）

宇治川の　瀬々のしき波　しくしくに（布々）　妹は心に　乗りにけるかも（11・二四二七　柿本人麻呂歌集歌）

山ぢさの　白露重み　うらぶれて（浦経）　心に深く　我が恋止まず（11・二四六九　柿本人麻呂歌集歌）

かきつはた（垣幡）　につらふ君を　ゆくりなく　思ひ出でつつ　嘆きつるかも（11・二五二一　作者不記載歌）

の五例。こちらも略体歌が四例を占める。さらに範囲を広げて、音仮名と借訓からなる句の訓み添えも、次の二例しか検索できなかった。

～なづみ来し　良けくもぞなき　うつそみと（宇都曽臣）　思ひし妹が　灰にていませば（2・二一三　柿本人麻呂作歌）

天なる　日売菅原の　草な刈りそね　蜷の腸（弥那綿）　か黒き髪に　あくたし付くな（7・一二七七　柿本人麻呂歌集旋頭歌）

こちらも人麻呂関係歌である。また、「耶」を訓字と解することは不可能ではないが、訓字としても、「やし」と

訓んだり、「し」を訓み添えたりすることはできまい。この「波之異耶」は「はしけや」と訓むよりない。そして、「はしきよし」（集中に十一例）、「はしきやし」（同十六例）、「はしけやし」（同五例）が、「形容詞ハシの連体形」（「はしけ」を「はしき」の古い形と見る）＋「助詞のヤ（ヨ）」＋「助詞のシ」と考えてよいのであれば、最後の「助詞のシ」のない「かしこきや」（集中に六例）、「うれたきや」（同二例）と同じように理解することが可能である。

また、第二十三句の「在杲石」は一般に「ありが欲し」と訓まれている。「杲」は、諸本によって「果」（元、類、西）、「黒」（紀）、「杲」（細、廣）などと分かれているが、他に適切な訓もなく「ありが欲し」による。

当該歌は、他にも「山高く」、「川の瀬清し」の部分をミ語法とするか形容詞とするかの問題もあるが[6]、今は左に掲げる訓によって論を進めることとする（上に述べた箇所には傍線を施した）。

春の日に、甕原の荒墟を悲しび傷みて作る歌一首并せて短歌

甕原　恭仁の都は　山高く　川の瀬清し　あり良しと　人は言へども　あり良しと　我は思へど　古りにし
里にしあれば　国見れど　人も通はず　里見れば　家も荒れたり　はしけや　かくありけるか　三諸つく　鹿
背山のまに　咲く花の　色めづらしく　百鳥の　声なつかしき　ありが欲し　住み良き里の　荒るらく惜しも
（6・一〇五九）

反歌二首

甕原　恭仁の都は　荒れにけり　大宮人の　うつろひぬれば（6・一〇六〇）
咲く花の　色は変はらず　ももしきの　大宮人ぞ　立ち変はりける（6・一〇六一）

三　題詞

当該歌は、古く『全釈』が、

近江の荒都を過ぎて、人麿が大宮人之船麻知兼津（三〇）と詠んだのも同じやうな心境であらう。（『全釈』）

としたのをはじめ、柿本人麻呂の「近江荒都歌」（1・二九〜三一）との類似性を基に説かれて来た。たとえば、『全注』は、土橋寛氏『万葉開眼　上』（日本放送出版協会一九七八年）が近江荒都歌と比較し、人麻呂ほどの感動がないとしたことに賛同しつつ、

大宮人の移住を軸として、その結果としての荒廃と、咲く花の不変とを歌うだけの福麻呂の作は、現象を現象として捉えただけであって、現象のさらに深部への参入に欠けている。ただこの作が多くの政治的刷新と文華を残した近江京のそれではなく、権勢欲の果てに、冗費と困窮と混乱だけを残して消えた久邇京の儀礼歌であることを考慮しておく必要がある。今の我々にとっては久邇京悲傷歌が残されたことすら驚きである。おそらく、福麻呂は諸兄に命じられてこの儀礼歌をなしたのであろう。要請によって受け身に淡淡と、多数に通ずる悲傷歌を危なげなく歌いあげることこそが福麻呂を最後の宮廷歌人たらしめたのであろう。（『全注』）

とする。「近江荒都歌」との状況的一致は否定すべくもないが、政治的状況を個別の歌理解の適用する点には賛同できない。あらためて、題詞から丁寧に読む必要がある。当該歌の題詞については、前掲塩沢論文が「春日」と「悲傷」から、挽歌的な情調を読み取ろうとした。「春日」については、なお理解の届かない面もあるが、後述するように当該歌の題詞は、作品の内容をよくあらわしていると思われる。

題詞には「甕原荒墟」を「悲傷」するとある。既に第二章第二節で述べたように「甕原」は恭仁宮から見て木津

川の対岸にあたる。当該歌は恭仁宮の荒廃を歌うのではなく、甕原の荒廃を歌う。それは「荒墟」の文字列にもあらわれる。

「荒墟」は集中にもう一例、

奈良の京の荒墟を傷み惜しみて作る歌三首　作者審らかならず

紅に　深く染みにし　心かも　奈良の都に　年の経ぬべき（6・一〇四四）

世間を　常なきものと　今そ知る　奈良の都の　うつろふ見れば（6・一〇四五）

石つなの　またをち返り　あをによし　奈良の都を　またも見むかも（6・一〇四六）

こちらも一貫して「都」が歌われ、「宮」は歌われない。さらに、「荒墟」は、延暦八年（七八九）七月十七日条に、将軍紀古佐美による蝦夷戦の勝利報告として、「大兵一挙して、忽ち荒墟と為る。」と登場する。もっともこの報告は直後に虚偽だったことが露見し、この文言が再掲された上、指弾されるのだが、この「荒墟」は「宮」や「都」と関わらない。

また、『藝文類聚』には、

荒墟人跡希　隱僻閭鄰闊。（張望の詩、[7]『藝文類聚』人部十九「貧」）

があり、こちらも都と無関係である。他にも、

姜維屢寇レ邊　隴上為二荒墟一。（傅玄「晋鼓吹歌曲」、『宋書』巻二十二、『晋書』巻二十三、『楽府詩集』第十九、ただし『晋書』と『楽府詩集』は「荒墟」を「荒蕪」とする）

とあり、『旧唐書』には、

嚢日九衢三市、草擁二荒墟一、当時萬戸千門、霜凝二白骨一。（杜譲能伝、『旧唐書』巻一七七）

とある。どれも荒れた都の意味ではなく、荒れ果てた空間の意である。[8]「甕原の荒墟を悲しび傷みて作る歌」は、

人麻呂の「近江荒都歌」（1・二九〜三一）とは違い、恭仁宮の対岸にあり多くの人々が住んでいたであろう甕原が荒れることを悲しむ歌として理解すべきであり、遷都と還都による二度の強制移住を嘆く歌である。当該歌を天皇の居所たる宮の衰亡を詠んだ歌と理解してはなるまい。少なくとも題詞はそのように理解されるべきである。

では、長反歌の表現はこの題詞とどのように関わるのだろうか。続いて長歌に論を進める。

四　長歌

当該長歌は、恭仁の都讃美の定番ともいえる山と川の対比から始まる。そして、都の存在そのものを是とする「あり良し」が繰り返される。そこには「人」の発話と「我」の思念とが対比的に歌われるが、こうした対比は集中には見当たらない。同じく「人」と「我」とを対比するものには、

人皆は　萩を秋と言ふ　よし我は　尾花が末を　秋とは言はむ（10・二一一〇）

百に千に　人は言ふとも　月草の　うつろふ心　我持ためやも（12・三〇五九）

桜花　今そ盛りと　人は言へど　我はさぶしも　君としあらねば（18・四〇七四）

といった「人」との対照の中で「我」の独自性を歌うものはあるが、当該歌では、他者である「人」と自己である「我」とがともに都を是とすることによって恭仁京に対する愛着が強く歌われている。「人」と「我」とを対照することによってすべての人々をあらわしているといってよい。そして、「人」も「我」も「言へども」、「思へど」という逆接を従えることによって、冒頭の山川の対比は讃美表現でありながら、それは否定のために措定されたものであることが判明する。

続いて、その愛着ある都は「古りにし里」と把握され「国」と「里」との対句的な表現によって「人も通はず」

「家も荒れたり」という空間として描き出される。この「国」については、『全注』が、

クニは行政区画としてのクニ（1・二「大和の国」、1・三六「吉野の国」）や故郷としてのクニ（19・四一四四）もあるが、ここは天上の神々の世界に対する人の住む地上の世界の意。下の「里」の言い変えとみてよい。（『全注』）

とするものの、ここは笠金村の難波行幸歌である、

おし照る　難波の国は　葦垣の　古りにし里と　人皆の　思ひやすみて　つれもなく　ありし間に～（6・九二八）

を参看すべきであろう。朱鳥元年（六八六）正月十四日条にその焼亡が記される前期難波宮について、「国」を「古りにし里」と把握する点において、当該歌の先蹤としてよい。当該歌についていえば、先ほどの「人」と「我」とですべての人々を示したように、ここでは「国」と「里」とで恭仁京全体を示しているのだろう。ただし、あらためて注意しなければならないのは、当該作品には「都」は歌われても「宮」が登場しない点である。(9) この部分の空間把握も「国」と「里」によって成され、「家も荒れたり」と人々の暮らしが崩壊したことは歌っても、天皇の居所について触れることはない。

そして、「古りにし里」は「人も通はず」、「家も荒れたり」を惹起する。あらためて記すまでもないことだが、多くの人が通うことは、

神代より　生れ継ぎ来れば　人さはに　国には満ちて　あぢ群の　通ひは行けど　我が恋ふる　君にしあらねば～（4・四八五）

～この川の　絶ゆることなく　ももしきの　大宮人は　常に通はむ（6・九二三）

と歌われるように理想的な景であり、それが実現しないことは、同じ福麻呂歌集所出歌ではあるが、

〜踏み平し　通ひし道は　馬も行かず　人も行かねば　荒れにけるかも（6・一〇四七）

と、荒廃の要因となる。また、「家も荒れたり」の「荒る」は集中に二十二例、うち、七例が荒都歌、十一例が挽歌と極端に偏った分布を見せる。当該歌のここまでの表現は「宮」こそ歌われないものの、住み慣れた恭仁京の荒廃を悲傷する歌として十分な質を備えている。

また、ここはそうした「国」と「里」とを「見る」対象として対句的表現が構成されている。正確には「国見れど　人も通はず　里見れば　家も荒れたり」と逆接と順接とを並列にしており、対句とはいえないし、集中こうした対句的表現は他に例を見ない。当然「見れど」と「見れば」の双方を用いた対句的表現も他にない。

その「見れど（も）」は集中に全六十七首六十八例（当該歌を含む）。うち五十二首五十二例までが「見れど（も）」の下に「飽く」を従え、讃美の詞章を形成する。また、残る十五首十六例中、

〜ひさかたの　天見るごとく　まそ鏡　仰ぎて見れど　春草の　いやめづらしき　我が大君かも（3・二三九）

青山の　峰の白雲　朝に日に　常に見れども　めづらし我が君（3・三七七）

〜こごしかも　岩の神さび　たまきはる　幾代経にけむ　立ちて居て　見れどもあやし〜（17・四〇〇三）

の三例も、「見れども飽かず」の類例といってよいだろう。六十八例中五十五例までが讃美の詞章を形成している。「見れど」は『万葉集』にあって讃美表現を予見的に持つといってもよいだろう。

それ以外は十二首十三例。このうち、次の七例は、相聞歌や挽歌の用例であり、見たいと思う対象に逢えないことを嘆く表現である。

①見れど〜逢はずの類

青旗の　木幡の上を　通ふとは　目には見れども　直に逢はぬかも（2・一四八　挽歌）

み空行く　月読をとこ　夕去らず　目には見れども　寄るよしもなし（7・一三七二　相聞）

人言を　繁み言痛み　我が背子を　目には見れども　逢ふよしもなし（12・二九三八　相聞）
～寝る夜おちず　夢には見れど　現にし　直にあらねば～（17・三九七八　「恋緒を述ぶる歌」）
ぬばたまの　夢にはもとな　相見れど　直にあらねば　恋止まずけり（17・三九八〇　「恋緒を述ぶる歌」）

②見れどもさぶし

風早の　美保の浦回の　白つつじ　見れどもさぶし　なき人思へば（注略）（3・四三四　挽歌）
秋萩を　散り過ぎぬべみ　手折り持ち　見れどもさぶし　君にしあらねば（10・二二九〇　相聞）

このように見て来ると、次に掲げる五首六例が類例を持たないことになる。

我がやどに　花そ咲きたる　そを見れど　心も行かず～（3・四六六）
～国見れど　人も通はず　里見れば　家も荒れたり～（6・一〇五九　当該歌）
～家見れど　家も見かねて　里見れど　里も見かねて　怪しみと　そこに思はく～（9・一七四〇）
うぐひすの　春になるらし　春日山　霞たなびく　夜目に見れども（10・一八四五）
大君の　御笠に縫へる　有間菅　ありつつ見れど　事なき我妹（11・二七五七）

当該歌に比較的類似しているものは、虫麻呂の浦島子歌（9・一七四〇）くらいである。当該歌の「国見れど人も通はず」の希少性は高い。それは、「見れど」の類型表現の持つ予見的讃美性の否定であると同時に、見る対象が目の前にある点において恋歌的な表現とも違う。当該歌の文脈において、この逆接は長歌冒頭から「言へども」、「思へど」に続く三度目であり、自然の美しさが悉く否定されているといってよい。

そして、続く「見れば」は、集中に一四五例中、その確定条件を「たり」で受けるのは、次の四例（当該歌含まず）しかない。

天の原　振り放け見れば　大君の　御寿は長く　天足らしたり（2・一四七）

天の原　振り放け見れば　白真弓　張りて掛けたり　夜道は良けむ（3・二八九）

川の瀬の　激ちを見れば　玉かも　散り乱れたる　川の常かも（9・一六八五）

夜を寒み　朝戸を開き　出で見れば　庭もはだらに　み雪降りたり一に云ふ「庭もほどろに　雪ぞ降りたる」（10・二三一八）

当然ではあるけれども、これらは何かを見ることによって、そこから別のことを確信する表現である。「見れば」はこれまで繰り返し論じられて来たように、「見れば〜見ゆ」という形式を構成する、集中でも屈指の讃美表現の骨格である（土橋寛氏「「見る」ことのタマフリ的意義」『万葉』第三十九号・一九六一年五月／『土橋寛論文集　上　万葉集の文学と歴史』塙書房一九八八年所収、他）。今引用した2・一四七番歌も天智挽歌とはいえ、「聖躬不豫したまふ時」の歌であり、「大君の御寿」を確信せざるをえない（拙稿「天智天皇不豫の時の歌二首」『日本文学』第五十巻五号・二〇〇一年五月／『柿本人麻呂と和歌史』和泉書院二〇〇四年所収）。当該歌に即していえば、「見れど」の持つ予見的讃美性に続いて、「見れば」による確信は「家も荒れたり」と、荒墟としての現実を下支えしてしまう。長歌前半では、「見る」の順接、逆接の双方が荒墟の現実を浮かび上がらせる。

続く「はしけや　かくありけるか」は、

ああ。こうなってしまう定めだったのか。（『全注』）

ああまったく、このようになるものだったのか。（『新大系』）

ああ、この都はこんなにもはかない定めであったのか。（『釈注』）

と現代語訳されるように、独立句や挿入句としての機能を持つ。同一の句は他に見えないものの、

かくのみに　ありけるものを　萩の花　咲きてありやと　問ひし君はも（3・四五五）

かくのみに　ありけるものを　妹も我も　千歳のごとく　頼みたりけり（3・四七〇）

かくのみに　ありける君を　衣ならば　下にも着むと　我が思へりける（12・二九六四）

かくのみに　ありけるものを　猪名川の　奥を深めて　我が思へりける（16・三八〇四）

といった、言語化されない現状把握が悲しみを増幅させる独白的な嘆きとの類似を指摘できよう。あるいは、「いかさまに　思ほしめせか」（1・二九他）という他者に対するくどき文句（原田清氏「文芸の耕地―創作に於ける類型と独創の問題―」『国語と国文学』第二十二巻一号・一九四五年一月、他）を自己の内面に向けたものなのだろうか。論証のしようはないが、荒墟となった恭仁京を嘆く表現としては有効に機能している。

この二句を挟んで、長歌は後半に入る。後半は、これも定番といってよい花と鳥とによる讃美が展開する。たしかに類型性は高いが、その中で「三諸つく」は注目に値しよう。

「三諸」について、西宮一民氏「かむなび・みもろ・みむろ」（『大美和』第六十六号・一九八四年一月／『上代祭祀と言語』桜楓社一九九〇年所収）は、

つまり、ミムロは、神の宿ります場所の状態に基づいた命名である。そして一方の、ミモロは神の宿ります森に基づいた命名である。（西宮論文）

とし、上野誠氏「万葉のモリとミモロと―古代の祭場、あるいは古代的祭場―」（『祭祀研究』第一号・二〇〇一年二月／「古代の祭場、ミモロ」の題にて『万葉文化論』ミネルヴァ書房二〇一八年所収）は、西宮論文に賛同しつつ、

万葉歌語としては、「ミモロ」といえば、三輪山か、飛鳥のカムナビを指すという原則が存在していたといえば、言い過ぎになるだろうか。～中略～それは、都であった飛鳥京・藤原京・平城京から朝夕に望むことのできる山であり、都を守護する山であることに由来している、と思われる。～中略～山背の鹿背山（16）（当該歌―引用者注）も、久迩の新京においてそういった役割を期待されていた、と思われる。（上野論文）

とする。

「三諸」は『万葉集』に二十例。「ミモロ」は『古事記』の〈ウタ〉に三例、『日本書紀』の〈ウタ〉に一例。他

に散文ではあるが、『古事記』に「御諸」が二例、『日本書紀』に「御諸」が四例（人名を除く）、「三諸」が三例（人名を除く）。これらの用例を通覧するに、たしかに神の来臨する土地や場所を示している例が多い。その語源解釈はともかく、ことばの意味理解として西宮論文、上野論文は適切な結論といってよいだろう。

「三諸」は、共同体にとって何らかの聖地として把握されている。前掲上野論文も述べるように当該歌における「鹿背山」は恭仁京の「三諸」として定位していることになる。裏返せば『万葉集』が大和中心の歌集ではなく、日本列島を全円的に覆うようなものであれば、各地の「三諸」が登場したことだろう。

このように見て来ると、「三諸（の）山」はそれぞれの共同体（それが都か否かは今は問わない）にとって、唯一の聖山ということになる。しかし、そもそも恭仁京が成立してから長く見積もっても四年半弱、極めて短い時間にあって「鹿背山」が聖山たりえたのだろうか。勿論、以前から甕原を含むこの地域の「三諸」であったと考えることは可能だが、そうであったとしても、京のないところにその京の聖山は存在しようがない。「鹿背山」は恭仁京の「三諸」として新たに成立したといってもよい。恭仁京成立直後の讃歌に「みもろ」や「神なび」が歌われないことは当然のことであった。

実際に「鹿背山」が恭仁京の「三諸」として人々に定着していたか否かはあまり問題ではない。当該歌の表現が成り立つ素地が存在していたことはまちがいない。そして、長歌は、聖山に咲く花、鳴く鳥とともにあり続けて欲しいと願う「ありが欲し」へと続く。これまで特に注目されることはなかったが、「ありが欲し」は長歌前半部で「あり良し」と讃美されていた恭仁京が「はしけや　かくありけるか」を経ることによって、そうあって欲しいものでしかなくなったことを示している。架空の京を欲しているといってもよい。そして、長歌結解部へと続く。

集中には、当該歌の結句のようにク語法の名詞を「惜し」で受ける歌が四十例存在し、当該歌のように動詞のク語法を受けるものが十一例、助動詞の「む」のク語法を受けるものが二十九例と分布する。このうち、同一の動詞で両方を持つものは、次の三種類である。

A荒る（全例）

〜百鳥の　声なつかしき　ありが欲し　住み良き里の　荒るらく惜しも（6・一〇五九　当該歌）
秋されば　春日の山の　黄葉見る　奈良の都の　荒るらく惜しも（8・一六〇四）
ひさかたの　天見るごとく　仰ぎ見し　皇子の御門の　荒れまく惜しも（2・一六八）
〜出で立ちの　くはしき山ぞ　あたらしき　山の　荒れまく惜しも（13・三三三一）

B過ぐ（全例）

めづらしき　君が家なる　はだすすき　穂に出づる秋の　過ぐらく惜しも（8・一六〇一）
梅柳　過ぐらく惜しみ　佐保の内に　遊びしことを　宮もとどろに（6・九四九）
もみち葉の　過ぎまく惜しみ　思ふどち　遊ぶ今夜は　明けずもあらぬか（8・一五九一）

C散る（全二十一例、「散らくし惜しも」が「しぐれ」と共起しているため、「雨」や「しぐれ」と共起するものを掲げた）

さ雄鹿の　心相思ふ　秋萩の　しぐれの降るに　散らくし惜しも（10・二〇九四）
しぐれの雨　間なくな降りそ　紅に　にほへる山の　散らまく惜しも（8・一五九四）
春雨は　いたくな降りそ　桜花　いまだ見なくに　散らまく惜しも（10・一八七〇）
見渡せば　向かひの野辺の　なでしこが　散らまく惜しも　雨な降りそね（10・一九七〇）
さ夜ふけて　しぐれな降りそ　秋萩の　本葉の黄葉　散らまく惜しも（10・二二一五）

当然ではあるが、「荒るらく（過ぐらく、散らく）惜しも」は、「荒れる（過ぎる、散る）」という状況変化への哀惜を示し、「荒れまく（過ぎまく、散らまく）惜しも」は未来に向けて今後の変化を視野に入れた哀惜である。すなわち、当該歌は恭仁京がこれから荒れて行くことを嘆いているのではなく、荒れるという事態そのものを、無時間的に嘆いているのである。

以上、可能な限り表現に即して長歌を見て来た。前半は「人」と「我」とによって人々のすべてが「あり良し」と思っている恭仁京の現実を歌い、それを「はしけや　かくありけるか」と独白的な嘆きで受けとめる。後半は「あり良し」だった恭仁京は「ありが欲し」と捉え直され、宮ではなく「住み良き里」の荒れることを惜しみ、長歌は閉じられた。

続いて、反歌に論を進める。

五　反歌

第一反歌、

甕原　恭仁の都は　荒れにけり　大宮人の　うつろひぬれば（6・一〇六〇）

では、「大宮人」の「うつろひ」が恭仁京荒廃の要因として歌われる。長歌では「古りにし　里にしあれば」と古びていることを現況として把握しているのに対し、反歌ではその現況の要因が表現されている。しかも「うつろひぬれば」は、

うぐひすの　木伝ふ梅の　うつろへば　桜の花の　時かたまけぬ（10・一八五四）

天の川　去年の渡りで　うつろへば　川瀬を踏むに　夜そふけにける（10・二〇一八）

とは違い、決定的にうつろってしまった現在を浮かび上がらせる。恭仁京の不可逆的な荒廃を嘆いているといってもよい。それは大宮人の存在こそが恭仁京を都たらしめていることの裏返しである。やはり、当該歌の詠時は天平十六年（七四四）の難波遷都直後ではなく、天平十七年（七四五）五月の平城還都後、一年近くを経過した天平十

八年（七四六）の春を想定すべきであろう。

第二反歌、

咲く花の　色は変はらず　ももしきの　大宮人ぞ　立ち変はりける（6・一〇六一）

は、不変の自然と人事の変容を対比させる。しかし、『万葉集』にあって「花」は、

①～御心を　見し明らめし　活道山　木立の繁に　咲く花も　うつろひにけり～（3・四七八）
②～大君の　引きのまにまに　春花の　うつろひ変はり　群鳥の　朝立ち行けば～（6・一〇四七）
③～あらたまの　年行き反り　春花の　うつろふまでに　相見ねば　いたもすべなみ～（17・三九七八）
④春花の　うつろふまでに　相見ねば　月日数みつつ　妹待つらむそ（17・三九八二）
⑤～世間の　憂けく辛けく　咲く花も　時にうつろふ～（19・四二一四）
⑥咲く花は　うつろふ時あり　あしひきの　山菅の根し　長くはありけり（20・四四八四）
⑦八千種の　花はうつろふ　常磐なる　松のさ枝を　我は結ばな（20・四五〇一）

と歌われるように、「うつろふ」ものである。表現だけを見れば、かろうじて、

我が背子が　やどのなでしこ　日並べて　雨は降れども　色も変はらず（20・四四四二）

があるものの、これは、雨が降れば色が変わってしまうことが前提となっており、逆に当該歌の特異性を際立たせる。そして、特に②は福麻呂自身による「奈良の故郷を悲しぶる歌」であり、作歌事情は極めて近い。

一方、不変の花については、古く『全釈』が、

年々歳々相似た春の花に対して、廃都の惨状を嘆いて、都の附随者であり代表者でもある大宮人を恋しく思つたのである。（『全釈』）

と、有名な劉希夷の「代下悲二白頭一翁上」を間接的に引く（『総釈』、『増訂全註釈』も）。また、『新大系』は、

花は、人の無常に対比されることが常である。「年々歳々花相似たり、歳々年々人同じからず」（初唐・劉希夷「代悲白頭翁」）など。ここで「咲く花の色」の不変に対して「大宮人」の変化を言うのには、「代悲白頭翁」のような発想の影響があるのかも知れない。（『新大系』）

とするが、花の不変と人の無常との対比が一般的でないことは先に述べた通りである。当該歌をそうした毎年繰返される花の不変性と人事の無常を歌った最初であった可能性を秘める。少なくともそのかなり早い例であることはまちがいあるまい。勿論、諸注指摘するように、後の、

ふるさととなりにしならのみやこにも色はかはらず花はさきけり（『古今集』春下　平城天皇）

と、詠嘆は同質であるが、その先蹤性は疑いようもない。

このように見て来ると、当該歌の「咲く花の　色は変はらず」は、複数年にわたる花の不変性を詠み込んでいることになる。この点からも当該歌は天平十八年（七四六）の春の詠を想定すべきだろう。

以上、反歌二首は、平城還都直後の詠として適切とはいえず、人々の姿もすっかり変わってしまった恭仁京を詠んだものであった。我々は平城還都後、長岡京遷都まで平城京が存続することを知っているが、当時の人々は、まだ何が起きるかわからない状況であった。そうした中、建物群は残っていても大宮人たちがいなくなった恭仁京は、今後への不安とともに、文字通り荒墟として把握されたのだろう。

六　むすび

福麻呂歌集所出の「甕原荒墟歌」は、「近江荒都歌」と比較されることが多かった。勿論、新たな廃都の創出という点においては共通しようし、状況類似性は否定すべくもない。ただ、柿本人麻呂の「近江荒都歌」には「都」

という表現は登場しない。「近江荒都歌」ではひたすらに「宮」が歌われていた。それに対し当該歌は、題詞の「荒墟」にも明らかなように、聖武の宮の荒廃を歌うものではなく「甕原」の荒廃を嘆くものであった。ただし、恭仁宮の大極殿が、その後、国分寺に施入されたこと（天平十八年〈七四六〉九月二十九日条）を考えると、宮がそのままの形で存続していたことも考慮すべきかもしれないが、それは結果論であろう。

一般に、前期万葉と後期万葉の違いのひとつとして、歌の帰属先の違いがあげられる。皇族を中心とした前期万葉と官人を中心とした後期万葉という見方は、現象把握として正しい。当該歌についていえば、聖武天皇とは無関係に恭仁京の荒墟を悲傷するのは、そうした表現史を構成するひとつとして捉えられる。一方、田辺福麻呂は「最後の宮廷歌人」と呼ばれることも多いが[10]、新沢典子氏「田辺福麻呂関連歌の宮廷讃歌性について」（『鶴見大学紀要』第四十六号・二〇〇九年三月）は、

万葉集における田辺福麻呂関係歌の出現の仕方を改めて眺めてみると、田辺福麻呂は、万葉集巻六の編者というフィルターを通して、聖武朝の柿本人麻呂として万葉集巻六の上に限定的に現出せられた、幻の宮廷歌人だったのではないかと思われるのである。（新沢論文）

と把握する。巻六の編纂事情とは別に田辺福麻呂という歌人については、宮廷歌人という用語とともに、あらためてその全体像を問い直す必要があろう。

注

（1）『代匠記（精）』、『童蒙抄』、『攷證』、『古義』、『全釈』、『総釈』、『旧大系』は『続日本紀』の天平十六年（七四四）の記事を引用している。『略解』は天平十五年（七四三）の恭仁京造作停止記事を引用している。どちらも、明示的には述べないが、天平十六年説と思われる。また、『金子評釈』は「天平十六年以降の春日である」、『窪田評釈』は、「十六年難波の宮に遷られた後のことと思はれる」と慎重な態度を取る。

（2）塩沢一平氏「万葉歌人田辺福麻呂の久邇荒墟歌論」（『国語と国文学』第八十七巻九号・二〇一〇年九月／「久邇荒墟歌」の題にて『万葉歌人田辺福麻呂論』笠間書院二〇一〇年所収）

（3）当該歌を天平十八年（七四六）の成立とすると、伊藤博氏「十六巻本万葉集」（『万葉学論叢』一九六六年一月／「十五巻本万葉集の意味するもの」の題にて『万葉集の構造と成立　下』塙書房一九七四年所収）などが主張する巻十六以前には天平十七年（七四五）までの歌しか存在しないという説と抵触することになる。この点、「はじめに」の注(5)に少し触れた。

（4）『本居宣長全集　第六巻』（筑摩書房一九七〇年）には該当する記事を見つけられなかった。あるいは口伝か。

（5）拙稿「石上乙麻呂歌群の文学史的位置について」（『関西大学国文学』第一〇二号・二〇一八年三月）では、6・一〇二〇番歌の該当部について「さし並ぶ　国に出でます　□　我が背の君を」とし、何らかの脱落を想定した。

（6）この部分の原文「山高　河之瀬清」。『万葉集』ではミ語法でも「み」を文字化しない場合が多く、形容詞の「し」についても同様であるため、どちらでも訓めてしまう。今、「山高く　川の瀬清し」と訓読したが、本論にあっては、形容詞であることを論理に組み込まないこととする。

（7）晋の詩人。

（8）陶淵明の有名な「園田の居に帰る」にも「披レ榛歩二荒墟一。」がある。

（9）「宮」が歌われない点については、遠藤宏氏「田辺福麻呂の反歌の在り方について（上）―補説・再説を含む―」（『論集上代文学』第二十五冊・二〇〇二年十一月）にも指摘がある。

（10）福麻呂が宮廷歌人といわれるようになった先行研究については廣川晶輝氏「田辺福麻呂をさぐる―氏族と任官から、そして歌人として―」（中西進氏編『笠金村・高橋虫麻呂・田辺福麻呂』おうふう二〇〇五年）に詳しい。

むすび

むすび

恭仁京時代の万葉歌について論じて来た。以下、家持作歌とそれ以外に分けてむすびとする。

家持作歌についていえば、方法模索ともいうべき表現が散見した。家持の年齢を考えれば当然であろう。末四巻の家持作歌との比較は今後の課題である。

一方、これまで重視されていたような、家持の孤独といったものは、これといって見出せなかった。日本語韻文の多くは恋歌であり、万葉歌も、その過半数が恋歌であることを考えても、その表現には、最初から一定の偏りが存在する。二人でいる喜びを歌うものは極端に少なく、逢えない悲しみや逢会への渇望を歌うことが多くなり、それは必然的に悲しみと結びつきやすい。そうした『万葉集』に組み込まれた偏差を考慮すれば、歌の背景に孤独を容易に見出せてしまう。また、当時の政治状況と家持との関係性も稀薄であった。二十代中頃～後半になっても、まだ従五位下にさえ至っていない内舎人の家持には、政治情勢を歌にするだけの情報はなかったろうし、内舎人としての任務や、大伴家の若い一員としてのさまざまな調整が彼の役割だったのではないか。いたずらに政治状況と歌表現とを結びつけようとすることには賛同できない。表現とその創出母体としての生身の作者を結びつけようとする傾向は、たとえば、大伴旅人の大宰府赴任を左遷とする論が文学研究の側に多く、日本史学研究の側に少ないこととも通底する（個人的には左遷と考えていない）。

また、家持作の恋歌は、坂上大嬢への歌に大きな特徴を見出せた。歌は恭仁京と平城京とで離れ離れになった二人を結ぶ重要な機能を担っていたのだろう。坂上大嬢からの歌も当然存在していたと思われるが、『万葉集』に掲載されていない理由は不明としかいえない。

次に、家持以外の歌々についていえば、これも当然ではあるが、当時の政策に翻弄される貴族たちの姿が浮かび上がる。境部老麻呂の歌は、当時の高官も前期万葉の離宮讃歌を引き継ぐ形で恭仁京讃歌を作ることが可能であったことの証左である。失われた万葉歌の一端を垣間見せる。また、人麻呂や金村の表現を襲う福麻呂歌集所出歌や家持の恭仁京讃歌は下級官人の詠作である。その一方、皇族の歌は極端に少ない。『万葉集』には一首もなく、わずかに元正上皇の歌が天平十五年（七四三）五月五日条の宣命に残るだけである。[1] 数値で比較するまでもなく、前期万葉から後期万葉への移行とともに、歌の帰属先は皇族から貴族へと移っている。天皇を話者に擁する歌もないため、必然的に恭仁京讃歌の話者は臣下となり、福麻呂歌集所出の恭仁京讃歌のように臣下としての視線が表現にあらわれているものもあった。また、平城還都後には、甕原荒墟歌も歌われた。ただし、近江荒都歌と決定的に違うのは、荒れ果てた宮は歌われず、荒墟としての都が歌われた点にあった。ここには歌われる空間の変化を看取できる。歌われる対象を王権という視座から見た時、その周縁性が高まったといってもよい。末四巻ではこの傾向がさらに強まり、歌われる対象は畿内を離れ、歌の帰属先は貴族から家持個人へと移行して行く。なお、挽歌は高橋朝臣の亡妻挽歌を扱えなかったため、確言は避けるが、万葉前期の歌々の表現受容とともに皇子挽歌と亡妻挽歌のみが残る点を考えると衰退の道を歩んでいると考えられる。

以上述べて来た万葉歌史は中心性を失い周縁性の中に溶解し始める歴史でもある。それが再び王権の中心へと環流するためには、国風暗黒時代を通り抜ける必要があった。

注

（1）この条に記される三首すべてが元正上皇御製とする説（『日本古典全書　上代歌謡集』朝日新聞社一九六七年、など）と、最初の一首のみとする説（『日本古典文学大系　古代歌謡集』岩波書店一九五七年、など）とに分かれるが、どちらでも大きな問題はない。

各論についての覚書

はじめに　新稿
第一章　基礎的考察
第一節　恭仁京と『万葉集』　新稿
第二節　家持と書持の贈答歌—本文校訂—
「天平十三年の書持と家持との贈答について（一）—その本文校訂—」（『関西大学東西学術研究所紀要』第五十四輯・二〇二一年四月）
第三節　家持と書持の贈答歌—17・三九一一番歌の改訓—
「天平十三年の書持と家持との贈答について（二）—17・三九一一番歌について—」（『関西大学東西学術研究所紀要』第五十五輯・二〇二二年七月）
第四節　黒木の屋根
「板葺の黒木の屋根—付、蒉子太草—」（『万葉』第二三二号・二〇二一年十月）
第五節　8・一六〇三番歌の左注について　新稿
第二章　恭仁京讃歌
第一節　境部老麻呂の恭仁京讃歌
「境部老麻呂の三香原新都讃歌」（『大阪府立大学百舌鳥国文』第三十号・二〇二一年三月）
第二節　福麻呂歌集所出の恭仁京讃歌　新稿
第三節　家持の恭仁京讃歌　新稿

第三章　相聞往来

第一節　家持をめぐる相聞　新稿

第二節　書持との贈答

「天平十三年の書持と家持との贈答について（三）―その表現について―」（『関西大学東西学術研究所紀要』第五十六輯・二〇二三年七月）

第三節　紀女郎との贈答　新稿

第四章　廃都へ

第一節　安積皇子挽歌　新稿

第二節　独り奈良の故宅に居りて作る歌　新稿

第三節　甕原荒墟歌　新稿

むすび　新稿

索引

○本索引は、歌索引、人名索引から成る。歌索引は本書中に引用した歌の索引である。ただし、極端に短い場合は省略しているものもある。人名索引は本書中に引用した論文などの著者名索引である。ただし、およそ明治時代以降に限り、注釈書類の著者については省略している。また、本書の著者名は「拙稿」などと記した部分の頁を示している。

歌索引

『万葉集』

人名索引

あ

あとがき

大阪府立大学（現大阪公立大学）から関西大学に移り、七年目の二〇二三年度、学術研究員として一年間の研究期間を頂いた。本書の多くは、その期間に書いたものである。六十歳を過ぎてからのサバティカルを許可してくださった国語国文学専修の同僚の皆さんと、関西大学文学部、学校法人関西大学に、心より御礼申し上げる。また、二〇二三年度中のほとんどを家で過ごすという状況を許容してくれた妻に感謝する。

以前から恭仁京時代の万葉歌が気になっていたのだが、個別の作品論やそこに至るまでの本文校訂などをまとめて考察する勇気がなかった。理由はふたつ。ひとつにはこの時代の歌を扱うことは家持の歌と対峙することを意味しており、その心構えができていなかったことである。今ひとつは、奈良時代の中でも有数の激動の期間といってもよい五年間を把握する自信がなかったことである。ただ、そうはいっても、そろそろ研究者としての着地点を探す時期に来ており、いつまでも逃げ回っていられない。サバティカルを機にまとめて考えることにした。けれども、この二点は、今もって克服できていない。こうしてあとがきを書いていても家持の歌には距離を感じるし、恭仁京はともかく紫香楽宮や難波宮を含んだ時代性についての定見を持てていない。ただ、我々は常に奈良時代史の傍観者なのだが、その立場は極力捨てようとした。また、家持のプライバシーには極力立ち入らないようにした。どちらも、歌表現を読むことを疎外することに通じると考えたからである。

なお、本書は全体の七割近くが新稿である。上代文学研究の専門書ではあまり見ない形式である。この点、これまで発表した論文をまとめることも考えたのであるが、還暦を過ぎた身、多少のワガママは許してもらえるだろうと勝手に思っている。

最後に、もう少し御礼を。校正を引き受けてくれた院生の内俊晴君、吉川由希子さん、林智啓さん、本当にありがとう。そして、細やかな内校からスケジュールの調整まで担当してくださった関西大学出版部の中原渚さんと、発刊を引き受けてくださった関西大学出版部に感謝の意を表する。

二〇二四年十月五日記す。

※本研究は二〇二三年度 関西大学学術研究員研究費によるものである。

著者紹介

村田右富実（むらた　みぎふみ）

1962年　北海道小樽市に生まれる
1992年　北海道大学大学院文学研究科後期課程単位取得退学
1992年　大阪女子大学助手
1994年　大阪女子大学専任講師
2000年　大阪女子大学助教授
2002年　北海道大学より博士（文学）の学位を受ける
2005年　大阪府立大学助教授（大学統合による）
2007年　大阪府立大学教授
2017年　関西大学文学部教授

恭仁京と万葉歌

2025年1月24日　発行

著　者　村田右富実

発行所　関西大学出版部
〒564-8680 大阪府吹田市山手町3-3-35
TEL 06-6368-1121（代）/ FAX 06-6389-5162

印刷所　亜細亜印刷株式会社
〒380-0804 長野県長野市三輪荒屋1154

ISBN978-4-87354-789-3 C3095　落丁・乱丁はお取替えいたします